La femme perdue

ROBERT
B. PARKER

La femme perdue

Traduit de l'américain
par Philippe Bonnet et Arthur Greenspan

J'AI LU

Titre original
THIN AIR

Publié par G.P. Putnam's Sons, New York

Pour Joan : un délice qui ne tarit pas

Il avait apporté plusieurs écharpes de soie dans un sac en papier et s'en était servi pour la bâillonner et lui lier les mains et les pieds.

— La soie est douce, avait-il dit. Ça te fera moins mal que de la corde.

À présent, elle gisait, impuissante, effrayée et furieuse de cette impuissance, sur un matelas à l'arrière d'une vieille camionnette Ford jaune. Il était au volant. Tout en conduisant il tripotait la radio quand il tomba sur une station de musique country.

— Tiens, mon ange... 90 FM, Radio Rock Country, tu te souviens ?

En levant la tête elle pouvait voir à travers le pare-brise. La cime des arbres, les poteaux et les fils électriques défilaient. Mais pas le moindre immeuble. Elle avait donc quitté la ville.

— Seigneur, ça fait combien de temps, Lees ? Dix mois et six jours. Presque une année. Une année de cauchemar, ouais... mais c'est fini. On est ensemble.

Lorsque la camionnette heurta un nid-de-poule, Lisa sursauta brusquement sur le matelas étalé au sol. Dans sa bouche, le bâillon était humide ; elle avait conscience de baver un peu.

— Et c'est tout ce qui compte, reprit-il. Le passé est le passé, et c'est fini. Maintenant, on a l'avenir devant nous. Maintenant, on est ensemble.

La camionnette avait ralenti. Il y avait de la circulation. Elle l'entendait distinctement, sans compter que les coups de frein fréquents la faisaient glisser sur le matelas. Le matelas avait l'air flambant neuf. L'avait-il acheté exprès ? Comme les écharpes ? La camionnette s'arrêta. À travers le pare-brise, elle aperçut la cabine d'un camion à côté d'eux. Si elle arrivait à ramper vers l'avant, le chauffeur la verrait peut-être. Mais elle n'y parvint pas. Il lui avait passé autour des chevilles une corde qu'il avait attachée à un anneau du plancher. Elle était clouée sur place. La circulation reprit. La radio marchait et il fredonnait en même temps. La circulation s'immobilisa à nouveau. Profitant de l'arrêt, il se retourna pour pointer vers elle, par-dessus le siège, un vieux caméscope.

— Les premiers instants de nos retrouvailles. Il ne faut pas rater ça.

Elle entendit le bourdonnement de l'appareil.

— Regarde par ici, mon ange, vers l'objectif.

Elle enfouit son visage dans le matelas. Le caméscope bourdonna encore un moment. Puis le bruit cessa et la camionnette se remit à avancer.

1

Je m'entraînais sur le sac de frappe au centre de remise en forme. Si Henry Cimoli avait équipé son club d'un sac de frappe, c'était avant tout par loyauté pour moi, pour Hawk et pour une période révolue de sa vie. Henry en était déjà propriétaire alors que ce n'était encore qu'une salle de gym à la limite du sordide où venaient s'entraîner les professionnels, lui-même ayant été classé parmi les meilleurs poids légers. Puis, en le mettant KO à la première reprise de leurs deux matchs, Willy Pep lui avait fait comprendre qu'il aurait intérêt à se recycler dans le commerce des biceps. C'était une belle démonstration de la différence qui existe entre bon et excellent. Jersey Joe Walcott m'avait infligé la même leçon quand j'étais tout jeune, mais j'avais été beaucoup plus lent à en tirer les conséquences.

Devant le cagibi réservé à la boxe que Henry avait aménagé à côté de son bureau, c'était une véritable Babylone de verre, de chrome et de Lycra, où des moniteurs, en majorité des jeunes femmes aux coiffures luxuriantes et aux caleçons fluo, initiaient leurs adeptes aux techniques politiquement correctes de la musculation et de l'épanouissement de soi. La plupart me regardaient d'un œil soupçonneux. D'après Henry, c'est parce que j'avais l'air d'un huissier venu saisir le matériel.

Henry passait parmi elles en papotant, un tee-shirt en soie blanche moulant son torse à la Arnold Schwarzenegger, mais en plus petit. Ce n'étaient pas les scrupules qui l'étouffaient. Quand je lui faisais remarquer qu'il avait transformé son établissement en salle de drague pour rupins, il se contentait de frotter son pouce contre son index, le visage rayonnant d'un sourire stupide. C'est seulement lorsqu'il y avait peu de monde et qu'il avait l'impression de ne pas être observé qu'il se permettait d'aller travailler ses réflexes à la plate-forme de vitesse. De l'autre côté du bureau, il avait installé deux salons, l'un de coiffure, l'autre d'esthétique. À l'étage, on faisait de l'aérobic.

Je m'entraînais à des séries de coups destinés à fortifier les mains, les poignets et les avant-bras. Il m'arrivait encore d'avoir à taper sur des quidams, et j'aimais autant ne pas me faire mal. J'étais sur un direct du droit, direct du gauche, crochet et esquive, quand Frank Belson pénétra dans la pièce. Sec, dur, le visage en lame de couteau, il ne jurait pas avec le décor. Mais la casquette en tweed détonnait, ainsi que l'anorak beige et le bleu indélébile qui colorait ses joues et qu'aucun rasoir ne ferait jamais disparaître. En définitive, les flics finissent toujours par ressembler à des flics. Ou bien à des malfrats, d'où leur facilité à infiltrer la pègre.

— J'ai à te parler, déclara-t-il.

J'arrêtai, haletant, ma chemise trempée de sueur. La baie vitrée donnait sur le port de Boston. La mer était houleuse, couverte de moutons. Mis à part les goélands et la grosse navette au départ du quai de Rowe qui s'acheminait avec indifférence vers l'aéroport, il n'y avait pas la moindre activité.

— Bon.

— Pas ici.

— En privé ?

— En privé.

Henry passait de la pommade à une rondouillarde aux cheveux blonds frisés s'efforçant de faire des demi-pompes sous les encouragements de sa monitrice, une jeune femme élancée en caleçon violet, un énorme ruban de la même couleur dans les cheveux, qui n'arrêtait pas de lui servir des « excellent » et des « vous allez y arriver ».

— Liz, j'en ai déjà fait huit, objecta la blonde.

— Six, répliqua Liz. Mais c'est à vous de dire jusqu'où vous pouvez aller.

Je fis un geste en direction de Henry qui me répondit d'un signe de tête.

— Vous vous débrouillez bien, Buffy, dit-il à la blonde. D'ailleurs, ça commence à se voir.

Reprenant haleine après ses six ou huit demi-pompes, la blonde lui adressa un sourire. Henry fit demi-tour pour se diriger vers moi.

— Toi aussi, tu te débrouilles bien, me dit-il.

— Ouais, je sais, et ça va commencer à se voir. Tu connais Frank Belson.

Henry fit oui de la tête.

— On s'est déjà rencontrés.

— Salut, Henry, dit Belson.

— On peut aller dans ton bureau quelques minutes ? On a besoin de discuter, Frank et moi.

— Allez-y, répondit Henry. D'ici le déjeuner, j'en ai encore pour une heure de lèche et de baratin.

— C'est ce qu'on appelle l'art du négoce.

— Ouais. Comme tu dis.

Il me regarda d'un air grave.

— Bon entraînement.

Une fois dans le bureau, nous refermâmes la porte. Je m'installai dans le fauteuil de Henry. Belson se tenait debout, les yeux braqués sur la salle clinquante de l'autre côté de la vitre. J'attendais. Je le connaissais depuis plus de vingt ans. Cela remontait à l'époque où j'étais flic, moi aussi. Pas une fois il ne lui était arrivé de demander à me parler et, en toute autre circonstance, il se serait offert le fauteuil. Tournant le dos à la salle de gym, il se mit à contempler le mur derrière moi. Pour m'être trouvé à de nombreuses reprises dans ce bureau, je savais, sans avoir besoin de regarder, qu'il y avait quatre ou cinq photos de Henry en boxeur, et au moins deux autres le représentant dans son incarnation actuelle, le sourire aux lèvres, en compagnie de célébrités de Boston qui venaient s'entraîner chez lui. Belson examina les photographies pendant un moment.

— Henry se défendait bien ?

— Ouais.

Belson se remit à contempler le mur comme si l'examen des photos était une tâche primordiale. Les yeux toujours braqués devant lui, il enfonça ses mains dans les poches de son pantalon. Je m'inclinai un peu en arrière. J'avais déjà repris mon souffle. Grisé par l'entraînement, les muscles détendus, je sentais une agréable chaleur m'envahir. Je posai mes pieds sur le bureau. Belson continuait à examiner les clichés.

— Ma femme est partie.

— Où ça ?

— Je ne sais pas.

— Pour quelle raison ?

— Je l'ignore.

— Elle t'a quitté ?

— Je n'en sais rien. Elle est partie. Elle a tout bonnement disparu. Tu comprends ?

Le regard de Belson n'avait toujours pas quitté le mur.

— Raconte.

— Tu connais ma femme ?

— Bien sûr. Je suis allé au mariage avec Susan.

— Elle s'appelle Lisa.

Je fis oui de la tête.

— Je l'ai épousée en secondes noces, tu sais ?

— Ouais. Je le sais très bien.

— Et elle est beaucoup plus jeune que moi, et en plus beaucoup trop jolie.

— Tu crois qu'elle t'a plaqué ?

— Elle ne l'aurait pas fait comme ça. Elle ne serait pas partie sans rien dire.

— Tu penses qu'il lui est arrivé quelque chose ?

— J'ai vérifié auprès de tous les hôpitaux de la Nouvelle-Angleterre. Envoyé un avis de recherche à tous les commissariats de la côte Est. Téléphoné à tous les flics que je connais pour leur demander personnellement d'être vigilants. Et ils le seront. Il s'agit d'une femme de flic.

Belson se retourna à nouveau pour considérer la salle. Dans le bureau de Henry, c'était le silence absolu.

— Ce n'est pas une gamine naïve et sans expérience. Elle a pas mal roulé sa bosse.

— Et entre vous ? Il y avait de l'eau dans le gaz ?

Sans se retourner, il secoua la tête.

— Tu veux que j'essaie de la retrouver ?

Il resta là, sans bouger. J'attendis. Au bout d'un moment, il reprit la parole :

— Non, je m'en occupe. Si ça n'a rien donné d'ici peu, je prendrai quelques jours de congé. Je n'ai pas besoin d'aide.

J'acquiesçai.

— Quel est son nom de jeune fille ?

— St. Claire.

— Est-ce qu'elle a de la famille ?

Belson fit demi-tour, me regardant en face pour la première fois.

— Je n'ai pas envie d'en parler.

J'acquiesçai à nouveau. Belson observait les séances d'entraînement, le Lycra de toutes les couleurs possibles et imaginables. Je me disais parfois que, comme pour le golf, c'était surtout la tenue qui attirait les gens. Je devais sûrement me tromper, parce que la plupart des péquins qui se trouvaient là avaient l'air grotesques dans leur accoutrement. Mais peut-être qu'ils ne s'en rendaient même pas compte. Le silence devenait oppressant. Je continuai à attendre et Belson à regarder droit devant lui. Je finis par demander :

— Tu ne veux pas en parler et tu ne veux pas que j'essaie de la retrouver non plus. Alors, pourquoi es-tu venu me raconter tout ça ?

Belson ne répondit pas tout de suite puis, sans se retourner :

— Tu as vécu la même chose, il y a une dizaine d'années, même si tu n'étais pas marié.

— En effet, Susan est partie un certain temps.

— Elle t'avait dit qu'elle s'en allait ?

— Elle avait laissé un mot.

En silence, Belson regardait à travers la porte vitrée. Les entraîneurs encourageaient, les encouragés s'entraînaient, mais je savais parfaitement que Belson ne les voyait pas.

— Et elle est revenue.

— Façon de parler. Nous avons trouvé un arrangement.

— Lisa n'a pas laissé de mot, murmura-t-il.

Il n'y avait rien de réconfortant dans ce que j'aurais pu lui raconter.

— Quand je l'aurai retrouvée, je lui demanderai pourquoi.

Finalement, il pivota et me regarda droit dans les yeux.

— Merci de m'avoir accordé un peu de ton temps, dit-il, avant de franchir le seuil.

La nuit était déjà tombée lorsqu'il gara la camionnette. On entendait au loin le bruit d'une radio et les aboiements d'un chien. Il descendit du véhicule, en fit le tour et ouvrit les portes. Elle réussit à s'asseoir. La lampe du caméscope l'éblouit. L'appareil bourdonnait.

— Regarde-moi, mon chou. Nous sommes arrivés... Non, de ce côté-là... tourne la tête... Allons, ne joue pas les pimbêches.

Derrière lui apparut un type trapu poussant un diable, une bâche sur l'épaule. Le caméscope continuait à ronronner.

— Encore une minute... Je veux tout filmer... On n'y pense pas, et ensuite on a des regrets... Attends que nous ayons des enfants, j'aurai l'œil sans cesse collé au viseur.

Le bourdonnement s'arrêta.

— C'est bon, Rico, emmène-la.

À l'aide d'un couteau, Rico trancha la corde qui la retenait au plancher de la camionnette. Il ramassa le sac à main qu'il suspendit à une poignée du diable. Puis, l'ayant forcée à s'étendre, il la roula dans la bâche, la déposa sur le diable, l'attacha et se mit à la pousser. Elle ne voyait rien. La bâche empestait l'essence de térébenthine et le moisi. Une porte s'ouvrit. Le diable se mit à grimper des marches. Elle était secouée comme un sac de patates. Et c'est ce qu'elle avait l'impression d'être, un sac inerte, sans défense et tout secoué. L'armature du diable lui meurtrissait les côtes. Il lui était impossible de se plaindre. Impossible de parler. C'était trop. Au-dessus de ses forces. Elle avait conscience de sa respiration saccadée, de ses vêtements trempés de sueur, du bâillon imbibé de salive dans sa bouche. Le diable cahota puis roula sans à-coups, avant de cahoter à nouveau. Elle se tordit à l'intérieur de la toile, brûlant du désir de crier, mais sans y parvenir.

2

Ce soir-là, Susan et moi dînions de bonne heure à l'East Coast Grill, avec pour serveuse une ravissante blonde qui faisait de la sculpture le jour et parvenait à satisfaire son vice en bossant au restaurant le soir. L'East Coast Grill pratique le barbecue, et aucun client, à l'exception de Susan, n'a jamais réussi à y manger de façon saine ni à y boire avec modération. Deux approches qui, d'ailleurs, ne me tentaient guère. Je commandai des travers de porc garnis de haricots, du chou cru en salade et de la pastèque, avec un supplément de pain de maïs. En attendant que le porc ait fini de cuire sur le gril au feu de bois installé à l'extérieur, je buvais une bière. Susan sirotait une margarita, sans sel, après avoir choisi un steak de thon rosé accompagné d'une salade verte. Lorsque arriva le thon, elle en découpa soigneusement les deux tiers, qu'elle posa dans la petite assiette prévue pour le pain.

— Susan, tu as trimé toute la journée. Ta forme physique dépasse déjà celle de Margot Fonteyn.

— J'espère bien. Margot Fonteyn est morte, répliqua-t-elle. Je vais ramener ça à Pearl. Elle adore le thon.

— Et si tu faisais preuve d'un peu d'audace ? Si tu prenais du sel avec ta margarita ? Si tu mangeais le morceau de thon en entier ?

— J'ai déjà fait preuve d'audace en acceptant de me lier à toi.

— Acte d'une grande sagesse, reconnaissons-le ! Pourquoi ne pas en faire autant en dînant ?

— Et si tu la bouclais ?

— Ah ! répliquai-je. Je n'avais pas considéré le problème sous cet angle.

J'empoignai un travers de porc et me mis à le ronger avidement, ce que je n'avais jamais réussi à faire sans que la sauce dégouline sur ma chemise. En revanche, mon revolver n'avait jamais reçu la moindre goutte.

— Comment va Frank ? demanda Susan.

Je haussai les épaules.

— Il ne dit pas grand-chose. Mais ça le tourmente. Il arrivait à peine à parler quand il est venu me voir.

— Est-ce qu'il a eu des nouvelles de Lisa ?

— Aucune.

— Tu crois qu'elle l'a quitté ?

— D'après lui, elle ne serait pas partie sans l'avertir, mais...

— Mais, dans une situation de stress, un individu est capable des gestes les plus inattendus.

Je hochai la tête puis me remis à me battre avec mon porc. La salle sentait le feu de bois. La bière était fraîche. Susan attrapa la bouteille de sauce piquante et en versa sur le thon.

— Doux Jésus ! Tu es suicidaire ou quoi ?

Elle avala un morceau.

— C'est fort.

— On s'en sert dans les salles de torture.

— Moi, j'aime bien.

Je mangeai du pain, bus de la bière. L'espace où ils avaient aménagé le restaurant avait dû être autrefois un magasin de nouveautés. Derrière l'immense vitrine, une des premières soirées de printemps envahissait tout doucement Inman Square. Dans la pénombre naissante, on devinait à peine le halo éthéré des phares de voitures.

— J'ai vu Frank s'introduire, en pleine obscurité, dans un immeuble où des types lui tiraient dessus. Et tu aurais dit qu'il venait chercher son courrier.

— Qu'est-ce que ça t'a fait quand moi je suis partie ?

— Je ne m'en souviens pas bien. Ça remonte à loin, tu sais.

— Hum. Qu'est-ce que je portais le jour où l'on s'est rencontrés ?

— Chemisier en soie noire à manches bouffantes, légèrement décolleté, pantalon blanc. Chaîne en argent autour du cou. Bracelet assorti. Petites boucles d'oreilles torsadées également en argent. Si je ne me trompe, un soupçon de fard à paupières. Et une coupe de cheveux à la Jeanne d'Arc.

— Hum.

Nous restâmes silencieux un moment. Je pris un autre morceau de pain.

— Bon, d'accord, madame la psy. Je me souviens en détail du jour où nous nous sommes rencontrés et de pas grand-chose du jour où nous nous sommes séparés.

— Hum.

— Que ce soit riche de signification, je n'en doute pas. Et si je t'entends prononcer encore un "hum", je t'interdirai de me regarder prendre ma douche.

— Dieu m'en garde ! dit Susan

— Alors, où veux-tu en venir ?

— Si les hommes comme toi, comme Frank Belson, comme Quirk, se conduisent comme ils le font, c'est en grande partie parce qu'ils sont blindés. Ils n'arrivent à maîtriser leurs émotions, à maîtriser leurs gestes qu'en se fermant comme une huître. Ils ne disent presque rien. Ne montrent presque rien.

— Sauf aux femmes.

— As-tu déjà remarqué qu'avec moi tu acceptes de discuter de tout alors que tu détestes les échanges de banalités ?

— Ça frise parfois le pire des bavardages.

— Je ne pense pas que ce soit du simple bavardage. Mais, en dehors de moi, de qui es-tu proche ?

— De Paul Giacomin et de Hawk.

— Comme bavards, on ne fait pas mieux. Tu discutes avec Paul ?

— Non.

— Et avec Hawk ?

— Sûrement pas.

— Ou avec Belson, ou Quirk, ou Henry Cimoli, ou ton copain gangster ?

— Vinnie Morris ?

— Oui, Vinnie. Est-ce qu'ils papotent, tes amis ?

— Probablement en compagnie de leur copine, répondis-je. Sauf Hawk. Je doute que ça lui arrive jamais.

— Pour ce qui est de Hawk, je ne me prononcerai pas, dit-elle. Être un homme est déjà compliqué. Être noir doit l'être bien davantage.

La serveuse blonde réapparut pour m'apporter une autre bière, sans même que je la lui demande. Je savais qu'elle était déjà prise, tout comme moi. Mais l'adoption restait une possibilité à envisager.

— Songe un peu à la manière dont tu te comportes, poursuivit Susan. Un vrai tatou. Tu ne donnes pas grand-chose, ne demandes pas grand-chose, et la seule façon de t'atteindre, c'est de percer ta carapace.

— Et c'est ce qui est arrivé à Frank.

— Lisa a percé sa carapace, dit-elle. Et il lui a donné ce qu'il n'avait jamais donné à quiconque, l'accès à son être le plus intime. Il lui a révélé ce que personne d'autre n'avait jamais vu, ni même soupçonné. Ce qui doit être pour elle, ou pour n'importe quelle femme d'ailleurs, un lourd fardeau à porter.

— Toi, tu ne t'en sors pas trop mal.

— Je m'en sors, et je m'en réjouis, répliqua-t-elle. Mais, dans le cas de Frank, pour peu que Lisa ait jugé insuffisant ce qu'il lui avait donné, c'est-à-dire son être profond, ou qu'il en soit venu à penser qu'elle le jugeait insuffisant, il ne lui restait plus de carapace derrière laquelle se réfugier...

— Son premier mariage a dû l'user jusqu'à la corde.

Susan m'adressa un sourire.

— C'est fort probable. D'après ce que j'ai cru comprendre, le mariage battait de l'aile dès la première année, et ça ne s'est pas arrangé au cours des vingt suivantes. Par conséquent, il a été privé de ce qui te permet à toi, non pas d'éviter toute souffrance, mais de – Susan chercha le mot juste – garder le cap, dit-elle après une longue hésitation en haussant les épaules devant la pauvreté de l'expression.

À moi, elle ne me semblait pas pauvre. Elle me semblait géniale.

— Et c'est quoi, ça ? demandai-je.

Elle réfléchit un instant, le bout de sa langue apparaissant sur la lèvre inférieure qu'elle était en train de sucer comme chaque fois qu'elle considérait tous les aspects d'un problème.

— De l'amour-propre, je suppose. Le terme en vaut bien un autre. Dans le fond, cela signifie être satisfait de la personne que l'on est.

— De l'amour-propre ? Tu veux dire un processus d'individuation réussi. Ça ne sonne pas mieux ?

— Absolument. Je regrette de ne pas l'avoir trouvé moi-même.

— Vas-y, ne te gêne pas. D'ici peu, je croirai que c'était effectivement toi.

— C'est ce qui t'a permis de survivre à notre séparation, cette chose que tu as reçue, sans le savoir, de ton père et de tes oncles.

Le dîner avait pris fin. La dernière bière avait disparu. Susan avait sifflé un bon tiers de son verre de vin.

— Ma foi, ça doit faire des années que je ne m'étais pas plongé dans des subtilités pareilles, dis-je.

— J'espère que tu n'as pas eu trop de mal à suivre les passages compliqués.

— Ça a été à peu près, mais un effort de ce genre finit toujours par stimuler ma libido.

— Comme tous les efforts, non ?

— Je ne pense pas. Si on rentrait chez toi explorer ma vulnérabilité ?

— Et Pearl ?

— C'est une chienne. Elle n'a qu'à explorer sa propre vulnérabilité.

— Je lui demanderai de se mettre dans le salon, suggéra Susan. Est-ce que j'avais réellement mis du fard à paupières ?

— Tout à fait.

— Ne me dénonce surtout pas à la brigade du bon goût.

La première chose dont elle eut conscience en revenant à elle, c'était d'une voix silencieuse.

— Frank te retrouvera, disait la voix, Frank te retrouvera.

Puis elle sentit la poudre d'insecticide. Elle avait habité autrefois dans un immeuble où le gardien en mettait chaque jour pour chasser les cafards. C'était une odeur qu'elle connaissait bien ; cela avait quelque chose de rassurant. Elle ouvrit les yeux. Elle était couchée, un dessus-de-lit en soie mauve posé sur elle, la tête appuyée sur des coussins en dentelle ivoire. Elle tenta de s'asseoir. Elle était toujours attachée, le bâillon dans la bouche. Quelqu'un se mit à rire. Le son lui parut familier. Un rire bête, satisfait et un peu fou. La pièce était pleine d'écrans de télévision, au moins cinq, certains sur de légers socles, d'autres suspendus au plafond. Sur chaque écran, Lisa se voyait elle-même, riant, la tête renversée, vêtue d'un minuscule maillot de bain, avec, à l'arrière-plan, la mer qui allait et venait. Elle se souvenait très bien de cette journée. Ils étaient allés à Crane's Beach. Elle avait apporté du poulet, du pain, des nectarines et du vin.

Elle s'entendit hurler de rire tandis qu'il versait un peu de vin sur son soutien-gorge. Tout à coup, le son disparut, et il ne resta plus sur les écrans que les images muettes de ses gloussements. La lumière blanche du caméscope transperça soudain les ténèbres où, étendue et ligotée, elle se regardait à la plage. Elle distingua le bourdonnement de la cassette et le gémissement du zoom. Il sortit de l'ombre derrière les écrans, avec son caméscope.

— Tu n'aimes pas Crane's Beach, mon ange ? demanda-t-il, l'appareil devant son visage. On y retournera... Regarde, est-ce que ce n'est pas super ? Moi en Tarzan et toi en Jane.

Sur les écrans, il y eut une prise de vue de chez elle à Jamaica Plain, suivie brusquement de son visage en gros plan, la bouche tordue en un semblant de sourire par le bâillon serré. Un zoom arrière la révéla allongée par terre au fond de la camionnette, les yeux brillants dans la lumière implacable. Sur le lit, elle détourna la tête. Il tendit le bras et la ramena doucement vers lui.

— Il faut que je te voie, mon chou, ne fais pas la timide.

Et il se remit à la filmer dans le présent, tandis qu'elle regardait les films qu'il avait tournés dans le passé.

3

Installé dans le box aux panneaux de verre dépoli qui lui servait de bureau, je discutais avec Martin Quirk, le chef de la brigade criminelle.

— Frank va prendre quelques jours, dit-il.

Son blazer bleu marine était accroché à la patère derrière la porte. Il portait une chemise blanche et une cravate en laine pourpre et ses mains épaisses reposaient sur la table presque vide qui nous séparait. Il ne parlait pas beaucoup, sauf quand il était en colère, et alors il ne desserrait pas les dents. Personne n'avait envie de le mettre en colère.

— Je sais. Il t'a dit pourquoi ?

— Pour s'accorder un peu de repos.

— Tu es au courant de l'histoire avec sa femme ?

— Oui.

— Moi aussi.

— Qu'est-ce que tu sais au juste ?

— Qu'elle est partie.

Il hocha la tête.

— Très bien. Ça m'évite d'avoir à faire des pirouettes.

— C'est ce que tu faisais ?

— Ouais.

— Il a peur qu'elle l'ait quitté.

— Ce sont des choses qui arrivent, murmura-t-il.

— Tu ne sais même pas ce que c'est.

— Alors que toi, si.

— Eh oui !

— Je m'en souviens.

— Les premières réactions n'ont rien de logique.

— Ça doit être pour ça qu'on parle de dinguerie.

— Exactement. Qu'est-ce que tu peux me dire de sa femme ?

— Tu te goures complètement, rétorqua-t-il. C'est moi, le flic. C'est à moi de dire ce genre de trucs.

— Frank refuse d'en parler.

Quirk hocha la tête.

— Et toi, parce que tu aimes bien faire des BA, tu vas jouer les fouineurs.

— C'est tout à fait l'image que j'en ai.

— Ça a mis Frank dans tous ses états, cette histoire.

— Alors, qu'est-ce que tu peux me dire de sa femme ?

— Elle s'appelle Lisa St. Claire. Elle travaille dans une station de radio à Proctor, une de ces villes pourries près de la frontière du New Hampshire.

— Je connais Proctor.

— Tant mieux pour toi. Frank l'a rencontrée il y a environ un an, au bar de l'hôtel Charles. Il venait de divorcer. Sa bourgeoise lui en avait fait voir de toutes les couleurs. Tu la connaissais, la chère Kitty ?

Je fis oui de la tête.

— Pas étonnant qu'il trouve Lisa chouette. Merde, je la trouve chouette, moi aussi, et pourtant je suis très heureux en ménage. Frank a dû jouer les grands flics. C'est un numéro qui marche à tous les coups.

— Qu'est-ce que tu en sais ?

— Ça a marché du tonnerre pour moi.

— Tu t'es marié avant d'être nommé lieutenant.

Quirk se mit à sourire.

— J'avais de l'imagination à l'époque. En tout cas, Frank et elle ont commencé à sortir ensemble. Un mois plus tard, il s'installait chez elle, sa femme ayant obtenu le pavillon dans le divorce. Il y a cinq ou six mois, ils se sont mariés et ont acheté cette maison au bord du lac.

— Elle gagnait bien sa vie ?

Il se contenta de hausser les épaules.

— Combien ça peut rapporter, disc-jockey ?

— Plus qu'un flic.

— Naturellement, c'est plus utile à la société. Frank faisait plein d'heures sup. Il s'était sans doute constitué un petit magot.

— Que l'ex n'aurait pas raflé ?

— Ça faisait déjà un moment qu'il voyait venir. Il avait dû planquer des titres payables au porteur, au cas où.

— Tu sais quel âge a Lisa ?

— Pas vraiment. La trentaine, je dirais. D'après toi ?

— En tout cas, elle est beaucoup plus jeune que Frank.

— Et beaucoup plus appétissante. Frank n'en revenait pas qu'elle soit aussi bien roulée.

— D'accord, mais est-ce quelqu'un de bien ?

— C'est peut-être ce qu'on va découvrir.

— Tu sais d'où elle vient ?

Quirk haussa les épaules.

— Est-ce qu'elle a de la famille ?

Nouveau haussement d'épaules.

— Sais-tu où elle a travaillé avant d'échouer à Proctor ?

— Non.

— Et son émission de radio, tu l'as déjà écoutée ?

— Non plus. J'ai déjà assez à faire avec mes CD de Prince.

— Il ne s'appelle plus Prince.

— Qu'est-ce que ça peut me foutre ?

— Question à poser à ton psy. Est-ce qu'elle avait déjà été mariée ?

— Aucune idée.

— C'est plutôt vieux, la trentaine, pour un premier mariage.

— Toi, tu n'as jamais été marié.

— C'est également curieux, certes. Sauf que, moi, je n'ai pas disparu.

— Les gosses d'aujourd'hui, ils couchent ensemble, ils habitent ensemble. Ils attendent longtemps avant de se marier.

— Quel âge avais-tu, Martin ?

— Vingt ans.

— Mieux vaut se marier que de rôtir en enfer.

— Je n'ai aucun regret. Mais il y a plein de gens qui se marient pour avoir le droit de baiser six fois par semaine. Au bout d'un certain temps, ils n'ont plus envie qu'une fois par semaine, si bien qu'ils sont obligés de se parler. Ça donne pas mal d'alcooliques.

— Tu crois qu'elle l'a quitté ? demandai-je.

— Je n'en sais rien. Si elle l'a plaqué, il ne s'en remettra jamais. Et si elle ne l'a pas plaqué... alors où est-elle, bon sang ?

— On a effectivement du mal à choisir son camp.

La fenêtre derrière Quirk donnait sur Stanhope Street, à peine plus large qu'une ruelle. En se tenant tout près, on avait vue sur la Pizzeria Bertucci, à l'ancien emplacement du Red Coach Grill. Un pigeon vint se poser sur le rebord de la fenêtre, qu'il se mit à arpenter en ébouriffant ses plumes. Il pivota pour nous dévisager d'un œil. Par intermittence, la sonnerie des divers téléphones nous parvenait de la salle commune, de l'autre côté du verre dépoli. Parfois, on répondait tout de suite, parfois après un laps de temps beaucoup trop long. Ceux qui téléphonaient à la brigade criminelle étaient rarement porteurs de bonnes nouvelles.

Je me levai. Le pigeon me regardait.

— Dès que j'aurai du nouveau, je te le ferai savoir, dit Quirk.

J'ouvris la porte. Lorsque je fis mine de sortir, le pigeon s'envola.

On l'avait détachée. Et elle était seule. Sur les écrans, il y avait des images de lui, défaisant délicatement les écharpes. De ne plus être attachée avait diminué un peu sa frayeur. Au moins, elle pouvait bouger. Au moins, elle pouvait parler, même si elle n'avait personne à qui parler en dehors de lui.

— Nous mettrons ces écharpes de côté, amor mio, *dit-il sur les écrans. En souvenir de nos retrouvailles.*

Assise au bord du lit, elle attendit que les fourmillements se soient calmés. C'était un immense lit à colonnes de l'époque victorienne avec des draps en satin bleu pâle sous un baldaquin damassé. Il était entouré de décors de théâtre, aux couleurs passées, représentant des prairies verdoyantes, des saules, de vieux murs de pierre et un pointer anglais posant dans un champ. Au loin, des moutons paissaient sous le regard d'une jeune bergère, nu-pieds, une houlette à la main. Une route sinueuse s'enfonçait dans la prairie vers le point de fuite, pour disparaître en courbe derrière le mur. Certains de ces décors, elle le savait, provenaient d'une mise en scène de Rumpelstiltskin [1] *faite par un théâtre pour enfants. Comment se les était-il procurés, elle aurait été bien en peine de le dire. Derrière les décors, les fenêtres étaient entièrement bou-*

1. Pièce pour enfants adaptée d'un conte des frères Grimm.

chées. La seule lumière émanait des spots accrochés à la tuyauterie du plafond peint en noir et de la lueur des écrans de télévision qui diffusaient les mêmes séquences en boucle. Les écrans étaient à nouveau silencieux. Il semblait commander le son de manière fantaisiste. Entre les lampes, des morceaux de gaze masquaient le plafond en une évocation dérisoire des nuées célestes. Une grande armoire en chêne se dressait contre le mur en face. Elle était remplie de costumes de théâtre. Au fond, à droite du lit, se découpait une porte. Lorsqu'elle en eut la force, elle se leva pour essayer de l'ouvrir, marchant avec difficulté, les jambes encore engourdies et flageolantes. La porte était fermée à clé. Le contraire aurait été étonnant. Elle pivota et se mit à faire le tour de la pièce, effleurant de la main les panneaux noirs en contreplaqué cloués sur les fenêtres. Un des panneaux avait des charnières d'un côté et un cadenas de l'autre. Un second avait été découpé pour loger un climatiseur. Tous étaient infranchissables. Elle écarta les lèvres, remua légèrement les mâchoires. Sa bouche, si humide quand elle était bâillonnée, était à présent sèche et endolorie. Elle lança deux ou trois « ohé » pour voir si elle arrivait à parler, émettant un minuscule bruit sourd dans la pièce fermée. Elle sentit revenir la panique. Elle était libre sans l'être. À gauche de l'armoire, il y avait une salle de bains, la porte entrebâillée, de la lumière éclairant faiblement l'intérieur. Les murs étaient revêtus de carrelage rose. Une housse en laine rose couvrait le siège des toilettes et la cabine de douche en fibre de verre était munie d'une porte teintée en rose. Il y avait des fleurs dans un vase et, sur le sol, un épais tapis également rose. Pas la plus petite fenêtre. Elle entendit, derrière elle, le bruit du caméscope.

— Tu devrais prendre une douche, querida. *Il y a du savon à l'huile d'amande douce et du shampooing au lilas, et aussi des vêtements propres pour toi dans*

l'armoire... Ne sois pas timide... Tout doit être filmé... On regardera la cassette quand on sera vieux.

Elle le fixa du regard, sans bouger. Elle portait le chemisier trempé de sueur et le jean qu'elle avait lorsqu'il l'avait enlevée.

— Ôte tes vêtements, chiquita, *tu as besoin de prendre une douche et de te changer.*

Elle continuait à le regarder fixement. Elle s'était déjà trouvée nue devant lui. Ils avaient souvent fait l'amour. Mais, à cet instant, c'était comme si un inconnu lui avait ordonné de se déshabiller en public. Elle ne trouvait rien à dire.

— Allons, vas-y, ordonna-t-il, la voix chargée de haine, sinon c'est moi qui m'en chargerai.

Elle le regardait toujours, et la caméra continuait de bourdonner. Elle eut l'impression de toucher le fond, d'être submergée par ce sentiment de faiblesse qui courait le long de ses bras et lui serrait l'estomac. C'était une sensation ancienne. Elle l'avait éprouvée bien des fois. Elle ne voulait pas... Elle ne pouvait pas le supporter... Elle était bien forcée... Il n'y avait pas d'autre solution. Tous deux restèrent ainsi en suspens, dans une sorte d'immobilité hargneuse qui dura une éternité, les seuls bruits étant ceux de la cassette vidéo en train de tourner et de leur respiration légèrement rauque. Je ne peux rien faire, se dit-elle. Une fois de plus, je ne peux rien faire. Puis, lentement, elle se mit à déboutonner son chemisier.

4

Assis en face de Frank Belson dans un bistrot de Columbus Avenue, je buvais mon déca par une sale journée de printemps, le ciel couleur d'acier, un mélange de crachin et de neige ballottant dans les airs. Il n'avait pas encore retrouvé sa femme.

— Tu l'as rencontrée avant de divorcer ? lui demandai-je, surtout pour meubler le silence.

— Non.

— Alors elle n'était pas à l'origine de la séparation.

— Ça n'a fait qu'entériner un état de fait. Mon mariage était foutu depuis longtemps.

J'étais engagé dans une énième tentative pour arrêter le café. Les échecs précédents avaient été démoralisants, mais pas définitifs. Je versai à nouveau du sucre dans ma tasse afin d'en masquer le goût.

— C'était un sacré chameau, Kitty ! dit-il en contemplant les reflets irisés à la surface de son café, un vrai. Hystérique, toujours les nerfs à fleur de peau... elle pensait qu'on ne baisait que pour faire des mômes. Elle n'avait aucune envie d'en avoir, du reste, mais elle ne supportait pas l'idée que ses copines en aient avant elle. Tu vois le topo ?

— Je n'ai jamais été un fan de Kitty.

— Le fric, continua-t-il. Je ne connais personne qui soit aussi obsédé par le fric. Comment en avoir, comment l'économiser, pourquoi il ne faut pas le dépenser, pourquoi j'aurais dû en gagner plus. De quoi est-ce que nous avions l'air dans le quartier alors que le mari de Trudy Fitzgerald, qui est ingénieur, avait une feuille de paie deux fois plus grosse que la mienne ? La baise aurait été payante, elle en aurait réclamé tous les soirs.

— Rien de plus normal, fis-je remarquer.

— Si ce n'est qu'au bout de quelques mois, je lui aurais filé du pognon pour s'abstenir. Mais on a eu un premier gosse, et d'autres ont suivi. Parce que c'était le genre à savoir le nombre exact de gosses qu'il faut avoir. Il y avait des règles pour tout, tu comprends ? Et, là-dessus, elle était imbattable. Si c'était bien d'avoir une maison près d'un plan d'eau, s'il fallait envoyer les mômes dans une école privée, s'il fallait mettre du sel dans la flotte avant de la faire bouillir, la marque de sous-vêtements que porte une femme bien.

Il se tut un long moment. Il tenait toujours la tasse entre ses mains, mais il ne buvait pas. J'attendis. Deux flics vinrent s'installer au comptoir. Belson les salua d'un simple signe de tête. Ils commandèrent deux cafés noirs, et l'un d'entre eux prit une tarte à l'ananas.

— Mais vous n'avez pas divorcé.

— On était cathos tous les deux. Et puis il y avait les gamins, et merde, le temps a passé, et voilà qu'on était mariés depuis vingt-trois ans et qu'on s'était à peine adressé la parole. Je faisais beaucoup d'heures sup.

— C'est alors que tu as rencontré Lisa.

— Ouais. Les flics de Cambridge avaient arrêté un certain Wozak, accusé de coups et blessures. Nous, on pensait que c'était le gus qui avait buté un de nos indics, un camé du nom d'Eddie Navarrone. Pas une grosse perte, Eddie, mais la politique en vigueur à la brigade étant celle de la dissuasion, je suis allé le voir, le Wozak. C'était peut-être notre homme, ou peut-être pas. De toute façon, vu les preuves qu'ils avaient accumulées contre lui à Cambridge, il ne risquait pas de nous fausser compagnie. À moins qu'un de ces crétins de juges ne tombe sur une faute d'orthographe et ne le relâche pour vice de forme.

— Ou parce qu'il n'y avait plus de place en taule, ajoutai-je.

Le dos tourné, les yeux rivés sur le temps maussade, Belson se contenta de hausser les épaules.

— C'est pas dans une cellule qu'il fallait le mettre, mais sous terre.

Je commandai encore un déca. Le café de Belson avait dû refroidir. Il le tenait toujours, sans le boire. Il semblait fasciné par cette neige printanière.

— T'en as vu, des rouges-gorges, cette année ? demanda-t-il.

— Non.

— Moi non plus.

— C'est à Cambridge que tu as rencontré Lisa ?

— Ouais.

— Tu veux me raconter ton histoire ou tu préfères que j'invente et que tu me dises si je brûle... ?

Belson avala une gorgée de café et reposa la tasse en secouant la tête.

— Il était environ cinq heures et demie. J'étais au bar de l'hôtel Charles, devant une vodka tonic. Et elle était là aussi. Il n'est pas grand, ce bar. Tu y es déjà allé ?

— Oui.

— Elle portait une robe jaune et un de ces chapeaux avec le bord tourné que les femmes se vissent sur la tête jusqu'aux sourcils. Elle buvait la même chose que moi et, soudain, elle me demande : "C'est quelle marque de vodka ?" Je lui réponds : "Stoli", et elle me dit : "C'est ce que je buvais dans le temps. Les grands esprits, n'est-ce pas ?"

Les deux flics au comptoir vidèrent leur tasse, se levèrent et se dirigèrent vers la porte. Belson les suivit des yeux.

— Brigade sud, déclara-t-il distraitement.

— Et ça a été le début de votre liaison.

— Ouais. Elle a voulu savoir ce que je faisais dans la vie, et je lui ai dit. Alors elle m'a demandé : “Vous avez un revolver sur vous ?” “Ben oui. Quand on braque les voleurs avec l'index, ça ne donne pas grand-chose.” Alors elle s'est mise à rire, et on a passé toute la soirée à discuter. Je ne l'ai pas ramenée chez moi ce soir-là, mais j'ai pris son numéro, et le lendemain je lui ai téléphoné.

Il fit une pause pour regarder les deux flics s'engouffrer dans leur Ford grise et s'engager dans la circulation. Puis il se remit à parler tout en observant la voiture qui s'éloignait :

— Elle ne ressemblait, elle ne ressemble à personne. Elle était constamment présente dans l'instant. Entière, tout le temps. Pas de recoins cachés, pas de petits jeux. Et la première fois qu'on a fait l'amour, elle m'a dit : “Je te raconterai tout ce que tu veux savoir sur moi, mais ce que j'aimerais, c'est faire comme si la vie avait commencé le jour de notre rencontre.” Et moi, je lui ai répondu : “Entendu. On ne parle pas du passé, pas du tout, on ne parle que de toi et moi.” Et c'est ce qu'on a fait. Je ne sais absolument rien de sa vie avant qu'on se mette ensemble.

J'attendais, sirotant mon déca. Belson se taisait.

— Est-ce qu'il peut y avoir un rapport entre Kitty et la disparition de Lisa ?

— Non, dit-il en soupesant ses mots. J'y ai déjà songé. Pas possible. Kitty est une garce de première, mais pas ce genre de garce. Et elle est en Floride avec sa sœur depuis le 10 février.

Elle aurait pu le commanditer. Mais cela ouvrait des perspectives auxquelles il valait mieux ne pas penser.

— Vu la tournure des événements, tu n'as pas envie de te renseigner sur le passé de Lisa ?

— Si. Je ne l'ai pas encore fait, mais je sais qu'il va falloir en passer par là.

Au bout d'un certain temps, je lui dis :

— Tu vas la retrouver.

— Ouais, murmura-t-il. Sûr.

La douche était délicieuse. Beaucoup d'eau chaude. Beaucoup de pression. L'eau l'enveloppait de toute part, trempant ses cheveux, cascadant sur son corps. Elle se frotta vigoureusement, se savonnant, se shampouinant, chassant la crasse et la sueur de sa captivité et, dans la mesure du possible, la peur. Il était là, avec son caméscope béant et passif. Pouvait-elle garder quoi que ce soit ? Garder intacte la moindre parcelle de Lisa ? Presque immobile, submergée à chaque instant par la terreur, pouvait-elle préserver une seule partie d'elle-même qui fût encore Lisa ? Elle se tenait bien droite, sans faire la moindre tentative pour dissimuler sa nudité. Elle ne pouvait pas l'empêcher de la regarder. Mais elle pouvait se nettoyer et, bon sang, elle n'allait pas se laisser intimider. Cependant, elle avait si peur, elle était si seule qu'il lui était difficile d'ignorer la fragilité de sa détermination. On se serait affolé pour moins que ça. Elle modifia sa décision. J'essaierai de ne pas me laisser intimider, se dit-elle. Lorsqu'elle eut fini, elle sortit de la douche et s'essuya avec une serviette, sans prendre la peine de se cacher, le fixant, lui et son objectif implacable. Frank me retrouvera, pensa-t-elle. Elle suspendit la serviette au crochet situé à côté de la douche et se dirigea vers la caméra. Il recula tandis qu'elle marchait jusque dans la chambre. Ses vêtements avaient disparu et sur le lit étaient posées de la lingerie propre ainsi qu'une robe noire dans le style des années vingt, dont l'ourlet était orné de perles.

— Tu veux que je mette ça ? demanda-t-elle.

À part les ohé, c'étaient les premiers mots qu'elle prononçait. Sa voix la surprit. Elle n'avait rien d'anormal. Pas du tout celle de quelqu'un que l'on avait enlevé et enfermé dans une pièce obscure.

— Chaque jour nous serons différents, déclara-t-il.

— C'est ça.

Elle se mit à s'habiller. Frank me retrouvera. C'était une sorte de litanie. Elle se répétait cette phrase comme on marmonne une prière. Elle fit glisser la robe par-dessus sa tête. Elle lui allait, bien sûr. Il connaissait sa taille. Qu'est-ce que Frank lui aurait conseillé ? Que devait-elle faire ? Il lui aurait dit de guetter l'instant propice. De ne pas compter sur lui. De s'échapper par ses propres moyens. J'essaierai, se dit-elle. Je peux toujours essayer. Lorsqu'elle fut habillée, il la fit asseoir à la table. La lumière de l'unique bougie dansait sur leurs visages, faisant étinceler la verrerie. Le son des écrans avait été coupé. Le reste de la pièce était plongé dans l'obscurité qui les serrait de près. Il portait un faux col et ses cheveux étaient ramenés en arrière. Il leva son verre.

— Bienvenue chez toi, mon ange.

Elle secoua la tête. D'abord, je peux peut-être essayer de le raisonner, se dit-elle. Même formulés mentalement, ses arguments ne lui paraissaient guère solides.

— Non ?

— Non. Chez moi, c'est avec mon mari.

— C'est fini, mon ange. C'était une erreur. Nous allons la corriger.

Il but une gorgée de vin et s'en resservit un peu. Il lui souriait avec douceur, comme s'il venait de régler un point délicat avec un enfant. Elle se sentit soudain en colère.

— Elle ne peut pas être corrigée, Luis. Je l'aime.

Il fronça brièvement les sourcils, puis son visage se détendit à nouveau et il inclina la tête avec indulgence.

— Cela ne veut pas dire que je ne t'aie pas aimé, continua-t-elle. Je t'ai sans doute aimé. D'un amour sincère. Mais ça n'a pas duré.

Elle avait du mal à parler tant elle avait peur, tant elle devait se montrer prudente dans le choix des mots. Il ne semblait pas s'en être aperçu. Lui souriant avec bienveillance, il sortit un cigare de sa poche. Il le coupa minutieusement à l'aide d'un petit couteau en argent puis l'alluma tout aussi minutieusement, le tournant jusqu'à ce qu'il se mette à brûler. Après quoi, il rangea le briquet et tira placidement quelques bouffées. Sur les écrans privés de son, on voyait l'image de Lisa, attachée au sol de la camionnette, sous la lumière brutale de la lampe du caméscope. Elle détourna la tête.

— Ça ne pouvait pas durer.

Les mots sortaient malgré elle. Ils jaillissaient en bouillonnant avant d'avoir été pensés, avant d'avoir été expurgés :

— Parce que, quand tu me regardais, ce n'est pas moi que tu voyais. Tu voyais un fichu trophée de chasse. Un objet distrayant et sensuel à enfermer dans une vitrine quand il ne servait pas. Comme en ce moment, comme tu m'enfermes dans ton sale appareil.

Il inspira lentement et laissa échapper un nuage de fumée. Puis il sourit d'un air songeur, renversé en arrière, tournant délicatement le vin dans son verre qu'il tenait par le pied.

— Mon ange, je t'aime depuis notre première rencontre. C'est moi qui suis enfermé... dans tes yeux, dans tes lèvres, dans ton corps.

— C'est exactement le genre de salades dont tu te servais pour m'étouffer. Et plus je faisais d'efforts pour ressembler à un véritable être humain, plus tu y allais de tes boniments. Cela n'a jamais eu le moindre rap-

port avec moi. Seulement avec toi et ce que tu éprouves pour moi.

Il écarquillait les yeux, la peau tendue comme si on avait trop tiré dessus. Elle était incapable d'arrêter les mots qui se ruaient en désordre ; elle avait peur de les dire, mais il lui était impossible de s'interrompre. Si seulement elle avait pu marquer une pause, reprendre haleine, recouvrer son calme.

— Frank, lui, me prend au sérieux.

— Parce que moi... je ne te prends pas au sérieux ? répliqua-t-il, sidéré par ce qu'il venait d'entendre. Moi... qui ai failli mourir quand tu m'as quitté. Moi qui ai passé chaque moment depuis ton départ à te chercher ? Moi qui ne suis rien sans toi. Je ne te prends pas au sérieux ?

Elle sentit une impression de fragilité s'étendre depuis le creux de son estomac, le long de ses bras et de ses jambes jusqu'à sa colonne vertébrale. Pourtant, au plus profond d'elle-même, quelque chose d'autre s'était mis à croître, un noyau informe qui refusait de céder. Qui ne voulait pas ou, cette pensée l'effleura un bref instant, ne pouvait pas cesser d'être Lisa. Elle lui tiendrait tête, du mieux possible, avec les moyens dont elle disposait. Elle avait parcouru trop de chemin, traversé trop d'épreuves pour devenir Lisa. Elle ne reviendrait pas en arrière. Plutôt mourir que de revenir en arrière. Elle le dévisagea tandis qu'il se penchait avec attention vers elle.

— Non. C'est toi que tu prends au sérieux.

Son visage parut s'empourprer puis il reprit contenance. Pendant un moment, il tira des bouffées de son cigare. Au fond de ses yeux brillait une étincelle qui la remplit d'effroi.

— Tu finiras par me prendre au sérieux, toi aussi.

5

J'étais à mon bureau. Dehors, le printemps s'annonçait clair, vif, pas très chaud, mais ensoleillé et sans un souffle de vent. Les vêtements d'été avaient fait leur apparition dans les vitrines de Newbury Street, les cafés avaient commencé à sortir leurs tables. Il faisait encore trop frais pour s'y installer, mais c'était de bon augure et j'avais le moral au beau fixe. Ayant terminé mon petit-déjeuner, je songeais déjà au repas de midi quand Quirk téléphona.

— Belson s'est fait tirer dessus hier soir. Je passe te chercher tout de suite.

— Il est encore en vie ?

— Façon de parler, répondit-il avant de raccrocher.

J'attendais dehors, vêtu de mon blouson de cuir – réplique exacte de l'A-2 des pilotes des années quarante –, le col remonté, lorsqu'une Ford noire banalisée surmontée d'une longue antenne déboîta vers moi. Quirk était à l'arrière, un flic de la brigade criminelle du nom de Malone au volant. Je me glissai à côté de Quirk. Malone démarra, fit hurler la sirène, brûla un feu rouge et fonça dans Boylston Street.

— Hier soir, vers huit heures, alors qu'il rentrait chez lui, quelqu'un lui a expédié trois balles de 9 mm dans le dos au moment où il introduisait sa clé dans la serrure, expliqua Quirk. L'une d'elles lui a brisé l'omoplate gauche, une autre a traversé le côté droit.

La troisième y est encore, près de la colonne vertébrale, tout en bas.

— Est-ce qu'il va s'en sortir ?

— Il y a de fortes chances. Mais on ignore dans combien de temps il pourra à nouveau marcher.

— Le type n'a pas fait un carton serré, fis-je observer.

— Ça ne nous a pas échappé. En revanche, il n'a raté aucun de ses coups. On n'a pas retrouvé d'autres balles.

— Alors ce n'est pas un novice. Peut-être un excité.

— Peut-être.

Malone s'engagea dans Arlington Street puis tourna à gauche dans St. James.

— A-t-il repris connaissance ?

— Par moments, répondit Quirk. Et, la dernière fois, il a demandé à te parler.

La sirène braillant à plein volume, la voiture traversa Copley Square avant de filer dans Huntington Avenue.

— Quel hôpital ?

— Brigham.

— Des suspects ?

— Aucun.

Au bout de Huntington, nous tournâmes dans Francis pour nous garer sous le porche de l'entrée principale de l'hôpital. Nous descendions de voiture quand une grosse Noire portant l'uniforme des services de sécurité sortit en nous faisant signe de ficher le camp. Malone lui montra sa carte. Avec un hochement de tête, elle fit demi-tour.

Belson se trouvait aux soins intensifs, un drap remonté jusqu'au milieu de la poitrine. On avait planté le goutte-à-goutte dans le dos de sa main droite. Il avait la main gauche dans le plâtre. Lee Farrell se tenait devant la fenêtre, les fesses sur le rebord. À côté du lit, un flic que je ne connaissais pas surveillait un magnétophone qui n'enregistrait rien. Belson semblait endormi. J'adressai un signe de tête à Farrell.

— Ils l'ont drogué un max, chef, déclara le flic au magnétophone. Il n'a pas pipé mot.

Quirk acquiesça.

— Frank, dit-il, Spenser est là.

Belson ne bougea pas pendant une bonne vingtaine de secondes puis il souleva les paupières. Très lentement, ses yeux se déplacèrent en direction de la voix de Quirk puis, très lentement encore, au-delà de Quirk, pour se fixer sur moi. Le flic mit le magnétophone en marche.

— ... Parler... à... Spenser, murmura Benson d'une voix à peine audible.

Tous ses gestes se faisaient au ralenti, comme si les fils étaient mal branchés.

Je me rapprochai du lit et me penchai.

Son regard resta un instant pointé vers l'endroit où je me trouvais auparavant, avant de pivoter lentement et encore plus lentement de se poser à nouveau sur moi.

— Qu'est-ce que tu veux ?

— ... que... tu... la... retrouves.

— Lisa ?

— Je... ne... peux... plus... chercher... maintenant. Toi... retrouve-la.

— D'accord. Je la retrouverai.

Pendant un certain temps, Belson ne dit plus rien. Il avait les yeux tournés dans ma direction, mais je n'avais pas l'impression qu'il me voyait. Puis, de façon délibérée, ses lèvres se mirent à bouger, mais il n'en sortit aucun son. Enfin, on entendit :

— Bien.

Tout le monde se taisait. Les yeux vitreux de Belson étaient toujours rivés sur moi.

Hochant imperceptiblement la tête, il les referma et sombra dans une inertie complète. À côté du lit, le flic appuya sur la touche « arrêt ».

— Occupe-toi de la femme, me dit Quirk dans le couloir. Nous, on va chercher le salaud qui lui a tiré dessus. S'il se révèle qu'il y a un lien entre les deux, on se permettra une petite collaboration.

— Est-ce qu'il a dit quelque chose qui puisse m'être utile ?

— Il n'a rien dit d'utile pour personne. D'ailleurs, même s'il était lucide, ça m'étonnerait qu'il puisse nous aider. Il a été atteint dans le dos, alors qu'il n'avait même pas eu le temps de dégainer.

— Un pro ne serait pas reparti sans l'achever.

— Un amateur n'aurait pas fait mouche trois fois de suite, rétorqua-il. Quelque chose a dû le faire déguerpir.

— Si c'est le cas, ce serait bien de trouver ce quelque chose et peut-être de discuter avec.

— On est en train de chercher.

— Quand sera-t-il à même de communiquer davantage ? Les médecins t'ont donné un ordre d'idée ?

— Non. Ils l'ont mis sous morphine et, d'après eux, il en a encore pour un bon bout de temps.

— Alors, je dois faire cavalier seul.

— Ce n'est pas toujours comme ça ?

Nous remontions lentement le couloir menant aux ascenseurs.

— Tu veux aller jeter un coup d'œil chez Frank ? demanda Quirk en me tendant une clé neuve avec une petite étiquette attachée à une ficelle – sur l'étiquette, on avait marqué à l'encre bleue : BELSON, PORTE D'ENTRÉE.

— Je ne vois pas comment faire autrement.

— Joue pas les délicats. Il s'agit à présent d'une tentative de meurtre.

6

Belson et sa nouvelle épouse habitaient le lotissement de Jamaica Plain, dans Perkins Street, juste à la sortie de Brookline. C'était un ensemble plutôt agréable de maisons grises et blanches revêtues de bardeaux, groupées par trois selon des angles variés et réparties sans logique apparente de façon à créer l'effet d'un quartier ayant évolué au gré de ses divers propriétaires. Par cet après-midi de fin mars, de l'autre côté de la rue, en contrebas, le lac Jamaica miroitait, cristallin, comme dans l'attente d'une assemblée de la tribu Wampanoag. Au-delà du lac, dans Jamaica Way, les voitures roulaient à tombeau ouvert. Au loin, sur fond de ciel pâle, se dressaient les tours du centre-ville, nettes et avenantes en ce début de printemps.

Non sans noter au passage, à hauteur de la cuisse, le trou dans le chambranle d'où avait été extraite une des balles, je fis jouer la clé et entrai. Ça ne me plaisait pas trop. Je me sentais mal à l'aise d'avoir à fouiller chez quelqu'un que je connaissais depuis vingt ans. À une ou deux reprises, j'étais allé voir Belson et sa première femme dans leur affreux petit pavillon de Rosindale. Et j'avais pénétré une fois dans le salon de sa nouvelle demeure, le jour du mariage. Mais, à cet instant, je me faisais l'effet d'un intrus. Pourtant, il fallait bien commencer quelque part. Je n'avais aucune idée de ce que Belson avait déjà fait pour retrouver sa femme. Avait-il écouté les messages de celle-ci ? Examiné son courrier ? Vérifié qu'il ne manquait ni vêtements ni sac à main ? J'étais bel et bien à la case départ.

Je me trouvais dans une minuscule entrée. Il y avait un coin repas à gauche, un salon en face et, à ma droite, un escalier menant à l'étage, avec les toilettes au-dessous. Tout était petit... et nickel, depuis la cheminée dans un angle du salon jusqu'aux appareils de cuisine – frigo, cuisinière, lave-vaisselle, broyeur, micro-ondes – en passant par le carrelage et les grands bocaux à épices qui semblaient n'avoir jamais servi. Visiblement, comme dans la plupart des lotissements modernes que je connaissais, l'entrepreneur avait investi une petite partie de l'argent que la production de maisons en série lui avait permis d'économiser dans des équipements ménagers destinés à donner aux propriétaires l'impression d'être à la pointe du progrès.

Au premier, un énorme lit à baldaquin occupait presque toute la chambre. La salle de bains avait un jacuzzi. L'autre chambre était petite, mais n'en présageait pas moins l'éventuelle arrivée d'un enfant ou d'un ami. Elle avait été aménagée en bureau, manifestement par Lisa.

Sur la photo encadrée du couple, suspendue au mur, on la voyait avec ses cheveux coupés court, sa grande bouche et ses yeux immenses. C'était une belle fille, encore plus belle dans la réalité, avec un corps sportif et une pêche d'enfer. Par déformation professionnelle, j'avais bien observé sa silhouette lors du mariage. À côté de la photo, un certificat de mérite, également encadré, remerciait Lisa d'avoir parrainé la section de la Croix-Rouge de Proctor. Posés sur son bureau juste en dessous, se trouvaient un ordinateur Macintosh, un téléphone sans fil et un répondeur. Le cadran indiquait quatre messages. J'appuyai sur la touche.

« Salut, St. Claire. C'est Tiffany. Je viendrai te chercher vers cinq heures. Ça nous laissera le temps de prendre un verre avant le cours... » « Ici le cabinet du docteur Wilson, afin de confirmer votre rendez-vous de mardi prochain à quatorze heures quarante-cinq pour un détartrage. Bonne journée... » « Ah ! Lisa, ça fait vraiment plaisir de t'entendre. J'espère te revoir bientôt... » « Chérie, je vais être coincé ici jusqu'à sept heures. Je passerai chez le Chinois en rentrant. Je t'aime. »

Le téléphone était muni d'une touche « bis ». J'appuyai dessus. En entendant la voix à l'autre bout déclarer « brigade criminelle », je raccrochai. Son dernier coup de fil avait été pour son mari. Sans doute pour un peu plus de poulet au gingembre et un « moi aussi, je t'aime ». Ou peut-être seulement pour le poulet.

Mis à part celui de Belson, les messages ne me disaient rien. Il aurait été en état, j'aurais pu les lui faire écouter pour qu'il les identifie. Mais ce n'était pas demain la veille. Je les repassai en prenant des notes.

Le premier message allait de soi. Il suffisait de savoir quel cours, quelle fac et qui était Tiffany, ce que j'ignorais. Tiffany appelait Lisa par son nom de jeune fille, brillante observation dont la signification, si elle en avait une, m'échappait complètement. Puis je me demandai si on avait encore le droit de dire « nom de jeune fille ». Quelle serait la formule politiquement correcte ? Nom prénuptial ? Patronyme d'origine ? Désignation extraconjugale ?

À moins d'être codé, le deuxième message venait de son dentiste. La troisième voix était celle d'un homme qui semblait, même si je n'en étais pas certain, parler avec un accent. La quatrième était celle de Belson. En passant en revue les étagères, je tombai sur le programme d'études de la faculté de Merrimack State, ce qui expliquait le cours en question. Le tiroir du bureau contenait trois stylos Bic – noir, pointe moyenne –, une petite poignée de trombones, des élastiques, le mode d'emploi du répondeur, une plaquette de timbres-poste et des reçus de cartes de crédit. Je fourrai les reçus dans ma poche. Il n'y avait pas de carnet d'adresses ; elle devait le garder dans son sac à main. Sur l'épais bloc-notes du bureau, sans indication de date, le mot *Vaughn* était inscrit à plusieurs reprises d'une écriture fleurie, comme quand on gribouille distraitement en parlant au téléphone. Je ne trouvai rien d'autre. Je passai dans la chambre. Pas de sac à main à l'horizon. J'ouvris la porte d'un placard, de toute évidence celui de Lisa. Une forte odeur de parfum s'en dégageait. Pas de sac à main là non plus. J'ouvris la porte d'un autre placard, celui de Belson, avant de la refermer aussitôt. Je contemplai la commode, secouai la tête et renonçai à fouiller davantage dans la chambre.

Je fis le tour du rez-de-chaussée, pointant mon nez dans les placards de l'entrée et de la cuisine. Aucune trace de son sac à main. Si elle était partie sans, il y avait de grandes chances pour qu'elle ne soit pas partie seule. La conclusion inverse, qu'elle était partie de son plein gré, n'était pas forcément garantie, mais laissait au moins une lueur d'espoir. Ou peut-être pas. Si elle l'avait tout simplement plaqué sans rien dire, c'était l'horreur. Bien entendu, si on l'avait forcée à partir, ça l'était aussi. Mieux valait la retrouver, ensuite je saurais à quoi m'en tenir.

Lorsque je sortis du pavillon pour remonter dans ma voiture, le bloc-notes était au fond de ma poche. Il y avait encore de la neige dans certains endroits ombragés, ainsi que sur les immondes piles noircies par le sel, le sable et la pollution automobile que les chasse-neige avaient entassées au cours de l'hiver. Mais l'air vibrait déjà du chant des oiseaux, la terre était spongieuse sous mes pieds, et quelque part un petit vieux, marchand de ballons, devait siffler une mélodie enchanteresse. Je rentrai au bureau, les vitres de la voiture baissées.

Ce jour-là, il l'avait fait s'habiller en reine des plantations, genre Scarlett O'Hara. Lui-même était déguisé en dandy géorgien, avec cravate-lacet noire et chemise à jabot. Il y avait de la salade, du pain et une bouteille de champagne sur la table. Il remplit un verre, qu'il lui tendit.

— Je ne bois plus, Luis.

— Même pas un peu de champagne ?

— Je suis alcoolique, Luis. Ça m'est défendu.

— Tu buvais, avant, quand nous étions ensemble.

— C'était une rechute, à plus d'un titre, répondit-elle.

— Qu'est-ce que ça veut dire ?

— Simplement que ça m'est défendu.

— Je pourrais te forcer.

— Je sais.

— Mais je ne le ferai pas.

— Merci, dit-elle, s'en voulant aussitôt.

— Cela en fera plus pour moi.

Il but. Silencieuse dans sa robe ridicule, elle songeait qu'un verre lui donnerait du courage tout en sachant qu'elle se mentait. Je ne retournerai pas en arrière. Je ne redeviendrai pas cette chose. Sur les écrans défilaient les scènes de sa captivité et de leur idylle antérieure, cette fois sur une musique d'instruments à cordes comme on en entend dans les ascenseurs. Quel petit con ! pensa-t-elle.

— Mon mari est flic, Luis. Tôt ou tard, il me retrouvera.

— Il ne te retrouvera pas.

— Si, Luis, et alors tu seras dans la mélasse jusqu'au cou.

Il avait l'air presque serein.

— Non, il ne te retrouvera pas.

7

Situé assez loin de la côte, bien au nord de Boston, près de la frontière du New Hampshire, Proctor est niché dans une des boucles du fleuve Merrimack, dont les cascades et les torrents alimentaient l'industrie textile au dix-neuvième siècle et, ce faisant, avaient créé la ville. Avant la guerre, elle était peuplée d'immigrés irlandais et franco-canadiens travaillant dans les usines et de l'élite anglo-saxonne qui les dirigeait. Ces Yankees n'y avaient jamais habité. La plupart d'entre eux étaient logés en dehors de Proctor, dans des banlieues que les entreprises avaient construites de toutes pièces pour leurs cadres. Le Proctor actuel n'a plus d'anglo-saxon que le nom. Après la guerre, les usines ont déménagé dans le Sud, à la recherche de main-d'œuvre bon marché. Les Yankees ont simplement changé leur fusil d'épaule et, sans abandonner leurs banlieues, se sont regroupés un peu plus loin, à tout juste quelques dizaines de kilomètres le long de la nationale 128, pour rendre hommage au dieu de l'électronique. À présent, les Irlandais tiennent la mairie, les Francos se sont dispersés, et le reste de la ville est un patchwork d'immigrés venus d'Amérique centrale et d'Amérique du Sud.

Je pénétrai dans Proctor en franchissant le pont qui enjambe le Merrimack, à l'endroit où ses eaux sales se déversent dans le tourbillon des rapides et recrachent une écume jaunâtre. Les usines étaient toujours là : brique rouge, clôture métallique, imposantes, immuables et en grande partie laissées à l'abandon. Çà et là, on avait aménagé des braderies de vêtements ou de meubles bas de gamme.

On voyait partout des graffitis – arrondis, ornés, bariolés, provocants – sur la brique, les bus, les boîtes aux lettres, les panneaux d'affichage et les morceaux de contreplaqué obstruant les fenêtres ; en larges fioritures sur les nombreuses voitures abandonnées pourrissant le long des trottoirs, la plupart désossées, certaines incendiées. Dans les rues, on n'apercevait que des visages latins, quelques vieux mais surtout des adolescents, en petits groupes sur le pas des portes et au coin des rues, tous hostiles, tous paumés. Les enseignes des magasins étaient en espagnol, de même que les affiches. En anglais, je ne vis qu'une bande collée qui disait : « Votez pour Tim Harrington, maire de tous les habitants de Proctor. » À se demander si Tim faisait vraiment de son mieux auprès de l'électorat hispanique.

À mesure que je roulais vers l'est, les usines s'espaçaient, entrecoupées de HLM à deux étages, à la peinture écaillée et sans pelouse. Puis ce furent de grandes maisons délabrées au revêtement en amiante ou en aluminium. Radio WPOM se trouvait à un kilomètre du centre-ville, avec pour siège une baraque trapue entourée d'une clôture, à côté d'un Midas. Derrière s'élevait une antenne de transmission de dix mètres de haut devant une grande enseigne proclamant : LA VOIX DE LA VALLÉE DU MERRIMACK. Je franchis la grille ouverte et allai me garer sur un parking boueux. La réceptionniste me fit entrer en actionnant la porte à distance. Un vigile armé se tenait dans le hall, qui retentissait implacablement de la musique rock diffusée sur les ondes, cacophonie ne me disant absolument rien.

La jeune femme de la réception avait les cheveux furieusement punk et des tennis vert-jaune. Le reste de sa tenue ressemblait à un énorme sac noir qu'elle aurait mis en guise de robe. Elle portait un anneau en or dans les narines et six autres, plus petits, dans l'oreille droite. Au moment où je m'approchais, elle lisait son horoscope et mâchait du chewing-gum. Les deux à la fois, s'il vous plaît. Je lui adressai un sourire puissance moyenne. Les femmes auxquelles je souris à la puissance maximale ont tendance à se déshabiller sur-le-champ, et avec celle-ci je n'en avais guère envie. Reposant son magazine, elle leva la tête en continuant à mastiquer. Là encore, les deux à la fois. Je l'avais peut-être sous-estimée.

— Je m'appelle Spenser. J'aimerais voir le directeur.

— À quel sujet ?

On aurait dit le grincement d'une courroie de transmission mal ajustée.

— Je suis détective privé. Je recherche quelqu'un.

— Pardon ?

— Détective privé. Enquêteur. Limier.

Sortant mon portefeuille, je lui fis voir ma licence. Elle la regarda d'un air hébété. Il aurait été indiqué « Défloreur de pucelles », ça lui aurait produit le même effet.

— Vous avez rendez-vous ?

— Pas encore. Comment s'appelle le directeur ?

— Mr Antonelli.

— Veuillez annoncer à Mr Antonelli que je suis là, je vous prie.

Elle me regardait fixement en mâchant son chewing-gum. Comme ça faisait déjà deux activités, je compris qu'appeler Mr Antonelli risquait d'en faire une de trop. Je patientai dans l'espoir qu'elle cesse de me dévisager, mais sans résultat. Je finis par désigner l'interphone du doigt en souriant de façon encourageante.

— C'est à quel propos ?

— Lisa St. Claire, répondis-je.

— Elle n'est pas là.

— Et moi, j'aimerais justement savoir pourquoi.

— Ça, il faut le demander à Mr Antonelli. Je ne suis que la réceptionniste.

— Très bien. Alors appelez-le.

Elle décrocha en hochant la tête.

— Quelqu'un demande à vous voir, monsieur... Non, je ne sais pas... Il n'a rien dit. Il est furieux parce que Lisa n'est pas là. Oui, monsieur.

Elle raccrocha.

— Mr Antonelli va venir.

— Merci beaucoup.

La réceptionniste sourit, l'air de dire « y a pas de quoi » et se replongea dans son horoscope. Je continuai de l'observer en attendant Antonelli. Au bout d'un moment, elle s'arrêta de mâcher. Sans doute pour pouvoir se concentrer.

Peu après arriva un petit homme grassouillet vêtu d'un gilet noir à carreaux par-dessus une chemise blanche boutonnée jusqu'au cou, d'un jean noir et de bottes de cow-boy grises en peau de serpent. S'il n'avait pas été en toc, le diamant scintillant au petit doigt de sa main gauche aurait valu plus cher que toute la station de radio. En se déplaçant il tanguait au rythme de la musique.

— C'est vous qui demandez après Lisa St. Claire ?

— Ouais. Je m'appelle Spenser. Détective.

— John Antonelli, directeur de la station de radio. C'est quoi cette histoire au sujet de Lisa ?

— Vous n'auriez pas un coin plus tranquille ?

— Si, si, bien sûr. Par ici.

Je le suivis dans son bureau : moquette beige, murs blanc cassé, mobilier en noyer, divers prix encadrés au mur. Je n'ai jamais été dans une boîte médiatique sans y voir des récompenses au mur. Quelqu'un diffuserait des annonces en faveur de la traite des blanches, on lui décernerait un prix à encadrer et à accrocher au mur.

Une fois dans son fauteuil, les pieds posés sur le tiroir ouvert de son bureau, Antonelli se laissa aller en arrière. Depuis la fenêtre, j'avais une vue imprenable sur l'atelier de pots d'échappement voisin. Les enceintes recrachaient dans le bureau la musique que passait la station, mais un peu moins fort que dans le hall.

— Alors, où est-ce qu'elle est passée, Lisa ? demanda-t-il. Les autres disc-jockeys ont bien voulu boucher les trous, mais on n'est pas nombreux ici. On a un taux d'écoute très élevé, c'est vrai, mais je n'ai pas une ribambelle d'animateurs en réserve, vous comprenez ?

Antonelli m'adressa un sourire des plus factices.

— La rentabilité avant tout.

— Est-ce qu'il y a moyen d'arrêter ces braillements ?

— Vous n'aimez pas ? Ce sont les Rats, le groupe de l'année !

— Vous voulez dire qu'ils ont devancé les Mills Brothers ?

Antonelli me gratifia d'un nouveau sourire. C'était comme une ampoule de frigo. Allumé, éteint, allumé, éteint.

— Les gosses adorent les Rats. Ça fait trois années de suite qu'ils décrochent un platinum.

— J'en suis ravi pour eux. Mais pourraient-ils se retirer un moment pendant que nous parlons ?

Avec un haussement d'épaules, Antonelli se pencha en avant et tourna un bouton. Le bruit s'estompa.

— Eh bien, de quoi s'agit-il ?

— Lisa est partie de chez elle il y a trois jours. Nous sommes sans nouvelles depuis.

— Elle a plaqué son mec ?

— Je ne sais pas. Est-ce qu'elle en avait parlé ?

— Qui ça, Lisa ? Pas du tout. C'était le genre discret, vous savez. Elle n'a jamais dit grand-chose de sa vie privée.

— Même pas à vous ? demandai-je. Alors qu'est-ce qui vous fait penser qu'elle a plaqué son mec ?

— Ben, c'est la première idée qui vous vient à l'esprit avec une fille comme Lisa. En voilà une qui a du chien, et vachement jolie par-dessus le marché. Vous l'avez déjà vue ?

— Oui.

— Avec une nana pareille, vous savez... La plupart des animatrices ne sont plus de la première fraîcheur, si vous voyez ce que je veux dire, c'est pour ça qu'elles font de la radio. Mais Lisa, jolie comme elle est, elle va se faire une carrière à la télé, croyez-moi. D'ici un an, c'est la télé, sûr et certain.

— Mazette ! Savez-vous où elle a travaillé avant de venir chez vous ?

— Pas de tête, mais je dois avoir son CV quelque part. Elle a dû m'en donner un lorsqu'elle s'est présentée pour le job.

— Ce serait bien.

Il attendit. Moi aussi.

— Vous le voulez tout de suite ?

— Ouais.

— Ça risque de prendre un petit moment.

— Je peux attendre un petit moment.

— Bon, d'accord.

Il décrocha, composa un numéro à trois chiffres.

— Vickie ? Ici John. Tu veux bien chercher le dossier de Lisa St. Claire et me l'apporter dans mon bureau ? Ouais, dès que possible. Merci, ma chérie.

Pendant qu'il téléphonait, je me disais que c'était malheureux que la mode actuelle vous oblige à avoir la chemise boutonnée jusqu'au cou. Un petit bourrelet de chair retombait sur son col et, gêné ou non, il n'avait pas l'air bien du tout, sanglé comme ça. Il raccrocha en me faisant un signe de tête affirmatif.

Ses cheveux tirés en arrière et plaqués sur son crâne brillaient à cause de tout le gel qu'il avait mis dessus.

— Est-ce qu'elle s'entend bien avec le reste de l'équipe ? demandai-je.

— Ce n'est pas qu'elle n'est pas sympa, répondit-il, mais les animateurs ne se fréquentent pas beaucoup. Chacun fait ses heures. Ils se croisent dans le hall, voyez-vous. Il peut arriver que l'un d'entre eux sympathise avec un ingénieur du son ou un technicien, mais Lisa n'est pas le genre à se lier facilement. Pour tout vous dire, je crois qu'elle considère ce boulot comme un tremplin. Elle fait ses quatre heures d'antenne et s'en va.

— Comment occupe-t-elle le reste de son temps ? Est-ce qu'elle prépare l'émission du lendemain ?

Un sourire illumina le visage d'Antonelli.

— Mais non. On est abonnés au service, "Les tubes de la semaine". Tout arrive déjà programmé. Et la plupart des pubs sont préenregistrées. Lisa n'a qu'à se fendre d'un minimum de baratin, balancer deux ou trois pubs en direct, éventuellement une ou deux annonces d'intérêt public, et faire le raccord avec les infos au début de chaque heure. En arrivant à dix heures moins dix, elle a largement le temps de tout préparer.

— Une gageure ! Combien touche-t-elle pour ce genre de travail ?

— Les salaires sont confidentiels, répondit-il.

— Bien sûr. Donnez-moi un ordre d'idée. Combien rapporte le travail de disc-jockey de milieu de journée dans une station de radio comme la vôtre ?

Antonelli haussa les épaules.

— Dans les trente-deux, trente-cinq mille dollars par an.

— Merci.

Une jeune Noire, les cheveux rasta, pénétra dans la pièce, un dossier à la main. Avec un sourire à mon adresse, elle posa le dossier sur le bureau d'Antonelli et repartit. Son parfum sentait bon. Antonelli feuilleta le dossier et en extirpa une feuille qu'il me tendit. C'était le CV de Lisa, daté de 1992.

— Je peux le garder ?

— Je vais vous en faire une copie.

Il se leva pour reprendre la feuille, se dirigea vers un appareil derrière son bureau et me remit l'exemplaire.

— Eh ben, voilà, déclara-t-il en se rasseyant.

— Si elle a quitté son mari, où a-t-elle pu aller ?

— Aucune idée. Tout est possible. Ce n'est pas n'importe qui, Lisa. Elle peut être encore dans les parages, comme elle peut être à Las Vegas. Je sais qu'elle suit des cours à la fac.

— La fac de Merrimack State ?

— Ouais.

— Est-ce que le prénom Tiffany vous dit quelque chose ?

— Mis à part le bijoutier, non.

— Est-ce qu'elle fréquente un type parlant avec un accent ?

— Bon Dieu, ce n'est pas ça qui manque par ici ! Mais non, je ne vois pas.

— Connaissez-vous quelqu'un du nom de Vaughn ?

— Non plus.

— Si elle n'a pas quitté son mari, qu'est-ce qui pourrait expliquer sa disparition ?

— Vous voulez dire qu'il lui est peut-être arrivé quelque chose ?

— Je veux dire : Auriez-vous une idée qui puisse expliquer sa disparition ?

— Moi ? Comment voulez-vous que j'aie une idée ? Elle travaille ici, c'est tout. Je ne la connais pas bien. Vous croyez qu'il lui est arrivé quelque chose ?

— Je l'ignore.

— Je suis un peu coincé. Si elle ne revient pas, je vais être forcé d'embaucher quelqu'un. Je ne sais pas si je dois commencer à chercher maintenant.

— Effectivement, pour vous c'est terrible, rétorquai-je.

— Écoutez, ce n'est pas que sa disparition me laisse indifférent, mais quand même ! J'ai une station de radio à gérer. Et cette fille me fiche dans la merde.

En me relevant, je sortis de ma poche une carte de visite que je posai sur le bureau.

— Si vous avez de ses nouvelles ou si vous pensez à quelque chose, téléphonez-moi.

Il saisit la carte sans la regarder.

— Ouais. Sans problème.

— Et bon rock, dis-je avant de m'éclipser.

Elle l'observait par-dessus la petite table. Pour toute lumière, il n'y avait que la lueur de la bougie et celle des écrans silencieux. Elle l'observait. Son visage lui semblait si familier, sa voix telle qu'elle avait toujours été, son ton léger et charmant, légèrement moqueur, mais calme et affectueux, identique au souvenir qu'elle en avait gardé. Elle savait qu'il n'était pas calme. Elle savait qu'il était instable et fou. C'est pourquoi elle l'avait quitté, l'avait fui, plus exactement. Mais, hormis le fait qu'il l'avait enlevée et qu'il la retenait prisonnière, il était égal à lui-même. Cette familiarité l'aidait à endiguer la fureur qu'elle s'efforçait de maîtriser. Après tout, il ne différait en rien de l'homme qu'elle avait aimé. De l'homme qui l'avait aimée, qui croyait l'aimer encore, même si, dans la minuscule partie d'elle-même encore capable de penser, elle savait que, quelle que fût la nature de cet attachement, ce n'était plus de l'amour, que cela n'en avait peut-être jamais été. Dieu qu'il est beau, pensa-t-elle. Pour ça, je ne m'étais pas trompée.

— Chaque jour apportera un nouveau divertissement, chiquita, *dit-il. Chaque jour, nous jouerons à un autre jeu.*

— Et en quoi consiste celui-ci ? À me ligoter pour me trimbaler jusqu'ici sur une saleté de chariot comme un cochon à un barbecue ?

Il rit.

— Un cochon à un barbecue ? Toi, ma belle Angela ? Non. Je ne crois pas.

Les mains sur les hanches, elle parcourut la pièce des yeux.

— Et quel divertissement ! Une chambre en carton-pâte et des costumes de carnaval.

Sur la table, il y avait un joli service en faïence. Une carafe de vin, du fromage, des fruits, du pain, exactement comme au pique-nique de Crane's Beach.

— Nous devrions manger, mon ange, et parler de notre avenir.

— Notre avenir ? Notre avenir ? Nous avons un passé, mais pas le plus petit avenir. Mon mari me retrouvera, te retrouvera, et il te tuera.

— Non, je ne pense pas.

— Tu ne le connais pas. Mon mari...

Il secoua la tête.

— Ça suffit ! s'écria-t-il, comme on fait avec un enfant turbulent. Il ne viendra pas. Plus un mot sur ce type. Mets-toi à table.

Lisa s'assit.

— Cet homme se pointera un jour ou l'autre et il te tuera, dit-elle.

Luis se mit à sourire avec une indulgence paternelle. Frank viendrait. Elle n'avait pas faim, mais elle savait qu'elle devait manger. J'essaie, Frank. J'essaie de me préparer. Elle prit du pain et du fromage, un petit morceau de chaque, qu'elle mastiqua et ingurgita en le regardant bien en face. Le pain était comme du polystyrène. Le fromage comme de la cire. Elle avait du mal à avaler. Sa bouche était sèche et sa gorge serrée. Il faut manger, se dit-elle en se resservant. Elle prit du raisin. Il lui remplit son verre avec le vin de la carafe. Elle fit semblant de ne pas s'en apercevoir. Ce simulacre d'une époque révolue, cette parodie d'intimité était un supplice. Elle sentit les larmes lui monter aux yeux. Je veux être chez moi avec mon mari. Je veux être dans ma maison. Elle se força à ne pas pleurer.

Elle ne pleurerait pas ! Elle mit un grain de raisin dans sa bouche, le mâcha et l'avala, s'escrimant à le faire descendre le long de sa gorge, luttant contre le désir de le faire passer avec du vin.

— Très bien, mon ange. Quel plaisir de te voir manger comme ça. C'est un excellent début.

J'ai envie de te tuer, pensa-t-elle.

8

Merrimack State se présentait comme un ramassis de bâtiments hétéroclites à la limite ouest de Proctor, dans un quartier où le taux de criminalité était plutôt à la traîne. L'ensemble faisait davantage penser à une école primaire flanquée de quelques dépendances qu'à une université. Le local réservé à l'administration, qui semblait avoir été à l'origine deux maisons mitoyennes, avait été repeint en blanc, mais pas de fraîche date. Dans le parking en terre battue situé en face, je me garai sur un des emplacements marqués VISITEURS. En entrant, je me fis indiquer les services de scolarité. Une fois là-bas, je fus envoyé ailleurs. Une demi-heure durant, je passai de bureau en bureau, avant de tomber sur le responsable du service étudiants.

— Je comprends que cela vous paraisse ennuyeux, Mr Spenser, mais la vie privée de nos étudiants relève d'un droit qui doit être scrupuleusement respecté.

— Et leur droit d'être retrouvés quand ils sont perdus ? demandai-je.

Le responsable sourit poliment.

— Puis-je voir vos pièces justificatives, s'il vous plaît ?

J'envisageai la possibilité de lui montrer mon revolver, mais, après réflexion, je lui fis voir ma licence.

— Et c'est le mari de Lisa St. Claire qui vous a engagé ?

— Oui.

— Malheureusement, il va me falloir son autorisation.

— Bien sûr qu'il vous la faut. Après tout, je vous ai demandé si elle était inscrite ici et, si oui, quels cours elle suivait. Des informations aussi délicates exigent la plus grande discrétion.

— Vos sarcasmes ne m'impressionnent guère, Mr Spenser. Il ne s'agit pas uniquement des questions que vous m'avez posées. Il s'agit de quelque chose de beaucoup plus fondamental.

— Et qui s'appelle, si je ne m'abuse, la suffisance.

— Que dites-vous ?

Il s'appelait Fogarty. C'était une sorte de nabot vêtu d'un costume trois-pièces, à la barbe bien taillée et au front fuyant. Il avait dû commencer proviseur de lycée avant de grimper les échelons, ou de les descendre, selon le point de vue où l'on se place. Les petites facs subventionnées par chaque État peuvent difficilement passer pour des temples de l'érudition.

— Il n'y a rien de fondamental là-dedans. Je ne vous demande pas de commettre la moindre indiscrétion. C'est simplement que vous aimeriez croire que tout ce qui a trait à vos responsabilités est de la plus haute importance.

— Auriez-vous peur que je ne me mette en contact avec le mari de Lisa St. Claire ?

— Le mari de Lisa St. Claire se remet de blessures par balles. Ça ne va pas l'avancer de discuter avec un petit connard imbu de sa personne.

— Je vous en prie. Il n'y a aucune raison de vous montrer offensant.

— Vous me trouvez offensant ? Voulez-vous que je vous dise ce que c'est que d'avoir affaire à quelqu'un d'offensant ? Le mari en question est un flic. Les flics sont persuadés d'appartenir à une grande famille. Si je voulais, je pourrais demander à quelques coriaces mal léchés des services du procureur de venir vous interroger comme je viens de le faire. Et probablement d'inviter leurs copains et de vous embarquer, avec gyrophares, sirènes hurlantes et tout le bataclan, pour vous poser les mêmes questions à Salem, dans une cellule.

Les types comme Fogarty exercent sur les mômes un tel ascendant qu'eux-mêmes finissent par y croire et par se prendre pour des durs. Il lui fallut une bonne minute pour reconnaître que cette vision des choses était doublement erronée. Il me dévisagea, la bouche entrouverte, sans qu'il en sorte un son.

— Bien, finit-il par dire.

— Bien, répondis-je.

— Je ne voudrais pas paraître déraisonnable.

— Parfait.

Nous restâmes là, à nous observer en silence.

— Bien, répéta-t-il.

Je jetai un coup d'œil à ma montre. Fogarty décrocha le téléphone.

— Clara, pourriez-vous voir s'il y a une étudiante du nom de Lisa St. Claire inscrite chez nous ? Elle est sans doute en formation continue. C'est ça. Si elle est chez nous, apportez-moi son dossier, s'il vous plaît. Merci.

Il me regarda en raccrochant puis détourna les yeux.

— En fait, l'éducation est pour moi une passion, Mr Spenser. Je m'investis beaucoup dans la vie des étudiants. Parfois, peut-être un peu trop.

— Je vois. C'est sûrement ça.

Il semblait content que nous soyons d'accord. Se laissant aller en arrière, il se mit à se tapoter les doigts.

— Ah, cette jeunesse ! s'exclama-t-il. Quelle responsabilité !

Une minuscule créature qui devait friser les cent vingt-cinq ans pénétra dans la pièce. Elle marcha péniblement jusqu'au bureau, y posa le dossier, puis repartit toujours en traînant les pieds. Elle n'avait pas prononcé un seul mot, ni même baisé l'anneau de Son Altesse.

Saisissant le dossier, Fogarty l'ouvrit et se mit à l'étudier attentivement comme s'il s'agissait du Livre de Kells [1]. Au bout d'un moment, il releva la tête pour me regarder.

— Effectivement. Lisa St. Claire est inscrite ici en formation continue.

— Ce que j'aurais appelé en toute innocence des cours du soir, dis-je.

Fogarty sourit poliment.

— Ce n'est plus vraiment cela. Les cours ont lieu en fin d'après-midi aussi bien que le soir.

— Quel cours suit-elle ?

— PA 31-6. Analyse féministe de la construction de l'être social.

— Impressionnant. Que veut dire PA ?

— Psychologie de l'adulte.

— Quand le cours a-t-il lieu ?

Je lui demandais une fois de plus de violer l'*omerta*. Il parut profondément troublé, mais reprit le dessus.

— Le mardi et le jeudi, de vingt heures à vingt et une heures quarante-cinq. Au bâtiment Bradford.

— Qui assure le cours ?

— Le professeur Leighton.

— Où est-ce que je peux le trouver ?

Fogarty eut une nouvelle hésitation.

— Faites comme si j'étais un étudiant et que je voulais m'inscrire chez lui. Ou est-ce que je me

1. Manuscrit du Moyen Âge, chef-d'œuvre de l'enluminure irlandaise.

plante dans le couloir en gueulant : “Où t’es, Leighton ?”

— *Mrs* Leighton a son bureau dans le bâtiment Bradford, deuxième étage.

— Merci beaucoup. Est-ce qu’il se trouve dans ce dossier quoi que ce soit qui pourrait orienter mes recherches ?

Fogarty n’hésita pas une seconde.

— Absolument pas, répondit-il.

Ce qu’il aurait dit aussi s’il avait eu sous les yeux une demande de rançon.

— Et vous-même n’avez aucune opinion sur la question ?

— Il arrive que les mariages se désagrègent.

Je hochai pensivement la tête.

Allongée sur le lit dans le noir, elle réfléchissait à sa situation. En dépit de la peur qui la tenaillait, elle continuait d'aller bien. Il ne l'avait pas touchée. Et, à part la ligoter quand il l'avait enlevée, il ne lui avait pas fait de mal. Elle n'était pas chez elle. Les rythmes quotidiens qu'elle avait établis, peut-être pour la première fois de son existence, se trouvaient complètement chamboulés, mais elle était encore entière. Elle était encore Lisa St. Claire. Elle songea à son mari. Elle savait qu'il la retrouverait. Tôt ou tard, quoi qu'il advienne, Frank viendrait. Il lui manquait. Elle n'avait jamais rien désiré d'aussi fort que de le voir. De voir la porte de cette pièce obscure s'ouvrir et Frank s'avancer. Elle n'avait jamais été complètement sûre de l'aimer. Elle trouvait du plaisir à faire l'amour avec lui. Mais elle aimait faire l'amour. Pour être tout à fait honnête, elle devait admettre que ce n'était pas mieux avec Frank qu'avec d'autres. En fait, autrefois, avec Luis, la violence, l'insolite avaient peut-être rendu les relations sexuelles plus satisfaisantes qu'avec quiconque. C'est auprès de Frank qu'elle s'était réfugiée après avoir fui Luis. Et, plus encore que Luis, tout ce qu'elle avait été jusque-là. Frank avait représenté la paix et la stabilité et, par-dessus tout, la sécurité. Un flic solide. Il veillerait sur elle, ferait en sorte qu'elle reste entière. Il la préserverait de ce qu'elle avait été et de ce qu'elle craignait en permanence de redevenir. Avec son calme, sa droiture et sa force, il était un rempart contre la déchéance. En regardant les choses avec un peu de recul, c'était vraiment ironique que cet enlèvement ait chassé les dernières vapeurs romantiques qui, rétrospectivement, auréolaient Luis. De temps à autre, au petit-déjeuner, dans leur cuisine haut de gamme, en secret, juste avant d'aller travailler, elle se rappelait Luis en se demandant s'il y n'avait pas là quelque chose qu'elle avait eu tort d'abandonner – des rêves fous, une sorte de musique lui parvenant d'une colline lointaine, quelque chose de ce genre. Il émanait de lui un mépris total des conventions dont elle se souvenait avec nostalgie en regardant son mari manger chaque jour le même petit-déjeuner. Elle l'appréciait. Il était bon pour elle. Mais il lui arrivait de se demander, tandis qu'elle revoyait son existence avant lui, si elle n'avait pas commis une erreur. Elle savait que non. Elle savait ce qu'était Luis et, plus encore, ce qu'il signifiait pour elle. Mais souvent, d'une manière presque viscérale, elle pensait à lui. Plus maintenant. Maintenant, par-dessus tout, ce que je désire, c'est que Frank me retrouve et me ramène à la maison. Ce n'était pas seulement la peur corrosive qui lui faisait souhaiter ardemment la présence de son mari, mais ce qu'il était et ce qu'il lui offrait – une vie à mener, une relation à alimenter, une chance véritable d'être Lisa St. Claire. Il viendra, pensa-t-elle. Il me retrouvera. Et, allongée seule dans le noir sur ce lit inconnu, pour la première fois depuis que Luis l'avait enlevée, elle se mit à pleurer.

9

Petite, mince, le teint mat, les cheveux tirés en arrière formant un chignon, Rowena Leighton avait de grands yeux sombres que le fard à paupières rendait plus sombres encore et que les verres ronds des lunettes à montures bleu et or rendaient encore plus grands. Elle était vêtue d'un pantalon et d'une veste jaunes, avec une large ceinture noire et des chaussures à lacets et à talons hauts comme celles de la sorcière dans le *Magicien d'Oz*. Elle arborait des bagues à presque tous les doigts et d'énormes boucles d'oreilles extravagantes. Le visage était mince, la mâchoire solide et la bouche, qui à l'état naturel aurait sans doute paru assez petite, était rehaussée par un rouge à lèvres de couleur vive généreusement appliqué. C'était un visage énergique et intelligent, plongé pour l'instant dans la lecture de *Modes d'être : stratégies relationnelles dans le monde actuel*. Un marqueur jaune à la main, le professeur Leighton surlignait consciencieusement des passages. Je patientai. Le surlignage se prolongeait.

— Spenser, annonçai-je avec un sourire engageant. Je suis détective, à la recherche de Lisa St. Claire, qui aurait disparu.

Elle ne cessa pas de travailler pour autant. Je gardai mon sourire engageant jusqu'à ce qu'elle s'en aperçoive enfin en levant la tête.

— Le responsable du service étudiants m'a prévenue de votre visite, déclara-t-elle, charmée par ledit sourire. Qu'est-ce qui se passe avec Lisa ?

— C'est une de vos étudiantes ?

— Oui. Une étudiante brillante.

Le fatras indispensable à la recherche scientifique encombrait la pièce : des piles de livres partout et, sur la longue table en chêne sous les fenêtres, des chemises d'où dépassaient des feuilles en quantité. L'ordinateur Macintosh occupant un coin du bureau était relié à une imprimante laser posée sur une tablette juste à côté.

— Le cours que vous donnez traite du processus d'individuation ?

— En fait, répondit le professeur Leighton, il s'agit d'un atelier destiné aux femmes qui font un travail sur elles-mêmes. Il a pour base certaines théories sur les rapports interpersonnels que j'ai développées dans mes écrits.

Elle indiqua d'un signe de tête cinq livres groupés un peu à l'écart sur une des étagères et maintenus en position verticale par deux vieilles briques. Je voyais bien son nom sur la tranche, mais il aurait fallu que je mette la tête parallèle au sol pour lire les titres. Comme je ne suis pas à mon avantage sous cet angle, je laissai tomber les titres.

— Parlez-moi de Lisa.

— Vous êtes détective ?

— Oui.

— De la police ?

— Non, privé.

— Vraiment ? Comme c'est fascinant ! Vous avez toujours été détective privé ?

— Non, j'ai d'abord appartenu à la police.

— Et vous avez été viré ?

— Oui.

— Pour des motifs douteux ?

— Pas vraiment. On me trouvait indocile.

Se renversant sur son siège, elle se mit à rire. D'un rire franc et jovial.

— Je ne savais pas que les intellos se permettaient de faire ça.

— De rire ? Les vrais, si, et comment ! N'oubliez pas que la vie est une tragédie pour ceux qui l'appréhendent par les sens et une comédie pour ceux qui l'appréhendent par la pensée.

— Horace Walpole ? demandai-je.

— Ça par exemple ! Un détective érudit. Avez-vous savouré les moments passés en compagnie de Mr Fogarty ?

— Combien pèsent lourd les charges d'un responsable du service étudiants !

Elle rit à nouveau.

— Vous êtes vraiment surprenant ! Effectivement, notre cher Fogy, comme on le surnomme, n'a jamais pris ses responsabilités à la légère.

— C'est bien de Horace Walpole ?

— Je pense, mais je n'en mettrais pas ma main au feu. En tout cas, vous êtes dans le bon siècle. Comment puis-je vous aider concernant Lisa ?

— Avait-elle, dans le cours, une amie nommée Tiffany ?

— Oui. Le professeur Leighton m'adressa un sourire. Typhanie Hall, et elle n'hésite pas à épeler son prénom :

T-y-p-h-a-n-i-e. Elle veut être comédienne.

— Dites-moi, quel genre de fille est Lisa ? Quelles sont ses fréquentations ?

— Il faut tenir compte, bien évidemment, de tout ce qu'il y a d'artificiel dans les rapports étudiant-professeur. Cela dit, c'est une jeune femme intelligente, c'est évident. De même qu'elle est particulièrement perspicace pour ce qui est des relations interpersonnelles. Il n'est pas impossible, d'ailleurs, qu'elle ait fait une thérapie. Mais il est non moins évident qu'elle a très peu d'instruction. Elle travaille comme animatrice de radio, de sorte qu'elle a la parole facile. Du reste, elle est charmante, jolie, et elle ne manque pas d'assurance. Il est facile de se tromper au premier abord, mais on devine vite que sa scolarité a été des plus sommaires.

Le professeur Leighton m'adressa un nouveau sourire.

— Vous, par exemple, vous vous en rendriez compte tout de suite.

— Ce qui a d'ailleurs été le cas.

— En un sens, je dirais qu'elle est tout le contraire de vous. Vous parlez comme un gros bras, mais vous savez beaucoup de choses.

— Je suis un gros bras, répondis-je, mais je lis beaucoup.

— Apparemment. Craignez-vous qu'elle ait été la victime de... comment dire... d'un acte criminel ? Ou s'agit-il seulement d'un coup de tête ?

— Vous savez qu'elle est mariée ?

— Elle porte une alliance.

— Mais elle continue à se faire appeler par son... – ma foi, j'ignore quelle est la formule autorisée de nos jours – par le nom dont elle se servait quand elle était encore célibataire, dis-je.

— N'ayez crainte, Mr Spenser. Je ne suis pas une de ces féministes enragées. Nom de jeune fille me paraît être une expression tout à fait commode. D'ailleurs, je me suis toujours servie du mien.

— Vous êtes mariée ?

— Je l'ai été trois fois, répondit-elle en souriant, mais c'est de l'histoire ancienne. Je dois être un peu indocile moi-même.

— Alors vous avez bien fait de garder votre nom de jeune fille. Ç'aurait été un sacré embrouillamini si vous aviez dû changer trois fois de suite.

— Il faut tout prévoir, n'est-ce pas ? Eh bien, est-elle en danger ou en quête d'aventure ?

— À vrai dire, je n'en sais rien. Quelques jours après sa disparition, son mari s'est fait tirer dessus.

— Il est toujours en vie ?

— Oui.

— Figure-t-elle parmi les suspects ?

— Pas d'après moi. Mais je n'enquête pas sur le meurtrier. Ma mission consiste à retrouver Lisa, un point c'est tout.

— Est-ce Luis ?

— Est-ce Luis qui quoi ? demandai-je, fine mouche.

— Est-ce Luis Deleon qu'elle a épousé ?

— Non. Elle a épousé un flic de Boston du nom de Frank Belson. Qui est ce Luis Deleon ?

— Je l'ai eu comme étudiant l'an dernier dans un séminaire sur les médias et l'identité. Lisa St. Claire y venait également. Je crois même qu'ils s'étaient inscrits ensemble. Ils étaient très proches, intimement liés.

— Vous en êtes certaine ?

— Je n'ai pas de preuves, mais j'en jurerais.

— À cause de ce que vous avez observé ?

— À cause de ce que j'ai observé, oui. Ils étaient inséparables. Ils riaient bêtement comme des gamins. Au moment de la pause, dans le couloir, ils étaient toujours collés l'un à l'autre. Ils se tenaient par la main, se parlaient à l'oreille. Il m'est arrivé bien des fois d'être amoureuse ou sous le charme de quelqu'un, voire les deux. Je sais ce que c'est.

— Ce Luis, il est hispanique ?

— Oui, de Proctor et, comme la plupart de ses compatriotes à Proctor, je crains qu'il ne soit très pauvre. La faculté a lancé un programme d'assistance aux économiquement faibles, comme on les appelle. Un certain nombre de bourses leur ont été réservées. Luis en avait obtenu une.

— Quel âge ?

— Luis ? Un peu moins que Lisa, vingt-six, vingt-sept ans environ.

— A-t-il un accent ?

— Très léger. Suffisamment marqué pour qu'on s'en aperçoive, mais pas assez pour l'empêcher de se faire comprendre.

— Quoi d'autre ?

— Comme Lisa, Luis était très doué tout en étant peu instruit. Le plus gros de ce qu'il savait, il l'avait appris grâce au cinéma et à la télévision. Je veux dire, de ce qu'il savait par rapport à ce dont nous parlions dans mon cours. J'en suis encore à me demander s'il faisait réellement la différence entre cinéma et réalité.

— Par rapport à ce dont vous parliez dans le cours ? Pourquoi cette restriction ?

— Parce que j'ai l'impression qu'il en savait bien plus sur la vie du *barrio* de Proctor que tout ce que je pourrais imaginer.

— Continue-t-il à assister à vos cours ?

— Non. J'ai actuellement le statut de professeur invité, ce qui me permet de suivre des séminaires à la faculté de Brandeis. Je n'assure qu'une seule Unité de valeur ce semestre.

— Est-il toujours inscrit à la fac ?

— Je l'ignore. Fogy pourrait vous le dire. À mon avis, il ne se sentait guère à l'aise dans une structure universitaire blanche, même comme celle-ci.

— Lui est-il arrivé de passer voir Lisa avant ou après votre cours ?

— Pas cette année.

— Avez-vous remarqué autre chose dont vous voudriez me faire part ?

— C'était quelqu'un d'imposant à plusieurs points de vue. Très grand, l'allure sportive.

— Grand comment ?

— Extrêmement grand. Plus grand que vous d'environ dix centimètres, mais pas aussi costaud. Combien mesurez-vous ?

— Un mètre quatre-vingt-cinq.

Elle me toisa un instant.

— Il doit mesurer dans les un mètre quatre-vingt-treize, quatre-vingt-quinze. Très exalté, très macho. Je sais que cela fait partie du stéréotype de l'homme latin, mais il est indéniable que Luis avait tendance à rouler les mécaniques.

Se penchant en arrière, elle ferma ses grands yeux derrière ses énormes lunettes pour réfléchir.

— En même temps, il était d'une grande naïveté, continua-t-elle. Il avait soif d'absolu. Il croyait à un monde comme on en voit dans les feuilletons télévisés, où le bien est toujours le bien et le mal toujours le mal. À un univers sans complications où les choses existent de toute éternité. Il s'était forgé une idée de la vie telle qu'on pourrait la trouver chez un individu ayant passé sa jeunesse planté devant le petit écran. Aucune expérience concrète n'avait pu ébranler cette vision.

— Sauriez-vous par hasard où il habite ?

— Désolée. Je ne peux malheureusement que vous suggérer de vous adresser à nouveau à notre cher Fogy. L'adresse doit être dans les archives.

— Y avait-il un certain Vaughn dans le cours de Lisa ?

— Non, je ne vois pas.

— Connaissez-vous quelqu'un de ce nom ?

— Il y a bien un joueur de base-ball, Arky Vaughn.

— Tout à fait. Et qui a d'abord joué avec les Pirates avant de rejoindre les Dodgers. Mais ce n'est sans doute pas le Vaughn qu'il me faut.

— D'abord Horace Walpole, maintenant Arky Vaughn. Je suis effectivement *très* impressionnée.

Je lui donnai ma carte.

— Si vous pensez à autre chose, même si cela vous paraît sans importance, n'hésitez pas à me contacter.

— Avec plaisir.

Au moment de sortir, je m'arrêtai et me retournai pour la regarder.

— J'ai rencontré pas mal d'enseignants, déclarai-je, mais aucun ne s'est illustré comme vous par sa franchise, son humour, son absence de prétention ni ses dons d'observateur. Bon sang de bois, qu'est-ce que vous fichez là ?

Elle me sourit longuement avant de répondre.

— J'étais venue pour les thermes.

— Mais il n'y en a pas ici.

— J'ai dû être mal renseignée.

10

Le responsable du service étudiants m'avait communiqué l'adresse de Typhanie Hall, à Cambridge, ainsi que celle de Luis Deleon qui habitait, contre toute vraisemblance, l'élégante agglomération de Marblehead. Comme Cambridge était tout près et qu'il y avait gros à parier que j'allais perdre mon temps à Marblehead, je me trouvais, par cette belle matinée ensoleillée, dans l'attente d'un rendez-vous chez Typhanie. Les crocus étaient sortis, de même que les étudiants de Harvard dans toute leur étonnante variété. J'étais au volant de ma voiture, arrêté dans Brattle Street, où deux rombières friquées et bien-pensantes, grands chapeaux et tennis Nike, discutaient des droits civiques au milieu de la chaussée. Je brûlais d'envie de leur foncer dedans. Cambridge étant le paradis du piéton indiscipliné, je me disais depuis un moment que la seule façon de reprendre le dessus serait d'en écraser quelques-uns. Conscient, toutefois, de l'existence de la police de Cambridge, je me contentai de les faire sursauter d'un coup de klaxon. Aussitôt, les deux femmes me foudroyèrent du regard. L'une d'elles, portant des bas violets, me fit un bras d'honneur.

La tournure prise par l'histoire Lisa St. Claire ne me disait rien qui vaille, mais ce n'était pas à moi de décider de l'évolution des événements. Aussi, les deux femmes ayant libéré la voie, allai-je me garer près de Longfellow Park, devant le panneau marqué EMPLACEMENT RÉSERVÉ AUX RIVERAINS, en quête de la rue de Typhanie Hall, qui donnait sur Mount Auburn.

Typhanie habitait une grande maison victorienne peinte en jaune, dans un appartement du rez-de-chaussée avec entrée privée sur le côté. Elle vint m'ouvrir vêtue d'un caleçon en Lycra bleu-vert et d'un tee-shirt bleu marine beaucoup trop grand pour elle. Ses cheveux d'un blond éclatant étaient tirés en arrière, retenus par un de ces élastiques à fanfreluches prévus à cet effet, sa longue queue-de-cheval lui retombant dans le dos. Elle n'avait pas lésiné sur l'ombre à paupières ni sur le vernis rutilant dont elle avait peint ses ongles. Ouh ! là, là !

— Avez-vous des nouvelles de Lisa ? me demanda-t-elle dès que je fus assis sur le pouf de son salon en bois clair.

— Pas vraiment. Et vous ?

— Non. Et je suis terriblement inquiète. D'habitude, on se parle tous les jours.

— Avez-vous une idée de l'endroit où elle aurait pu aller ?

— Peut-être chez son père. Elle dit souvent qu'elle voudrait lui rendre visite.

— Savez-vous où il se trouve ?

— Non.

— Vous connaissez son nom ?

— Non plus.

— Il porte le même nom de famille, St. Claire ?

— Je ne sais pas. Elle n'arrête pas de répéter qu'elle aimerait bien le retrouver, mais elle n'a jamais dit un mot sur lui. Vous prendrez du café ? Du thé ?

— Merci.

Un gros chat tigré vint renifler mon pied avant de se frotter contre ma jambe.

— Ça, c'est Tchekhov. D'habitude il se méfie des étrangers. Vous êtes sûrement quelqu'un de spécial. Ça ne vous ennuie pas que je prenne un café ?

Je fis non de la tête.

— Tant que je n'ai pas avalé quelques bols de café pour mettre le moteur en route, je suis totalement hors service.

Son moteur me paraissait déjà bien rodé, mais, comme je venais à peine de faire sa connaissance, j'ignorais le nombre de tours-minute dont elle était capable. Lorsqu'elle revint de la cuisine, elle tenait une grande tasse avec l'image d'Einstein imprimée dessus.

— Vous connaissez Lisa depuis longtemps ?

Allongé sur le dos, près de mon pied, le chat tigré me contemplait de ses yeux jaunes en amande aux trois quarts fermés. Je lui caressai les côtes avec la pointe de ma chaussure. Il se mit à ronronner.

— Oui. Nous nous sommes rencontrées l'automne dernier, au centre de formation continue de Cambridge. Les cours nous plaisent bien. Et, toutes les deux, on adore s'amuser. On est tout de suite devenues copines. Vous voulez peut-être un verre de Perrier ?

— Non, merci. Est-ce qu'elle avait des amis hommes ?

— Oh oui ! L'une comme l'autre, on aime bien sortir. Moi, j'adore les hommes. Je ne suis pas une de ces féministes tristounettes.

— Vraiment ?

Un grand sourire illumina son visage.

— Est-ce qu'elle a un petit ami en particulier ?

— Il y a eu Luis, bien sûr. À l'époque, Lisa ne recherchait pas spécialement une vie stable. Elle avait envie de faire la fête.

— Puis elle a rencontré Belson.

— Voilà. Le moment était venu.

— Pourquoi ça ?

— Pourquoi quoi ?

Je compris qu'avec Typhanie, il ne fallait pas brûler les étapes.

— Pourquoi le moment était-il venu ? demandai-je.

— Qui sait ? Chaque chose en son temps. Quand c'est trop tôt, c'est trop tôt.

— Évidemment.

— J'y crois vraiment, vous savez. Pas vous ? La vie est surtout une question de timing. Frank est arrivé au bon moment, c'est tout.

Par terre, le chat s'était couché sur le côté, s'étirant de tout son long. Il leva une patte pour attraper le bas de mon pantalon.

— Qu'est-ce qui a fait que c'était le bon moment ?

— Difficile à dire. Ça ne se passait pas comme elle le voulait avec Luis, et voilà que cet homme mûr lui tombe du ciel, vous comprenez ? Un havre de paix au milieu de l'orage.

— C'était Luis Deleon, l'orage ?

— Oui. Typhanie m'adressa ce qu'elle pensait être un sourire malicieux. Son amant fougueux.

— Elle sortait avec lui lorsqu'elle a rencontré Belson ?

— Oui.

— Parlez-moi de Luis.

— Eh bien, il est beau. C'est un Hispano, de Proctor. Elle l'a rencontré à la fac de Merrimack State. Lisa suivait des cours là-bas, le soir. Elle n'avait pas envie de s'enterrer dans une station de radio.

— Ils étaient... intimes ?

— Et comment ! C'était un volcan en éruption permanente. Un flot de passion comme on en rêve, comme on n'en voit qu'au cinéma. Bouquets de fleurs, boîtes de chocolats, soupers à minuit arrosés de champagne, sans compter que, je sais que je devrais peut-être tenir ma langue, c'étaient de chauds lapins, ces deux-là.

— Ils s'envoyaient souvent en l'air ?

— Partout et tout le temps, d'après Lisa.

— Sympa, dis-je. Alors, qu'est-ce qui est arrivé ? Pourquoi est-ce qu'elle a fini dans les bras de Frank Belson ?

— Aucune idée. Ça s'est passé vachement vite. Je sais que Luis faisait le forcing pour qu'elle l'épouse.

— Elle ne voulait pas l'épouser ?

Typhanie secoua la tête.

— Pour quelle raison ?

— En fait, je n'en sais rien. Je veux dire, il était plus jeune qu'elle, et puis hispano, quoi, et j'ignore ce qu'il fabriquait. N'empêche, il était absolument irrésistible. Beau. Plein de charme.

Elle haussa les épaules.

— Mais enfin, un petit ami avec qui passer le temps, c'est une chose. Un mari, c'est une autre paire de manches.

— Est-ce que vous êtes mariée ?

— Pas en ce moment. Et vous ?

— Non.

— Vous avez déjà été marié ?

— Non.

— Vous êtes homo ?

— Non.

— Vous avez une petite amie ?

— Ouais.

— Moi, j'aurais jamais dû quitter mon second mari. Chaque fois que je tombe sur quelqu'un d'intéressant, ou bien il est homo, ou bien il a une copine. Ça vous arrive de découcher ?

— Non. Mais si l'envie m'en prend, c'est à vous que je téléphonerai en premier. Est-ce que le nom de Vaughn vous dit quelque chose ?

— Stevie Ray Vaughn ? répondit-elle, pleine d'espoir.

— C'est ça. Savez-vous où l'on peut trouver Luis Deleon ?

Elle haussa à nouveau les épaules.
— À Proctor, j'imagine.
— Vous savez ce qu'il fait dans la vie ?
— Comme travail ?
— Ouais.
— Non, je ne l'ai jamais su. Mais je me suis souvent posé la question.
— Pourquoi ?
— Il avait toujours du fric plein les poches, mais il ne parlait jamais de son boulot.
— De quoi parlait-il quand vous étiez avec lui ?
— De Lisa, du théâtre, du cinéma. Il adorait le cinéma. Il avait un caméscope. Se déplaçait jamais sans.
— Vous n'auriez pas une photo par hasard ?
— De Luis ? Non, je ne crois pas. Accumuler les souvenirs, les photos et tout ça, ce n'est pas mon genre. Moi, je suis plutôt fonceuse, vous voyez ?
— Et comment est l'anglais de Luis ? Est-ce qu'il parle avec un accent ?
— Il parle très bien l'anglais, avec tout juste une pointe d'accent, pas grand-chose vraiment.
Roulant sur lui-même, le chat tigré se remit sur ses quatre pattes pour se diriger vers un rocking-chair en tissu écossais à l'autre bout de la pièce. Il s'élança, atterrit sur le siège, se roula en boule et s'endormit.
— Merci, dis-je.
Je sortis une carte de ma poche et la lui tendis.
— Si vous avez de ses nouvelles ou que vous pensiez à quelque chose, faites-moi signe, s'il vous plaît.
— Il ne lui serait pas arrivé malheur, au moins ?
— J'ignore ce qui lui est arrivé.
— Qu'est-ce que vous allez faire ?
— Trouver Luis Deleon, répondis-je.
Les yeux de Typhanie s'agrandirent.
— À cause de ce que je vous ai raconté ?
— À cause de ce que plusieurs personnes m'ont raconté.

— Il ne faut surtout pas qu'il sache que je vous ai dit quoi que ce soit.

— Entendu.

— Il me fout les boules, ce Luis.

— Comment ça ?

— Il est si impétueux, si... explosif. Je ne voudrais pas qu'il soit en colère après moi.

— Moi non plus. On verra bien.

Il ne l'avait pas encore touchée. Elle ne savait pas s'il le ferait. Il la tenait. Il pouvait employer la force. Qu'est-ce qui l'en empêchait ? Ce qu'il éprouvait pour elle n'était pas de l'amour. Elle le savait. Mais peut-être s'y mêlait-il de l'amour. Peut-être était-ce cela qui le retenait d'utiliser la force. Encore qu'il l'utilisait déjà, bien sûr. Il la forçait à être là. La forçait à porter ses tenues stupides et à vivre dans cette pièce de carton-pâte. Pourtant, il ne l'avait pas obligée à passer à l'acte. Et il ne l'avait pas maltraitée. La climatisation bourdonnait. Les écrans scintillaient. Le son était mis et elle s'entendait pour la énième fois glousser à la plage et se débattre à l'arrière de la camionnette. Il n'y avait aucun moyen de savoir l'heure. Ni jour ni nuit, seulement la lumière des lampes qu'il allumait ou éteignait à sa guise. Pas de télévision, hormis les images ironiques de sa propre captivité. Pas de radio, pas de réveil. Elle ne voyait que lui et, de temps en temps, la domestique au visage juvénile qui ne disait pas un mot. La nourriture ne lui fournissait aucune indication ; ce qu'elle mangeait n'était pas caractéristique d'un repas en particulier. Elle se demanda si c'était délibéré de sa part, une sorte de lavage de cerveau. Cela soulignait à quel point elle était à sa merci. Elle ne pouvait pas décider de manger. Elle devait attendre qu'on la nourrisse. Ou cela faisait-il simplement partie de l'univers fictif qu'il s'était bâti, comme elle ne l'igno-

rait pas, un environnement artificiel dans lequel il jouait les Robin des Bois, jouait à être son amant. Elle était parfaitement consciente du caractère humiliant de sa situation, consciente de s'être liée à cet homme de son plein gré, d'avoir négligé avec désinvolture les leçons si durement apprises en Californie, tout en sachant qu'elle n'avait pas à se sentir humiliée, qu'elle avait été poussée vers lui par des besoins qu'elle n'avait pas encore surmontés, comme de boire en sa compagnie, jusqu'à ce qu'elle surmonte cela aussi. Et elle continuerait. Il ne la ramènerait pas en arrière. Elle était tombée trop bas. Elle avait eu trop de mal à remonter à la surface. Elle avait rechuté, s'en était tirée à nouveau, et elle s'en tirerait encore cette fois. Elle ne retournerait pas en arrière. Elle serait Lisa St. Claire. Elle était Lisa St. Claire et, de ce fait, elle était aussi Mrs Frank Belson. Frank la retrouverait.

11

Je commençai par le commissariat de police de Proctor, un immeuble en granite gris situé près de la mairie, en granite gris également. Imitant le style colonial du dix-neuvième siècle, il avait été construit, comme bon nombre d'édifices municipaux, par des fanfarons uniquement soucieux de leur place dans l'Histoire. Autrefois, quand les Anglo-Saxons géraient la ville et que l'argent coulait à flots grâce aux usines, il brillait comme un sou neuf, mais il se voûtait à présent, laissé à l'abandon comme le reste de la commune, ployant sous le fardeau de la détresse ambiante. Des graffitis couvraient la plupart des murs, des ordures s'amoncelaient contre les fondations en pierre grise. Les fenêtres avaient été grillagées, une vitre cassée de la porte d'entrée avait été bouchée avec du contreplaqué. Et ce n'était même pas du contreplaqué pour usage extérieur, il gondolait déjà dans l'air humide du printemps et les couches de bois commençaient à se séparer.

Dans le hall d'entrée, une plaque sur le bureau de réception annonçait SERGENT MCDONOGH. Derrière la plaque, un gros flic bien calé dans son fauteuil lisait le journal, la cravate défaite, le col de chemise ouvert. Il ne faisait pas spécialement chaud dans la pièce, mais il avait l'air de transpirer à grosses gouttes sous le mouchoir blanc qu'il s'était noué autour du cou. Des volutes de fumée bleue montaient de la cigarette posée sur le bord du bureau parmi les nombreuses traces de brûlures.

— C'est vous, McDonogh ? demandai-je.

Interrompant sa lecture, il leva les yeux vers moi, me dévisagea un moment comme s'il s'agissait d'une question ardue, puis secoua la tête.

— Non. Cette plaque est là depuis la guerre. Qu'est-ce que vous voulez ?

— Billy Kiley dirige toujours la brigade ?

— Non. Ça fait déjà trois-quatre ans qu'il est parti à la retraite. Maintenant, le chef, c'est Delaney. Vous connaissiez Kiley ?

Il reprit sa cigarette, faisant tomber des cendres sur son ventre au passage, tira une bouffée.

— Dans le temps, quand je bossais pour le procureur de Middlesex, répondis-je.

— Ben, il est plus là. Vous voulez voir Delaney ?

— Oui.

D'un signe de sa grosse tête, il indiqua le couloir derrière lui.

— La porte au fond, dit-il en décrochant le combiné tandis que je m'éloignais.

On voyait encore un peu du marbre d'origine à mi-hauteur des murs dont le bas avait été revêtu de plaques de plâtre peintes en vert formant un lambris hideux. De part et d'autre du long couloir à la moquette usée, sur le verre opaque des portes vitrées, des formules laconiques tracées au pochoir désignaient les services : MÉDICO-LÉGAL, CIRCULATION ROUTIÈRE, DÉLINQUANCE JUVÉNILE. Situé tout au bout, le bureau de Delaney était spacieux, haut de plafond, avec de grandes fenêtres cintrées sur deux côtés. À ma droite, quelques classeurs en chêne clair. À ma gauche, une longue table de conférence sur laquelle étaient éparpillés des cannettes de Coca écrasées, des gobelets à café en polystyrène, des cendriers pleins de mégots, un peu de sucre en poudre provenant du beignet que quelqu'un venait d'ingurgiter.

De l'autre côté de la table, une porte entrouverte donnait sur des toilettes. Le tout me fit sourire. Des bureaux comme ça, on n'en fait plus. Delaney venait de raccrocher lorsque j'arrivai. Il me regarda d'un air surpris, comme s'il n'était pas habitué à recevoir des visites.

— Je m'appelle Spenser.

— Eh bien, qu'est-ce qu'il me veut, le procureur de Middlesex ? demanda Delaney.

Plutôt grand, il avait le corps avachi, les joues striées par une multitude de vaisseaux éclatés, le crâne couvert d'une moumoute rousse qui n'était pas de la même nuance que ses favoris, ni des favoris de quiconque, d'ailleurs, à part peut-être Spider Man. Lui et le type de la réception avaient mal compris ma phrase à propos du procureur de Middlesex. Je décidai de ne pas le détromper.

— J'ai besoin de renseignements sur un type nommé Luis Deleon.

— Vous avez essayé le 12 ?

Delaney rayonnait. Il avait de grandes dents jaunâtres comme celles d'un cheval.

— Il n'est pas dans l'annuaire.

— Qu'est-ce que vous lui voulez ?

— Je suis à la recherche d'une personne portée disparue. Une certaine Lisa St. Claire. J'ai l'impression que Deleon pourrait m'aider à la retrouver.

— Qu'est-ce qui vous a donné cette idée ?

— Elle est mariée à présent, mais avant elle sortait avec lui.

— Il est hispano ?

— Ouais.

— Et elle blanche ?

— Ouais.

Delaney secoua la tête. Il jeta un coup d'œil en direction des toilettes puis reporta son regard sur moi.

— Vous croyez qu'ils sont ensemble ?

— Je n'en sais rien. Je voudrais simplement lui parler, au cas où il saurait quelque chose. Vous le connaissez ?

— Deleon. Ça ne fait même pas latin, vous ne trouvez pas ? Et puis, qu'est-ce que ça peut me foutre ? Ces petits cons changent de nom comme de chemise.

Il regarda à nouveau vers les toilettes, passa sa langue sur ses lèvres.

— Excusez-moi, dit-il. Je reviens tout de suite.

— Bien sûr.

Se levant, il se dirigea vers les W.-C. La porte se referma. J'entendis tousser, un raclement de gorge profond, râpeux. Puis un moment de silence, suivi du bruit de la chasse d'eau. Lorsque la porte se rouvrit et que Delaney émergea, il avait l'air plus calme. Alors qu'il passait devant moi pour reprendre sa place derrière le bureau, je sentis l'odeur d'alcool. Il s'assit, le regard vitreux. Il était allé s'envoyer un coup. La chasse d'eau n'était que du camouflage.

— Alors, d'après vous, cette fille est tombée dans les pattes d'un Hispano.

Je fis non de la tête.

— Si ça se trouve, elle n'est dans les pattes de personne. Pour autant que je sache, elle pourrait être en Géorgie en train d'écouter ses disques de Ray Charles. Qu'est-ce que vous avez comme infos sur Deleon ?

— Comme infos ? Vous voulez dire, dans son casier judiciaire ?

Delaney se mit à rire, mais le rire se changea en quinte de toux et il finit par cracher dans son mouchoir. Il toussait toujours lorsque, le mouchoir pressé contre la bouche, il remit le cap sur les W.-C. Il y resta quelques minutes. À son retour, il tenait une bouteille de whisky irlandais. En se rasseyant il posa la bouteille sur le bureau, à portée de main.

— J'en ai marre de cette toux, dit-il, dès qu'il eut repris sa respiration. Y a que le whisky pour la calmer. Vous en voulez ?

— Non merci.

Attrapant un gobelet sur la petite table à côté de son bureau, il souffla dedans pour en chasser la poussière avant d'y verser trois ou quatre doigts de whisky. Il en sirota un peu puis en avala la moitié et repassa sa langue sur ses lèvres. À présent, ses yeux brillaient et son visage, déjà couperosé, était d'un rouge plus vif.

— Ah ! s'exclama-t-il. Le nectar des dieux !

Je savais de quoi il parlait. Sans jamais avoir été un alcoolique, j'avais suffisamment éclusé pour connaître cette sensation, ce bien-être qui vous envahit à mesure que le whisky se répand dans l'organisme. C'est une sensation dont il est difficile de fixer les limites, et Delaney avait l'air d'un homme qui a de plus en plus de mal à le faire. De plus en plus de mal à trouver l'équilibre entre une agréable griserie et la biture totale. Pourtant, ce n'est pas impossible et, dans une certaine mesure, il y parvenait, toujours un peu ivre sans être tout à fait soûl, se remontant à coups de gorgées avalées en cachette, jusqu'au moment où il n'avait même plus la force de se cacher. Pour lui, il ne s'agissait pas d'un plaisir, mais d'un besoin. L'alcool avait cessé d'être un moyen de détente pour devenir un médicament.

— Où en étions-nous ? demanda-t-il.

— Je vous ai demandé si Luis Deleon avait un casier judiciaire. Ça vous a tellement fait marrer que vous avez commencé à tousser, et vous avez tellement toussé que vous vous êtes mis à glavioter, après quoi vous êtes parti récupérer votre biberon. Et maintenant, c'est le pied intégral. Alors, est-ce que Luis Deleon a un casier judiciaire ?

— Vous me prenez pour qui ? Le guichetier des renseignements hispaniques ? Ils ont tous un casier judiciaire, une vingtaine de noms et une cinquantaine d'adresses. Si vous avez besoin d'un renseignement sur un Hispano de Proctor, vous n'avez qu'à aller voir Freddie Santiago, ou faire un tour à San Juan Hill. Pour les Hispanos, tout passe par là, Freddie ou San Juan Hill. C'est ça, le guichet des renseignements, mon vieux.

Il vida le gobelet de whisky puis se resservit.

— Comment est-ce, San Juan Hill ?

L'alcool rendait Delaney expansif. Il se pencha en arrière. À présent, avec le whisky sur la table, plus besoin de jouer la comédie. Il lorgna la bouteille. Elle était presque pleine, à peine entamée. Il pouvait se détendre. Il n'allait pas se trouver en manque.

— Les Hispanos sont divisés en deux factions. D'un côté, San Juan Hill, de l'autre Freddie Santiago.

— C'est un quartier, San Juan Hill ?

— Ouais, dans le nord de la ville. Un ancien quartier irlandais, qu'on appelait à l'époque Galway Bay. Ma mère y est née. Puis les Hispanos sont arrivés, et maintenant c'est San Juan Hill.

— Et Freddie Santiago ?

— Il possède une boîte dans le sud de la ville, le Club del Aguadillano. Lui, c'est l'ancien régime, si vous voyez ce que je veux dire, le parrain hispanique. Il y a cinq ou six ans, une bande de jeunes a rompu avec lui. On ne sait pas dans quelle mesure ils sont organisés, mais peu importe, celui qui se trouve à San Juan Hill est forcément dans le camp opposé à Freddie.

Il reprit une gorgée, qu'il garda un moment dans la bouche, avant de pencher la tête en arrière pour laisser le liquide descendre tout doucement.

— Est-ce que vous avez des gens là-bas ?

— Où ça, là-bas ?

— À San Juan Hill et chez Freddie Santiago.

— Vous êtes marteau, ou quoi ? Un Anglo-Saxon dans une bande pareille ne tiendrait pas dix minutes. La plupart de ces salauds ne parlent même pas l'anglais.

— Vous auriez pu avoir des agents hispanos.

Delaney se remit à glousser, puis à tousser. Il avala une nouvelle dose de whisky. La toux cessa aussitôt.

— Des agents his-pa-nos ? Il faillit éclater de rire à nouveau, se domina et reprit un coup. Vous croyez qu'on va donner un insigne et un flingue à un de ces connards ? Il mettrait l'insigne en gage pour s'acheter de la came puis reviendrait le flingue à la main dévaliser le mont-de-piété.

— Est-ce que vous avez des flics parlant espagnol ?

— Rien du tout. Freddie parle anglais. On s'entend bien avec Freddie.

— Je m'en doute.

Delaney ignora la remarque.

— C'est un homme d'affaires, Freddie. Il gère bien son truc.

Il y avait une pointe d'admiration dans sa voix.

— Des tas de gamins du lycée privé d'Andover viennent pour le shit et les putes, et il n'a pas envie de les faire fuir. Allez donc vous promener dans le sud de la ville, vous verrez. Pas un papier sale dans les rues, des lampadaires qui fonctionnent. Chez Freddie, c'est le taux zéro de la délinquance.

— Et à San Juan Hill ?

— Le Far West. Camés, vandales et tout le bastringue. Si on arrive à les cantonner là-haut, on s'estime heureux. Tout ce qu'on veut, c'est qu'ils restent chez eux.

— Est-ce que Deleon pourrait être en cheville avec Santiago ?

— Deleon ?

Secouant la tête, Delaney attrapa la bouteille d'une main mal assurée, remplit à nouveau son gobelet.

— Qu'est-ce que c'est que ce nom espagnol à la noix ? De-le-on.

— Sans doute un des rejetons de Ponce.

— Ouais, ben, j'ai jamais entendu parler de ce gus.

— Est-ce qu'il pourrait être à San Juan Hill ?

— Bien sûr qu'il pourrait y être, mon gars. Et Elvis aussi, en train de chanter *"You ain't nothing but a hound dog"*.

— S'il était là-bas, est-ce que Freddie Santiago serait au courant ?

— Comment voulez-vous que je le sache ? Pourquoi ne pas aller lui poser la question vous-même ?

— C'est bien mon intention.

— Alors vous avez intérêt à le faire gentiment, poulet de l'État ou pas.

— Je ne suis pas un poulet de l'État.

— Mais vous avez dit...

— J'ai dit que j'avais travaillé pour le procureur de Middlesex. Mais ce n'est plus le cas. À présent, je suis à mon compte.

— À votre compte ? Un salaud de privé, hein ? Foutez-moi le camp, et plus vite que ça, sinon je vous colle en taule pour usurpation d'identité.

— Et vice versa.

— Tirez-vous !

Je suivis ses conseils. En franchissant le seuil je me retournai pour lui adresser un sourire amical.

— *Skol !* dis-je, avant de refermer la porte.

Le gros flic à la réception continuait à transpirer lorsque je réapparus.

— Comment est-il ?

— Noir.

Il eut un hochement la tête.

— Ce n'était pas un mauvais flic, autrefois.

— Eh bien, maintenant, c'en est un.

Le gros flic haussa les épaules.

— Son frère siège au conseil municipal.

12

Il suffisait de regarder San Juan Hill, du moins après avoir réussi à le localiser, pour se convaincre que Dieu avait un faible pour les films noirs. Entassées dans des rues étroites, les maisons à deux étages avaient l'air rabougries et bancales, comme si le passage du temps et toute la misère accumulée avaient miné leur charpente. Elles donnaient directement sur le trottoir, sans la moindre verdure. Ni pelouses, ni arbres, ni buissons, pas même des mauvaises herbes dans les crevasses du macadam. Dans les allées goudronnées qui les séparaient, on apercevait quelques voitures neuves, mais aussi des carcasses rouillées, qui devaient se décomposer là depuis l'époque où San Juan Hill s'appelait encore Galway Bay. Sur toutes les surfaces s'étalaient des graffitis agressifs et criards d'où s'élevait une même lamentation coléreuse : « Regardez-moi ! J'existe, nom d'un chien ! Ne le voyez-vous pas ! » Surgissant d'une ruelle, une bande de gamins montés sur des VTT me dépassa à toute vitesse. Armé d'une sorte de gros clou, l'un d'eux érafla tout le côté droit de ma voiture. Je fus sur le point de le descendre, mais, ne doutant pas qu'on jugerait mon geste outrancier, je décidai de l'ignorer avec superbe. Je me demandai comment ces mômes démunis pouvaient se payer des VTT tout neufs. Probablement une simple question de priorités. Il y avait des poubelles à tous les coins de rue, manifestement boudées par les services de la voirie. Nombre d'entre elles avaient été renversées, sans doute par nos espiègles cyclistes, si bien que les ordures se répandaient sur les trottoirs jusqu'au milieu de la chaussée, pour le plus grand régal des cabots du quartier. C'étaient des bâtards indéfinissables, que des métissages en série semblaient avoir ramenés à l'origine de l'espèce : dix-quinze kilos, le poil brunâtre, la queue en tire-bouchon. Ils se ressemblaient tellement qu'on aurait dit une seule et même race. Tous se déplaçaient du pas furtif du rongeur, le ventre à terre. Aucun n'avait l'air aimable. La majorité ne semblait pas manger à sa faim. Des stores baissés masquaient presque toutes les fenêtres. Dehors, on voyait une ribambelle de mioches, mais peu d'adultes. Çà et là, dans une vitrine, un écriteau peint à la main proclamait : *Comidas, cervezas*. La plupart des adolescents portaient des vestes de jogging de couleur vive, des jeans baggies et des tennis qui devaient coûter les yeux de la tête. Ils avaient probablement troqué les VTT contre les tennis en atteignant la puberté. Dans le jour peu lumineux de ce début de printemps, les seules couleurs visibles provenaient des graffitis, des vestes de jogging et des tennis. Tout le reste était de la couleur des chiens.

Au centre de San Juan Hill se dressait un affreux amas de pierres noircies par le temps : une église catholique avec un grand portail de bois peint en rouge. Le portail, de même que les murs de l'église, était orné de graffitis. Un panneau marqué PAROISSE SAINT-SÉBASTIEN donnait les horaires des messes. Lui aussi était couvert de graffitis. Je me garai juste devant le portail. À San Juan Hill, on se gare où l'on veut.

À l'intérieur de l'église, tout au fond, se trouvaient trois vieilles femmes, un fichu sur la tête. J'avais lu quelque part que l'Église catholique n'exigeait plus des femmes qu'elles se couvrent la tête, mais celles-ci n'avaient pas l'air d'être à l'affût de la mode. Elles récitaient leurs prières, égrenant leur chapelet, bougeant silencieusement les lèvres, faisant glisser les grains entre leurs doigts. Un vieil homme solitaire, en costume noir, sa chemise blanche boutonnée jusqu'au cou mais sans cravate, était assis sur le banc près de l'autel. Il ne donnait pas l'impression de prier. Il ne dormait pas non plus. Il regardait tout simplement droit devant lui.

Alors que je remontais la nef, un curé d'un certain âge, en soutane, sortit de la sacristie pour me rejoindre.

— Puis-je vous aider ? dit-il à voix basse.

Il était de taille moyenne, le corps mince, sec, les cheveux blancs et le visage rougeaud.

— Vous n'auriez pas un coin plus tranquille pour parler, mon père ?

Le curé hocha la tête.

— Mettons-nous dehors, sur les marches, de cette manière nous ne gênerons pas ceux qui prient.

Dans la pénombre embaumée par l'odeur des cierges, nous redescendîmes la nef avant d'émerger dans la faible clarté du jour. Ma voiture se trouvait juste au pied des marches, l'éraflure bien en évidence tout le long du côté passager.

— C'est votre voiture ?

— Oui.

— Bienvenue à San Juan Hill. Des enfants à vélo ?

— Oui.

— Ça les amuse, expliqua le curé. Ce qu'ils aiment surtout, c'est cerner les femmes blanches au volant et, quand la voiture s'arrête, les tabasser.

— Et ça les amuse ?

— Exactement.

— Ben voyons ! J'essaie d'entrer en contact avec un certain Luis Deleon. Il est possible qu'il soit à San Juan Hill.

— En quoi est-ce qu'il vous intéresse ?

— Comme moyen d'arriver à mes fins. Je recherche une femme portée disparue. J'ai entendu dire qu'elle avait eu une liaison avec lui.

— Une femme blanche ?

— Oui.

— Vous ne perdriez pas votre temps à rechercher une Latina.

— Je recherche tous ceux que mes clients me demandent de rechercher.

— Alors vous n'êtes pas de la police ?

— Non, je suis détective privé.

— Et vous portez un revolver, là, sous votre veste.

— Vous êtes très observateur, mon père.

— Des revolvers, j'en ai vu, et même beaucoup, mon ami.

— Je veux bien le croire.

Il se mit à contempler la grisaille et les graffitis qui constituaient le paysage de Proctor. Au loin, un chauffard fit crisser ses pneus en prenant un virage à toute allure. En face, sur un terrain de jeu bitumé entouré d'un grillage, trois adolescents assis contre un mur fumaient en buvant du vin à même une bouteille dépassant d'un sac en papier. Un énorme matou gris et sale sortit d'une ruelle en rasant le sol, un rat mort entre les dents.

Le curé se tourna vers moi.

— Pas tout à fait ce dont j'avais rêvé en quittant le séminaire il y a trente ans, reprit-il. J'imaginais des enfants souriants, tirés à quatre épingles, la tête levée vers moi, prêts à recevoir la parole de Dieu. Une belle pelouse verte s'étendant devant l'église, au sous-sol des dîners au cassoulet pour les paroissiens, des jeunes gens se mariant, des enterrements en grande pompe pour de vieux messieurs prospères morts paisiblement dans leur lit.

— On m'avait dit que j'allais vivre une vie de piété. Que je me rendrais dans de luxueux hôpitaux de banlieue où tout le personnel me connaîtrait et m'admirerait, pour donner la communion à des femmes malades allongées sur des draps à fleurs, des rubans dans les cheveux.

— Les voies du Seigneur sont souvent impénétrables, mais jamais très plaisantes, mon père.

— Qui a dit ça ?

— À part moi ? Un type nommé Reich, je crois.

— Je ne le connais pas. J'espère qu'il se trompe.

— Vous connaissez Deleon ?

— Oui.

— Savez-vous où je peux le trouver ?

— Non. Je ne l'ai pas revu depuis qu'il était gamin. Sa mère me l'amenait. C'était une femme désemparée, qui a fini par mettre fin à ses jours, que Dieu ait son âme. Je n'ai jamais revu Luis. Mais il m'arrive d'entendre des choses, entre autres qu'il est devenu quelqu'un d'important à San Juan Hill.

Il s'interrompit pour me dévisager.

— D'assez redoutable, paraît-il.

Je hochai la tête.

— Si vous comptez aller le voir, vous feriez bien de prendre vos précautions.

— Je suis moi-même assez redoutable, mon père.

— Ça m'en a tout l'air, en effet. Et je sais de quoi je parle.

— Si vous étiez à ma place, mon père, où iriez-vous pour rencontrer Deleon ?

— Je ne sais pas.

— Quelqu'un de la paroisse le saurait-il ?

— Si quelqu'un le savait, il ne me le dirait pas.

— Mais vous êtes leur curé.

— Ici, je ne suis pas leur curé. Je suis un *gringo*.

Je hochai à nouveau la tête. Le curé se tut. Quelque part, une chaîne stéréo déversait de la musique.

— Personne à San Juan Hill ne vous adressera la parole si vous ne parlez pas espagnol.

— Même ceux qui parlent anglais ?

— Même ceux-là.

— Et Freddie Santiago ?

— Lui peut-être, si parler avec vous lui semble profitable. Mais il ne se trouve pas à San Juan Hill.

— Qu'est-ce qui pourrait lui sembler profitable ?

Le curé réfléchit un instant.

— C'est assez compliqué, répondit-il. Santiago est un individu dangereux. Là-dessus, il n'y a aucun doute. C'est un gangster et, vraisemblablement, un assassin. Il vit du trafic de drogue, de la prostitution, des jeux. Il vend des cartes de séjour. Il gère une très grande partie de ce qui se passe dans la communauté hispanique, ce qui veut dire de la ville elle-même.

— Sauf San Juan Hill.

— Sauf San Juan Hill.

— Eh bien, qu'est-ce qu'il y a de compliqué ?

— Ce n'est pas, me semble-t-il, un homme foncièrement mauvais. Un pauvre qui s'adresse à Freddie Santiago recevra de l'argent ou un emploi. Quand les bandes de jeunes se mettent à s'entretuer, c'est lui qui met fin aux hostilités. Il intervient pour que des allocations soient versées aux femmes et aux enfants abandonnés. À chaque élection, il pousse les gens de la communauté hispanique à se faire faire une carte d'électeur.

— Et il doit remplir généreusement les caisses de l'amicale de la police.

Le curé eut un sourire fugace.

— De fait, il est vraisemblable que Freddie Santiago figure parmi les principaux donateurs. Êtes-vous allé au commissariat ?

— J'ai discuté avec le chef de la brigade criminelle.

— Un Irlandais ?

— Ouais, Delaney.

— Ils sont tous irlandais. La police, les inspecteurs d'académie, le maire, les fonctionnaires municipaux. Ils sont irlandais et ils parlent anglais. La ville est hispanique et parle espagnol.

— Est-ce que vous parlez espagnol, mon père ?

— De manière très approximative, tout au plus. Je peux encore célébrer la messe en latin, mais je n'ai pas réussi à maîtriser la langue de mes paroissiens. Je suppose que la police ne vous a pas aidé.

— Pas du tout.

— Si elle est effectivement avec Deleon... une Blanche liée à un Hispanique... elle sera irrémédiablement entachée aux yeux de la police de Proctor.

Six adolescents en baggy et veste de jogging de l'équipe de San Antonio passèrent en frimant. Ils tournèrent la tête vers nous pour nous narguer. L'un d'eux dit quelque chose en espagnol qui fit rire les autres.

— Avez-vous compris ?

— En gros : "Regardez-moi cet eunuque avec sa robe", répondit le curé. Son visage rougeaud n'avait pas changé d'expression. Ce n'est pas la première fois que j'entends ça.

— S'ils acceptaient de me parler, est-ce que le niveau d'anglais à Proctor est suffisamment élevé pour que je puisse leur poser des questions et comprendre leurs réponses ?

— Ils n'accepteront pas de vous parler et, même s'ils y étaient disposés, ils n'en seraient pas capables.

— Mais Freddie Santiago parle anglais.

— Et même très bien, d'après ce qu'on m'a raconté. Si vous allez le voir, soyez respectueux et faites très attention. C'est un adversaire implacable.

— Le pauvre ne sait pas à qui il a affaire ! Comment se fait-il que vous ayez échoué ici, mon père, dans le cloaque du royaume de Dieu ?

— C'est le devoir d'un homme d'Église d'œuvrer là où le Seigneur le place.

En parlant il regardait vers le maigre terrain de jeu en bitume, où les trois jeunes buvaient du vin et fumaient du shit, assis contre un mur couvert de graffitis.

— Et il y a aussi... que je bois.

13

Quirk entra dans mon bureau comme à l'accoutumée, avec l'air d'être chez lui, du style « pousse-toi de là que je m'y mette ». Il portait un costume beige, une chemise à rayures bleues au col boutonné et une cravate en laine kaki. L'ensemble faisait aussi printanier que la température, qui était douce, avec une légère brise apportant le parfum des fleurs par la fenêtre ouverte. Il approcha une des chaises destinées aux clients, s'y installa et posa un pied sur le bureau.

— T'as dégoté quelque chose ?

— Un type nommé Luis Deleon, répondis-je.

— Ouais...

— Un Hispano de Proctor, que Lisa a rencontré dans un cours à la fac de Merrimack State.

— Hein, hein.

— Apparemment, Lisa a eu une liaison avec lui avant de connaître Frank.

— Hein, hein.

— Tu as écouté le répondeur chez elle ?

— Ouais. Un type avec un léger accent dit qu'il va peut-être passer la voir.

— Ça pourrait être Deleon.

— Quoi d'autre ?

— Il habite un quartier appelé San Juan Hill. J'ai parlé à plusieurs personnes. C'est une sorte de personnalité, là-bas. Du mauvais côté de la barrière, je présume. Et, d'après ce qu'on m'a raconté, il n'est pas impossible qu'il soit opposé au parrain local, Freddie Santiago.

— Santiago a le bras long à Proctor. Tu parles espagnol ?

— Non.

— Tu sais où il crèche, ce Deleon ?

— Non. Quelque part dans San Juan Hill, mais je n'ai pas encore l'adresse.

— On devrait pouvoir l'obtenir.

— Si ça se trouve, elle n'est pas avec lui.

— Bien sûr. Mais c'est la meilleure piste que tu aies. Qu'est-ce qui te fait hésiter ?

— Si Lisa est avec Deleon, de son propre gré ou pas, il va falloir y aller mollo.

Nous restâmes silencieux. Un courant d'air faisait voleter le journal posé sur mon bureau.

— Je regarderai ce qu'il a comme casier judiciaire, si toutefois il en a un, dit Quirk.

— Tu devrais peut-être aussi te renseigner sur le passé de Lisa, enfin un tout petit peu.

— C'est déjà fait, un tout petit peu.

— Et qu'est-ce que ça donne ?

— On a pu remonter sur quelques années sans rien découvrir d'anormal... et ensuite, bernique. C'est comme si elle n'avait pas existé avant 1990.

— Tu as bien cherché ?

— Assez bien. On a relevé chez elle des empreintes digitales qui doivent lui appartenir. On attend les résultats.

— Et les références qu'elle a données à la station de radio ?

— On les a vérifiées. Personne n'a jamais entendu parler d'elle.

— Ses anciens employeurs ?

— Inventés de toutes pièces.

— Et les diplômes qu'elle a dû fournir pour s'inscrire à Merrimack State ?

— Il n'y en pas besoin en formation continue. L'inscription est ouverte à tous.

— Ça pourrait expliquer le « faisons comme si la vie avait commencé le jour de notre rencontre ».

— Ça pourrait.

— Tu ne serais pas tombé sur un dénommé Vaughn dans tes recherches ?

— J'ai vu ça sur le bloc-notes, mais je ne sais pas qui c'est.

— Tu as déniché quelque chose concernant la tentative de meurtre ?

— Une voisine est infirmière. Mariée à un gastro-entérologue de Brigham. Elle rentrait de son boulot à l'hôpital Faulkner quand elle a remarqué une camionnette jaune garée près de l'étang peu avant les coups de feu. La camionnette faisait un peu moche pour le quartier, c'est ce qui a attiré son attention.

— Elle n'a pas relevé le numéro d'immatriculation ?

— Tu parles ! Elle ne connaît ni la marque ni l'année. Une camionnette jaune et moche, c'est tout.

— Et les balles ?

— Des Remington 9 mm. On a retrouvé les douilles.

— Alors l'affaire est dans le sac.

— Bien sûr. À Proctor, ça se vend dans les distributeurs automatiques.

— Tu crois qu'il y a un rapport avec Lisa ?

— Ouais.

— Ce n'est pas forcément le cas.

— Exact. D'après toi, ça a rapport avec quoi ?

— Lisa, répondis-je. Fais-moi signe dès que tu auras quelque chose sur les empreintes.

— C'est ça.

La femme mince au visage juvénile entra dans la pièce pour desservir. Une mèche argentée courait dans sa chevelure grisonnante. Elle portait un jean et un sweat-shirt rose. Elle ne regarda pas Lisa et ne lui parla pas non plus. Elle prit bien soin de ne pas tourner la tête vers les écrans où les cassettes vidéo défilaient interminablement en boucle. Comme elle sortait, Lisa vit un homme appuyé au mur du couloir, une chemise à fleurs ouverte sur son maillot de corps. À sa ceinture, à droite de la boucle, était fixée la crosse d'un pistolet. La porte se referma. Elle entendit tourner la clé. Ensuite, ce fut le silence, à l'exception du léger bourdonnement électronique des écrans. Elle se mit à arpenter la pièce, puis se rendit dans la salle de bains pour se regarder dans la glace. Ce jour-là, elle arborait une tenue de brousse, comme Deborah Kerr dans Les Mines du roi Salomon. *C'est lui qui l'avait choisie et elle n'avait pas protesté. Peu après son enlèvement, elle avait décidé de ne pas se bagarrer pour des peccadilles. Qu'il veuille l'obliger à s'habiller comme dans les films ne lui faisait aucun mal. Elle attendait la grande bataille. Elle ne disposerait que d'une seule chance et elle ne tenait pas à la gâcher. Il était encore top tôt pour agir. À quoi servirait de le frapper et de prendre la fuite alors qu'un garde armé se tenait devant la porte ? Plus elle se montrerait docile, moins sans doute il se méfierait. Et peut-être qu'un jour, la porte ne serait pas fermée à clé. Peut-être qu'un jour, il n'y aurait pas de garde armé. Et si la porte était toujours fermée à clé, le garde toujours là et que l'occasion ne se présentait jamais ?... Elle pouvait compter sur Frank ; tôt ou tard, il viendrait. Elle en était certaine. Et elle s'accrochait à cette certitude comme à une bouée de sauvetage pour ne pas sombrer dans la démence. Ramenant ses cheveux en arrière, elle s'examina dans la glace. Elle avait le même air que d'habitude. On a probablement raison de dire que, dans les moments tragiques, les gens ont pratiquement la même apparence qu'en temps normal, songea-t-elle. Elle sortit de la salle de bains. Les écrans passaient la cassette de son enlèvement, alors qu'elle gisait ligotée à l'arrière de la camionnette. Elle ne leur prêta aucune attention. Elle ne les remarquait presque plus. Ils avaient fini par tellement se confondre avec son paysage limité qu'ils étaient à peine tangibles.*

Derrière elle, elle entendit le bruit de la clé dans la serrure. Il pénétra dans la pièce.

— Chiquita, *tu es exactement comme je l'espérais. Tourne-toi, s'il te plaît. Complètement. Maintenant, fais quelques pas vers moi. Oui. Exactement comme je l'espérais.*

Il portait une chemise bouffante à manches larges, déboutonnée jusqu'à la poitrine, une culotte de cheval kaki et des bottes en cuir. Elle essaya de deviner quelle affiche de film il avait prise pour modèle. Les Trois Lanciers du Bengale ? La Piste des éléphants ? *Elle n'aurait pu le dire au juste. Mais il accordait toujours ce qu'il mettait avec la manière dont elle était habillée. Il étalait des vêtements sur le lit avant de la quitter le soir, si c'était vraiment le soir. Elle n'en savait jamais rien. Lorsqu'il revenait le matin, si c'était vraiment le matin, il avait un accoutrement assorti. Pour retrouver sa petite vedette à lui, copie conforme de l'originale, se dit-elle en exhibant sa nouvelle tenue. Avec un sourire, il tendit son bras replié comme pour l'emmener en promenade.*

— Viens, querida, *j'ai une surprise pour toi.*

Elle resta immobile, ne sachant pas ce qu'il voulait.

— Allons, viens. Nous allons marcher un peu. Il est grand temps que la reine fasse le tour de son royaume.

Elle s'approcha lentement, posa timidement une main sur son bras. Puis ils pivotèrent et se dirigèrent vers la porte.

14

Je défis le ceinturon à outils pour le suspendre au clou planté dans un des murs du salon dont on venait d'arracher le revêtement. Nous retapions une vieille ferme à Concord, à cinq kilomètres du pont de fortune qui enjambait la rivière en crue. C'était l'heure du déjeuner. Susan était allée Chez Sally Ann acheter des sandwichs de pain de seigle à la dinde fumée faits maison. À présent, nous les mangions, assis autour de la table de pique-nique installée dans la cour transformée en marécage par la fonte des neiges, buvant dans de grands gobelets en carton le déca que Sally Ann torréfiait elle-même.

— Je ne comprends pas pourquoi le décaféiné te fait autant râler, dit Susan. Moi, je trouve qu'il a très bon goût.

Pearl la Magnifique sauta sur la table pour examiner mon sandwich de plus près. Je lui en donnai un bout. Elle l'avala aussi sec et se mit à lorgner le restant.

— Tu n'es pas une référence, Suze. Toi, tu peux vivre de l'air du temps.

Susan céda la moitié de son sandwich à Pearl.

— C'est vrai. Mais ça ne m'empêche pas de faire la différence.

Reportant son attention sur le mien, Pearl épiait mes gestes tandis que j'en avalais un morceau.

— Tu sais, quand j'étais petit, mon père et mes oncles interdisaient à notre chien de monter sur la table de la salle à manger, Noël y compris.

— Que c'est vieux jeu !

C'était une des premières journées chaudes de l'année. Les rayons du soleil filtrant à travers mon tee-shirt me faisaient du bien. Je pris une dernière bouchée, offris le restant à Pearl. Un morceau pareil méritait d'être dégusté en paix. Sautant à terre, elle fila à l'intérieur de la maison. Susan afficha un grand sourire qu'on aurait pu, chez une femme moins raffinée, qualifier de narquois.

— C'est son regard perçant, expliquai-je. Je suis incapable de résister.

— Naturellement. Comment va Frank ?

— Il paraît qu'il s'en sortira, mais il est toujours aux soins intensifs, sous morphine, conscient de temps à autre. Du reste, on ne sait pas quand il pourra se remettre à marcher.

— Et l'enquête sur Lisa St. Claire ? Ça avance ?

— J'ai déniché un ex-petit ami.

— Cherchez l'homme.

— Possible. Il s'agit d'un Hispano de Proctor nommé Luis Deleon. C'est peut-être lui qui a laissé un message sur le répondeur, le type au léger accent qui disait qu'il allait passer la voir. Je l'ai fait écouter à une amie de Lisa, Typhanie – avec *y* et *ph*. Elle n'en était pas sûre, mais ça se pourrait. C'est apparemment avec lui que Lisa sortait avant de rencontrer Frank.

— Et tu crois qu'elle est retournée avec lui ?

— Je l'ignore. Ça fait pas mal de peut-être, mais c'est ma seule piste, alors autant commencer par là.

— J'espère qu'elle n'est pas avec quelqu'un.

— Sauf que, dans ce cas, ça veut dire qu'elle n'est pas morte, et Frank saura où il en est.

— La voix de l'expérience.

— C'est terrible, une disparition. Va-t-elle rester avec lui ou revenir vers moi est certes une source de souffrance, mais, au moins, c'est clair.

— Tu ne lui en as pas encore parlé ?

— Non, d'abord parce qu'il est toujours dans le coltar. Ensuite, ça ne servirait à rien d'en discuter.

— On pourrait s'attendre à ce que la personne qui recherche une épouse souhaite en parler avec le mari, ne serait-ce que pour le réconforter.

— Je doute qu'il ait envie d'en parler autrement que comme d'une affaire banale.

— Peut-être pourrais-tu l'aider à le faire quand il ira mieux.

— Il existe des gens... – je m'interrompis pour engouffrer un morceau substantiel du deuxième sandwich – ... parfois des gens très intelligents, parmi lesquels on trouve même quelques psy, pour qui le refus de parler de certaines choses constitue un handicap. Cependant, pour les individus qui préfèrent se taire, c'est là une manière de ne pas céder à des impulsions irrationnelles afin d'accomplir ce qu'ils ont à faire. La maîtrise de soi n'est pas une limitation. C'est une alternative qui évite d'être dominé par ses sentiments.

Un grand sourire illumina le visage de Susan.

— Joliment dit. Tu parles dans l'absolu, sans faire de distinction entre les sexes.

— Je ne crois pas que la différence entre hommes et femmes entre en ligne de compte. Bien des femmes sont très critiques à l'égard des hommes à ce propos, et bien des hommes sont persuadés que les femmes n'y comprennent que dalle. Mais je préfère ne pas généraliser. Toi, par exemple, tu maîtrises très bien tes sentiments.

— Et il y a des moments où, toi, tu ne les maîtrises pas.

D'un pas allègre, Pearl sortit de la maison pour se diriger vers mon second sandwich. Elle me regardait d'un air accusateur, ou peut-être était-ce moi qui me faisais des idées. Je réussis à enfourner encore un morceau avant qu'elle n'arrive à ma hauteur.

— Quels moments ? demandai-je en mastiquant.

— Tu le sais très bien, répondit-elle. J'aime mieux ne pas en parler devant le bébé.

— Un jour ou l'autre, il faudra bien qu'elle sache.

Le menton posé sur mon genou, Pearl tourna les yeux vers moi. Je lui refilai le reste du sandwich.

— J'ai l'impression qu'elle sait déjà tout ce qu'elle a besoin de savoir.

Déglutissant le reste de mon déjeuner, Pearl se mit à remuer la queue.

— Tu ne diras pas à mes potes que cette chienne me mène par le bout du nez.

— Non, répondit Susan. Ni que, de temps en temps, tu me laisses voir tes émotions.

— Je l'ai échappé belle !

— As-tu réussi à localiser ce Deleon ?

— Non. J'ai discuté avec les flics, puis avec un prêtre. Je sais qu'il se trouve à Proctor. Lundi, j'irai voir un dénommé Freddie Santiago, qui est plus ou moins le maire du Proctor hispanique.

— Ce n'est pas presque toute la ville ?

— À peu près.

— Mais il n'est pas le vrai maire ?

— En fait, peut-être que si. Mais, officiellement, le maire est un certain Harrington.

— Est-ce que Hawk te donne un coup de main ?

— Hawk est en Birmanie. D'ailleurs, j'ai surtout besoin de quelqu'un parlant espagnol.

— En Birmanie ? Qu'est-ce que Hawk peut bien faire en Birmanie ?

— Il vaut mieux ne pas le savoir. Notre démenti n'en sera que plus convaincant.

15

Quirk arriva au café de Park Plaza l'air égal à lui-même : solide, bien mis, rasé de près, les cheveux tirés au cordeau et des mains de maçon. Il portait un costume bleu marine et une chemise à rayures bleues et blanches. S'installant sur la banquette en face, il commanda un café.

— Deleon n'a rien d'un enfant de chœur, dit-il.

— Ce n'est pas vraiment un scoop. Son casier ?

— Plutôt chargé. Il a été arrêté deux fois pour agression, une fois pour trafic de drogue... et une fois pour viol. Dans le cas des deux agressions, il a été relâché parce que les témoins avaient disparu. Même chose pour le viol, la victime étant revenue sur ses déclarations. Pour le trafic de drogue, il a quand même écopé de trois ans ferme, le reste avec sursis.

— La justice est parfois d'une lenteur déplorable.

— À qui le dis-tu ! On lui attribue aussi, bien qu'il n'y ait pas eu de mise en examen, plusieurs meurtres liés au trafic de drogue, d'autres relatifs à la petite guerre que se livrent les deux clans à Proctor, le sien et celui de Freddie Santiago. D'après ce qu'on raconte, ils sont beaucoup plus nombreux du côté de Freddie, qui a le plus gros de la ville dans sa poche. Deleon et sa bande ne sont pas seulement violents et sadiques, ils sont complètement timbrés, au point que

Freddie n'a jamais eu le cran de monter à San Juan Hill pour les ficher dehors.

Je hochai la tête. La serveuse vint remplir la tasse de Quirk.

— Désirez-vous voir la carte ?

— Non, répondit-il. Je peux avoir deux beignets nature ?

La serveuse acquiesça avant de s'éclipser.

— Et pour ce qui est de son passé ? Tu as déniché quelque chose ?

— Plus qu'il n'en faut. Le ministère de l'Éducation nous a communiqué son parcours scolaire, le tribunal pour enfants son profil psychologique. On a trouvé un dossier sur lui au centre de la formation et de l'emploi, un autre à la commission de probation, un autre encore à la Sécurité sociale. Ça ne m'étonnerait pas qu'il soit classé aux monuments historiques. Il n'y a pas un seul service public dont il n'ait profité.

— Quel âge ?

— Vingt-six ans. Il est né à Porto Rico, a débarqué ici alors qu'il n'était encore qu'un nourrisson. Mère pute, père inconnu. La mère se shootait au crack. Elle s'est suicidée il y a dix ans. Il ne semble pas avoir terminé ses études secondaires. Il a suivi des cours à Merrimack State dans le cadre d'un programme communautaire. C'est sans doute là que Lisa l'a rencontré. Il s'est inscrit pour la première fois en 1990. Lisa y était déjà.

La serveuse revint avec les beignets. Elle remplit à nouveau la tasse de Quirk, versa un peu plus de déca dans la mienne.

— Tu as sa photo ?

Avec un signe de tête, Quirk me tendit la photo des archives, de face et de profil. La première chose qui me vint à l'esprit, c'est que les femmes devaient le trouver beau et les hommes pas. Visage allongé, grands yeux noirs, nez aquilin. Il avait les cheveux plutôt longs sur le cliché, qui devait remonter à quatre ou cinq ans. Au verso, je lus son signalement : un mètre quatre-vingt-quinze, quatre-vingt-dix kilos. Au poids, nous étions dans la même catégorie, mais il avait une plus grande allonge.

— D'après le rapport du psy, certains signes indiqueraient une schizophrénie paranoïaque à l'état latent. On le juge capable de violences soudaines.

— Ton portrait tout craché.

— Pour la schizophrénie paranoïaque à l'état latent, je veux bien, sauf que je ne sais même pas ce que c'est. Ça t'intéresserait de savoir ce qu'ont donné les empreintes digitales ?

— Quelle sollicitude ! Oui, m'sieur l'agent, je serais ravi de l'apprendre.

— Et moi, je suis ravi de savoir que mes attentions ne passent pas inaperçues. Les empreintes sont celles d'une certaine Angela Richard. Il prononça le nom à la française. Elle a été arrêtée deux fois à Los Angeles, en 1982 et en 1985, pour racolage.

— C'est sûr ?

— Oui. On nous a envoyé la photo. C'est bien Lisa.

— Merde alors ! Belson est au courant ?

— Pas encore.

— Tu vas lui dire ?

— Et toi ?

— Pas encore.

Le deuxième beignet à la main, Quirk se renversa en arrière pour regarder par la baie vitrée derrière moi, en direction des taxis jaunes faisant la queue devant l'hôtel. Avec des gestes stylés, les portiers accueillaient les clients et empochaient les pourboires.

— Tu as bien un contact à Los Angeles, n'est-ce pas ?

— Un flic, Samuelson, répondis-je.

Il hocha la tête.

— Si jamais tu décides de foncer dans le tas à Proctor, fais-moi signe.

— Entendu.

Son beignet avalé, Quirk s'en alla. Je le regardai passer devant la baie vitrée, énorme, robuste, dur, le genre de type en qui on peut avoir confiance. Il plastronnait un peu, comme tous les flics du monde, en se dirigeant vers St. James Avenue.

16

Susan et moi étions installés à bord du vol American 011 lorsqu'il décolla sans anicroche à neuf heures précises. Nous prîmes notre petit-déjeuner en nous interrogeant sur l'identité de la nourriture, après quoi Susan mit ses écouteurs pour regarder le film. Je me carrai sur mon siège pour reprendre la lecture de mon bouquin, *Les Rues de Laredo,* et ne plus songer à la catastrophe éventuelle. En général, je m'inquiète moins après le décollage. Ces engins n'ont quand même pas l'habitude de tomber subitement du ciel.

— Au fond, dit Susan, ce n'est qu'une simple question de sang-froid. Le voyage en voiture jusqu'à l'aéroport est sûrement ce qu'il y a de plus dangereux.

— Crois-tu qu'il soit encore trop tôt pour que je me mette à boire ?

— Eh bien, répondit-elle en regardant sa montre, à Los Angeles, il est tout juste sept heures.

— Exact. Il est bon, le film ?

— Oh là, non ! Complètement nul.

— Alors pourquoi est-ce que tu le regardes ?

— Comme ça, je ne pense pas à l'altitude.

— Tu as peur, toi aussi ?

— Naturellement, dit-elle en m'adressant un sourire. Mais moi, je ne suis qu'une nana.

Nous survolions Flagstaff lorsque Susan ôta ses écouteurs pour me demander :

— C'est quoi déjà la raison pour laquelle nous allons à Los Angeles ?

— Descendre à l'hôtel Westwood et faire l'amour.

— Descendre à l'hôtel, *défaire les valises* et faire l'amour, rectifia-t-elle.

— Bien sûr.

— Tu ne m'as pas dit que cela avait un rapport avec l'épouse de Frank ?

— Quirk a fait circuler ses empreintes digitales. Elle a été arrêtée à Los Angeles pour prostitution. À deux reprises, en 1982 et en 1985. À l'époque, elle s'appelait Angela Richard.

— Mais c'est affreux ! Est-ce que Frank est au courant ?

— Dans ce cas, il s'est bien gardé d'en parler. Nous, on ne lui a rien dit.

Nous étions juste au-dessus des montagnes San Gabriel, si près qu'on avait l'impression qu'en ouvrant la porte on pouvait mettre pied à terre sur les sommets.

— Et ton idée, c'est d'essayer de glaner des informations susceptibles de t'aider à la retrouver ?

— Ouais.

— Comment vas-tu t'y prendre ?

— Je l'ignore. Très mal, si ça se trouve. Je n'ai pas de plan précis. Je travaille au feeling.

— Comme tout le monde.

Une fois passés les monts San Gabriel, nous descendîmes en douceur vers la vallée San Fernando, atterrîmes sans nous écraser pour continuer avec une voiture de location sur la nationale 405 en direction du centre-ville.

— Est-ce qu'on connaît l'âge de Lisa ? demanda Susan.

— En 1982, elle prétendait avoir dix-neuf ans. Si elle ne mentait pas, ça lui en fait trente et un.

— Merci, j'aurais pu faire le calcul... du moins, si tu m'en avais laissé le temps.

— Je sais, mais on ne reste à Los Angeles que quelques jours.

L'hôtel Westwood se trouve juste à la sortie de Westwood Village, en face de la faculté de médecine de l'UCLA. On y trouve deux piscines, un centre sportif, une ribambelle de jardins, sans compter un brunch spectaculaire. Notre chambre, peinte en bleu, comprenait un petit salon, une salle de bains, une chambre à coucher avec un lit gigantesque et une série de placards revêtus de miroirs. Le regard de Susan s'arrêta d'abord sur les miroirs, ensuite sur le lit.

— Tu vas jouer les voyeurs ?

— Et comment !

— Sale cochon ! s'exclama-t-elle tout en se mettant à défaire ses valises, activité aussi minutieuse et soignée que celle d'une araignée tissant sa toile.

Tandis qu'elle dépliait, secouait et posait sur un cintre chacun de ses vêtements, je me précipitai sous la douche, puis m'enveloppai dans le peignoir en tissu-éponge fourni par la maison. Je ressemblais à une grande saucisse dans un quignon de pain. Susan finit de tout ranger, fit couler un bain et passa à côté pour « se rafraîchir ». Je refermai les portes-miroirs restées ouvertes, vérifiai l'angle de réflexion. Lorsqu'elle ressortit, elle tenait serrée contre elle la volumineuse robe de chambre blanche dans laquelle elle s'était emmitouflée.

— D'abord, annonça-t-elle, il va falloir que tu me promettes de ne pas regarder dans la glace.

— Mais naturellement, répondis-je d'une voix dégoulinante de sincérité.

— Tu vas pouvoir dégager tes bras de ces manches ?

— Je suppose.

— Alors qu'est-ce que tu attends ?

Plus tard, dans l'après-midi, allongée paisiblement dans le lit, la tête sur mon épaule, elle me demanda :

— Eh bien, quel est le programme ?

— Je connais un flic nommé Samuelson. J'ai fait sa connaissance il y a longtemps, à l'époque où j'étais ici avec Candy Sloan.

— Je m'en souviens.

— Je lui ai téléphoné l'autre jour. Il m'a dit qu'il me retrouverait le dossier d'Angela Richard, et moi je lui ai promis un déjeuner Chez Lucy.

— Et ensuite ?

— Ensuite, on verra.

Nous restâmes silencieux un long moment, écoutant le bruit sourd du climatiseur, regardant les rayons du soleil se déplacer sur les murs bleus. Susan tourna la tête pour m'observer, son visage tout près du mien. Ses yeux scintillaient de plaisir et d'autre chose encore, d'un soupçon de perversité, de joie ou d'excitation, ou les trois à la fois. Je n'ai jamais su au juste.

— Tu as regardé dans la glace ? demanda-t-elle.

— Bien sûr que non.

— Tu es en train de mentir ?

— Bien sûr que oui.

Ils sortirent dans le couloir. Le garde était là. Pas celui qu'elle avait aperçu un peu plus tôt ; ils se relayaient sans doute fréquemment. Le sol était recouvert d'un linoléum sur lequel on avait passé une couche de peinture marron, ce qui avait dû lui donner jadis un aspect brillant. Mais il s'était gondolé, des craquelures étoilaient la surface laquée et son éclat avait pratiquement disparu. De passer de la pièce à la lumière du jour, elle en avait presque la tête qui tournait, comme à la sortie d'une séance de cinéma en milieu d'après-midi. Elle n'avait pas vu le jour depuis qu'il l'avait amenée ici. Devant eux, un jeune homme maigrichon aux cheveux noirs avec deux longues tresses et un bandana bleu enroulé autour de la tête à la manière de Willie Nelson recula à leur apparition, le caméscope braqué sur eux, la cassette faisant entendre un léger bruissement. Les murs du couloir étaient couverts jusqu'à mi-hauteur de minces panneaux rougeâtres en chêne autrefois vernis, mais que le temps et la crasse avaient noircis. Au-dessus, le plâtre peint en blanc avait viré au gris selon le même processus.

— On descend, Lisa mia. *Ta famille t'attend pour te souhaiter la bienvenue.*

Ma famille, je n'ai pas de fichue famille ! Frank est ma seule famille. Son visage ne trahit aucune émotion. Au moins, elle n'avait pas l'air aussi ridicule dans ces vêtements de brousse que s'il avait choisi de l'exhi-

ber en Moll Flanders[1]*. Ils descendirent un escalier étroit dont chaque marche était recouverte d'une carpette en caoutchouc râpé pour éviter de glisser. Au bas se trouvait la cuisine, avec un antique fourneau à gaz Glenwood jaune, de taille gigantesque, sur des pieds noirs recourbés, et un évier en pierre. Deux réfrigérateurs à l'aspect vétuste se dressaient côte à côte contre le mur de gauche, dont un avec le condensateur sur le dessus. Une grande table occupait le milieu de la pièce, du genre de celles que l'on voit dans les salles de banquets avec un plateau en contreplaqué et des pieds métalliques repliables. Au centre, il y avait des fleurs dans une vieille boîte de café et, tout autour, quelques chaises. Cinq petits enfants, trois filles et deux garçons, portant des couches et presque rien d'autre, jouaient par terre sous la table. La femme mince au sweat-shirt rose qui lui apportait à manger se trouvait là, en compagnie d'une grosse femme dans un survêtement mauve trop serré. Assises à la table, elles surveillaient les enfants, piochant de temps à autre dans un grand sac de chips renversé.*

Luis leur dit quelque chose en espagnol. Elles la regardèrent fixement et hochèrent la tête.

— Lisa, déclara-t-il, voici ma cousine Evangelista et mon amie Chita.

— Savez-vous qu'il m'a enlevée ? dit Lisa.

Les deux femmes la considérèrent avec un visage sans expression.

— On ne dit pas des choses pareilles, Lisa, fit observer Luis. Je n'ai fait que reprendre ce qui m'appartenait. Et, bien entendu, elles ne parlent pas l'anglais.

Derrière les femmes assises à la table, par une porte donnant sur l'extérieur, on voyait de jeunes enfants, un peu plus âgés que ceux de la cuisine, jouer dans

1. Héroïne du roman de Daniel Defoë, *Heurs et malheurs de la fameuse Moll Flanders* (1722).

une cour fermée. Il la conduisit jusqu'à la porte. Elle se laissa faire, avançant d'un pas machinal, avant de s'immobiliser en silence sur le seuil. Il y avait une balançoire en métal, tordue et rouillée, d'un côté de la cour, et un tas de sable de l'autre. Pas le moindre brin d'herbe sur la terre pelée et détrempée par la pluie. Des terrasses saillaient à chaque étage comme les balcons d'un théâtre décrépit. Au rez-de-chaussée, juste en face d'elle, assises parmi du linge humide suspendu à une corde affaissée, deux adolescentes observaient les gamins.

— La cour est réservée aux enfants, expliqua-t-il. Ici, ils sont en sécurité.

Quelle chance ! pensa Lisa.

17

Situé juste en face des studios Paramount, Chez Lucy est un restaurant qui ne paie pas de mine. Lorsque nous arrivâmes, Samuelson était déjà installé sur une banquette devant un café, le regard apparemment perdu dans le vide, mais enregistrant tout. C'était un grand échalas au visage carré à qui il restait peu de cheveux. Il portait des lunettes teintées et des moustaches taillées beaucoup plus court que la dernière fois que je l'avais vu. En m'apercevant, il m'adressa un simple signe de tête, mais il se leva en constatant la présence de Susan. Je fis les présentations.

— Ça doit être pour vous qu'il est reparti sur la côte Est.

— Je crois bien, répondit-elle.

— Difficile de lui en vouloir.

Susan commanda une margarita glacée, avec du sel. Je lui lançai un coup d'œil ; elle y répondit par un sourire serein. Samuelson demanda un second café et moi un déca, ce qui le fit grimacer de dégoût.

La serveuse apporta les boissons, prit notre commande et s'en alla.

— Tu as des nouvelles de Jill Joyce ? demanda Samuelson.

— Aucune. Vincent Del Rio est toujours dans le secteur ?

— Comme la misère sur le pauvre monde. Je n'ai jamais compris comment tu as fait pour ne pas lui taper sur les nerfs.

— De la même manière qu'avec toi.

— Mais tu m'as bel et bien tapé sur les nerfs. À cette différence près qu'avec moi, ça ne tirait pas à conséquence.

La serveuse revint avec les plats. Samuelson avait opté pour une salade aux *tacos*, moi pour des *fajitas* au poulet. Susan avait choisi le menu du chef : *rellenos* au *chili, enchiladas, burritos* au bœuf, haricots, fromage, crème fraîche et *guacamole*. Je la dévisageai d'un air ahuri. Contemplant son assiette, elle émit un grognement de satisfaction.

— Dis donc, ma jolie, tu te sens capable de manger tout ça ?

— Oui, je pense, répondit Susan en souriant. Mais c'est très gentil de t'en soucier, monsieur le Voyeur.

— Pourquoi as-tu parlé de Del Rio ? demanda Samuelson.

— J'aurais besoin qu'il me donne un coup de main.

— Alors bonne chance.

Il me tendit l'enveloppe en papier kraft grand format posée à côté de lui sur la banquette.

— Angela Richard. Arrêtée deux fois, en 1982, par la brigade des mœurs d'Hollywood, et en 1985 par les services du shérif, ce qui lui a valu d'être envoyée d'office dans un centre de réhabilitation à Pomona.

— Pomona ?

Samuelson hocha la tête.

— Ils ont arrêté aussi son mac.

— Étrange. La police de Los Angeles ou le shérif ?

— Le shérif, répondit Samuelson. Il a dû ruer dans les brancards lorsqu'ils embarquaient la fille, alors ils l'ont embarqué avec.

— Comment s'appelle-t-il ?

— Elwood Pontevecchio. Tu as déjà vu ça, toi ? Un Rital prénommé Elwood ?

— Est-ce qu'il y avait un certain Vaughn dans le coup ?

— Le nom ne figure pas dans le dossier.

— Elwood a fait de la taule ?

Samuelson sourit.

— Mais bien sûr. Comme tous les macs.

— C'était juste par curiosité.

— Hein, hein. Tout ça, c'est de la poudre aux yeux, comme chacun sait, toi, moi et tous les flics qui ont travaillé aux Mœurs. On les coffre, on ouvre un dossier, on les relâche. Ça rassure les braves gens et ça améliore les statistiques des flics de la brigade mondaine. Pourquoi est-ce que cette pute t'intéresse ?

— Elle a disparu. Entre-temps, elle avait mis fin à sa carrière de prostituée. Elle avait changé de nom, s'était installée sur la côte Est et avait fini par épouser un flic que je connais.

— Et toi, tu essaies de la retrouver en enquêtant sur deux arrestations pour racolage qui remontent à une bonne dizaine d'années ? Ici, à l'autre bout du pays ?

— Ça te donne une idée du stade où j'en suis.

Il eut un haussement d'épaules.

— Il faut bien commencer quelque part.

— Si je vais faire un tour à Pomona, est-ce que les types là-bas seront disposés à répondre à mes questions ?

— Je leur passerai un coup de fil.

Il marqua un temps d'arrêt, l'air gêné. Puis, se tournant vers Susan :

— Une femme de flic, vous comprenez. Lui, je ne le connais pas, mais peu importe, un flic est un flic.

Susan lui adressa un sourire.

— Naturellement. Ce n'est tout de même pas pour rendre service à un énergumène pareil, dit-elle avec un signe de tête vers moi. N'est-ce pas ?

Samuelson lui rendit son sourire. Susan ferait sourire un requin-marteau.

— Monsieur le Voyeur ? Avec un bagout comme le sien, il n'a besoin de personne.

Susan me regarda, et dans ses yeux brillait ce quelque chose que je n'ai jamais réussi à identifier.

— Peut-être que si... de temps à autre.

18

Pomona se trouve à cinquante kilomètres de Los Angeles, sur la nationale 10, bordée de part et d'autre de petits centres commerciaux et de rangées d'immeubles de bureaux aux fenêtres en verre fumé, avec d'immenses engins de climatisation sur le toit. J'étais seul. Susan avait préféré rester à l'hôtel, au bord de la piscine, pour lire *Le Drame de l'enfant doué* d'Alice Miller. J'ai l'habitude d'être seul. À dire vrai, j'aime bien ça, du moins pendant un moment, après quoi elle commence à me manquer.

En fait de « centre de désintoxication », l'établissement s'intitulait : « Hôpital régional pour le traitement de l'alcoolisme et de la toxicomanie. » Le directeur, un psychiatre nommé Steven Ito, accepta de s'entretenir avec moi dans son bureau encombré donnant sur le parking du personnel.

— Je m'appelle Spenser, détective privé à Boston. Je suis à la recherche de Lisa St. Claire, qui a séjourné ici dans les années quatre-vingts sous le nom d'Angela Richard.

— La police de Los Angeles m'a téléphoné en me demandant de me montrer coopératif.

C'était un Japonais, bien de sa personne, les cheveux bruns coupés court, les mains puissantes. Il portait une blouse blanche par-dessus une chemise bleue et une cravate à fleurs.

— Vous voyez que je suis célèbre aussi bien sur la côte Est que sur la côte Ouest.

— À juste titre, je n'en doute pas, répondit Ito. En quoi puis-je vous être utile ?

— Avez-vous un dossier sur Angela Richard ?

— Oui. Je l'ai fait sortir des archives en prévision de votre visite. Son séjour chez nous date de 1985.

— Alcoolisme ou toxicomanie ?

— Alcoolisme. Non que l'alcool ne soit pas une drogue.

— Certes. Tout comme la caféine. Combien de temps est-elle restée ?

— Trois mois.

— Elle était tirée d'affaire lorsqu'elle est partie ?

— Elle avait vu l'assistante sociale tous les jours, assisté à toutes les réunions et, lorsqu'elle nous a quittés, elle semblait en effet tirée d'affaire.

— Je peux jeter un coup d'œil à son dossier ?

— Non, répondit Ito.

— Est-ce que l'assistante sociale est toujours là ?

— Non. Mrs Eaton était mariée à un officier de l'armée de l'air, un pilote de bombardier, si je ne m'abuse, basé à March Field. Lorsqu'il a été muté en Allemagne en 1990, elle l'a suivi.

— Angela Richard vous a-t-elle donné une adresse au moment de son admission ?

— Oui. Je vais vous la donner. C'est à Venice.

Il l'inscrivit sur un bloc d'ordonnances, arracha la feuille et me la tendit. Je la fourrai dans la poche de ma chemise.

— Vous la connaissiez ?

— Non. Je ne suis arrivé qu'en 1987.

— Quelqu'un dans le service aurait-il pu la connaître ?

— Cela m'étonnerait. Le personnel change souvent. D'ailleurs, même ceux qui travaillaient déjà chez nous à l'époque n'auraient aucune raison de se souvenir d'elle. Il y a beaucoup de passage.

— Combien êtes-vous au total ?

— Cent cinquante-trois, répondit-il. Nous faisons les trois-huit.

— Y a-t-il un bulletin adressé régulièrement au personnel ?

Ito hocha la tête.

— Oui. Je pourrais y mettre une annonce pour savoir si quelqu'un se souvient d'elle. Avez-vous une carte de visite ?

Je lui remis la bonne carte, celle avec « Enquêtes » sous mon nom et mon adresse. L'autre, où l'on me voit torse nu, un couteau entre les dents, est réservée aux criminels. Glissant la carte dans le tiroir de son bureau, Ito se remit à feuilleter le dossier.

— Quel âge aurait-elle aujourd'hui, trente et un ans ? demanda-t-il.

— C'est ça. Apparemment, elle avait complètement changé de vie avant sa disparition.

— D'après le rapport de l'assistante sociale, elle y tenait énormément. Mrs Eaton la décrit comme "prête à tout faire" pour améliorer sa situation. Est-il possible que l'abandon du mari ne soit qu'une étape supplémentaire dans le processus d'amélioration ?

— Le mari est un chic type, répondis-je. Mais c'est effectivement possible. Hélas, ce n'est pas tout : il s'est fait tirer dessus quelques jours à peine après qu'elle a disparu.

— Ce que vous ne prenez pas pour une coïncidence.

— Un point de départ, tout au plus. Cela me donne une hypothèse de travail.

— Je vois.

Il prit le temps de consulter à nouveau le dossier, s'arrêtant longuement sur une note.

— Voici quelque chose qui pourrait vous être utile. Miss Richard voyait une psychiatre de Beverly Hills du nom de Madeleine St. Claire.

— St. Claire ?

— Oui. Elle est très réputée à Los Angeles. Elle vient ici une fois par semaine travailler avec nos malades. À titre bénévole.

— C'est le nom qu'a pris Lisa lorsqu'elle est venue s'installer sur la côte Est.

— Comme vous le laissiez entendre tout à l'heure, les coïncidences ne sont pas d'une grande utilité.

— Avez-vous son adresse ?

— Oui.

Il la nota sur le bloc d'ordonnances.

— Si vous le désirez, je lui téléphonerai pour lui dire que vous allez passer.

Il me remit un papier avec l'adresse, que je pliai en deux avant de le glisser à côté de l'autre.

— Vous avez ma carte. Si jamais quelqu'un se souvient d'Angela Richard, puis-je compter sur vous pour m'en faire part ?

— Je n'y manquerai pas.

Nous nous levâmes. Il me serra la main.

— Est-ce que le mari va s'en remettre ?

— De ses blessures ? Les médecins pensent que oui.

— Est-il possible qu'elle ait recommencé à boire et que ce soit la cause de sa disparition ? C'est assez classique.

— Je sais. Mais j'espère qu'il y a une autre explication.

— Et quelle explication vous paraîtrait souhaitable ?

— Je n'en ai pas la moindre idée.

— Je vois. Cela ne doit pas vous faciliter les choses.

19

L'adresse à Venice correspondait à présent, mais sans doute pas pour longtemps, à un atelier de réparations de motos. La baraque respirait la décrépitude et le moisi. La peinture s'était écaillée, les montants des portes et des fenêtres s'affaissaient de façon inquiétante.

Je discutai avec le patron, un grand type décharné vêtu d'un jean noir et d'un débardeur orné du logo Harley. Il avait une dent en or, une barbe de trois semaines et, sur les deux avant-bras, un tatouage dessinant grossièrement le prénom Lenny. Lorsque j'arrivai, il fumait un joint, sans avoir atteint un état de cordialité débordante. Il me dévisagea comme si je faisais du porte-à-porte pour la majorité bien-pensante. Je lui adressai un sourire des plus enjôleurs.

— Est-ce que Lenny est là ?

— C'est moi, Lenny.

— Ça alors ! Pour un hasard...

— Qu'est-ce que vous voulez ? grogna-t-il.

— Je cherche une femme qui habitait à cette adresse. Angela Richard.

— Jamais entendu parler.

— Alors Lisa St. Claire ?

— De même.

— Quelqu'un nommé Vaughn ?

— Connais pas.

— Alfred Hitchcock ?

— Non plus.

— *Sic transit gloria.*

— Quoi ?

— Ça fait combien de temps que c'est un atelier de motos, ici ?

— Qu'est-ce que vous voulez dire ?

Je poussai un soupir.

— Mes questions sont trop difficiles ? Vous préférez vous entraîner d'abord sur de plus simples ?

— Fais pas le malin, mon pote. Sinon, je te fous dehors à coups de pied aux fesses.

— Ça me paraît peu probable, à moins d'être beaucoup plus costaud que tu n'en as l'air.

Lenny se pencha, saisit une masse.

— Et ça ? Ça a l'air de quoi ?

J'ouvris ma veste pour lui laisser voir le revolver, puis lui adressai un nouveau sourire enjôleur.

— Vous êtes flic ?

— Ça fait combien de temps que c'est un atelier de motos, ici ?

Lenny haussa les épaules. Il tenait toujours la masse pressée contre sa hanche.

— J'ai repris le local il y a un an, à un type qui me devait du blé. C'était un atelier de vélos.

— Tu étais là en 1985 ?

— Non.

— Et tu te trouvais où ?

— J'avais quitté Los Angeles.

— Pour aller loin ? À Chino, peut-être ? Te faire faire un tatouage ?

— J'ai fait de la taule à Chino.

— Et tu en es sorti grandi par l'épreuve, j'en suis sûr. Qui dans le quartier était là en 1985 ?

— Écoutez, je ne connais personne par ici. Les gens ne s'incrustent pas de nos jours, si vous voyez ce que je veux dire.

— Ouais, c'est ce qu'on prétend, répondis-je, avant de le laisser seul à contempler sa masse.

Les autres habitants du quartier n'en savaient pas plus que Lenny et certains étaient encore moins sympathiques. Au bout de quelques heures, j'abandonnai. Reprenant Venice Boulevard, je passai sous la 405 et décidai, par défi, de rentrer à Westwood via Sepulveda. Je mis beaucoup plus de temps, mais un défi qui n'exige pas de sacrifice n'en est pas un.

20

J'avais pris rendez-vous avec Madeleine St. Claire pour déjeuner au Grill, dans Dayton Way. Le restaurant était tellement branché que j'eus du mal à trouver la porte, située sur le côté, dans Camden Drive. C'était une grande salle lambrissée de chêne, dont la réputation reposait sur sa fameuse salade Cobb. J'étais déjà venu, sans jamais commander la salade, par principe. La salle était bondée, en majorité des hommes habillés dans le style décontracté-mais-cher, brassant des affaires dans le milieu du cinéma. Sur le tas, je reconnus deux ou trois personnalités de la télévision. Il devait y avoir aussi quelques impresarios, car nous n'étions qu'à deux pas de la plus grosse agence, ainsi que des agents immobiliers de Ventura. Je ne vis personne qui ressemblait à un privé.

Elle était déjà arrivée – signe qu'elle n'était pas productrice –, assise à une table pour deux, en train de boire du thé. C'était une femme petite et menue, aux cheveux gris perle, dans la soixantaine. Elle portait un tailleur fauve très chic et des lunettes rondes à montures bleues. Les perles autour du cou étaient sans doute vraies, l'alliance à la main gauche impressionnante. Elle avait le teint halé de quelqu'un qui aime le grand air et une poignée de main solide.

— Prenez un apéritif si vous voulez, dit-elle quand je fus installé. J'ai des patients cet après-midi, alors je suis au thé.

— Merci, mais si je bois à midi, c'est la sieste assurée.

— Dommage. Comment puis-je vous aider à propos d'Angela Richard ?

— Je ne sais pas au juste. Comme je vous l'ai dit au téléphone, elle a disparu.

— Craignez-vous un acte criminel ?

— Je n'ai aucune raison de le craindre ou de ne pas le craindre, si ce n'est qu'à peine quelques jours après sa disparition, son mari a été grièvement blessé. Trois balles dans le dos tirées par quelqu'un qui s'était embusqué près de chez eux.

— Avez-vous des raisons de penser que c'est elle qui lui a tiré dessus ?

— Je n'en ai aucune idée. C'est bien ça, le problème. Je ne possède pas le moindre indice. J'espérais que vous pourriez m'en fournir un.

— J'en doute. Cela remonte à des années. Et, bien entendu, toute parole échangée en thérapie est confidentielle.

— Je comprends. Saviez-vous qu'elle avait pris votre nom de famille ? Elle s'appelle à présent Lisa St. Claire.

Le docteur St. Claire eut un hochement de tête psy, par lequel elle reconnaissait avoir entendu sans pour autant manifester la plus petite réaction. Je fus tenté de m'allonger sur la table et de lui raconter mon enfance.

— Vous avez fait sa connaissance à l'hôpital de désintoxication de Pomona, poursuivis-je.

— Oui. J'y travaille un jour par semaine.

— Était-elle alcoolique ?

— Non. Elle buvait beaucoup trop et menait une vie suicidaire. Mais elle n'était pas dépendante de l'alcool. Elle maîtrisait bien sa consommation.

— Alors, elle pouvait, à l'époque où vous l'avez connue, prendre un verre sans être obligée d'en ingurgiter six autres à la file.

— Lorsque nous nous sommes quittées, elle était à même de boire avec modération, répondit le docteur St. Claire.

— Compte tenu de ce que vous savez, docteur, est-il vraisemblable qu'elle ait tiré sur son mari ?

— Dans une embuscade, c'est bien ce que vous avez dit ?

— Oui.

— Alors non. Je ne la crois pas capable d'un tel machiavélisme.

— Mais dans d'autres circonstances ?

— Ma foi, je l'ignore. Tout que je peux vous dire, c'est ceci : Angela avait eu une vie difficile au cours de laquelle elle avait été confrontée à des situations particulièrement éprouvantes. Elle possédait moins de mécanismes de défense que la plupart des femmes et était en proie à un immense ressentiment.

— Contre qui ?

— Son père, son petit ami, les hommes en général.

— Pas mal de prostituées détestent les hommes.

— Et pour cause, dit-elle avec un sourire.

Le serveur apparut. Le docteur St. Claire commanda la salade Cobb. Pas moi.

— Aurait-elle pu quitter son mari sans prévenir ? demandai-je.

— Je ne sais pas. Elle n'est plus la femme qu'elle était quand elle venait en consultation. Sa réinsertion était chez elle une véritable obsession. Elle n'a jamais manqué un rendez-vous avec moi. Elle lisait tous les livres qui lui tombaient sous la main traitant du comportement autodestructeur, de l'accoutumance à l'alcool et de la sexualité. Et cela avec une telle avidité que j'ai fini par lui conseiller de faire preuve de plus de discernement. Je ne suis pas du tout sûre que toutes ces lectures l'aient aidée.

Le docteur St. Claire sourit.

— Mais cela a produit un curieux effet secondaire. Alors qu'elle était peu instruite, ses lectures lui ont donné accès au jargon professionnel, si bien que, tantôt elle parlait comme un charretier, tantôt elle discutait des problèmes d'identité et de projection en émaillant son discours de termes tels que "névrose obsessionnelle" ou "psychose".

— Comme la plupart des autodidactes.

Le docteur St. Claire acquiesça.

— En est-elle au même point, je l'ignore. Le temps passe, les gens évoluent.

— Pas toujours dans le bon sens, remarquai-je.

— C'est vrai. En vérité, je ne saurais répondre à vos questions même si j'avais eu une séance avec elle ce matin. Le comportement de l'être humain n'est pas prévisible de façon systématique.

— D'après certaines indications, elle aurait un petit ami dans le coin, un certain Luis Deleon.

Le docteur St. Claire secoua la tête

— Ce nom ne me dit rien.

— Quelqu'un de violent, selon toute vraisemblance. Son casier judiciaire fait état d'arrestations pour agression, viol et trafic de drogue.

— C'est en effet le genre d'homme qui l'aurait attirée. Elle a souvent exprimé le désir de retrouver son père, un ivrogne qui avait régulièrement maille à partir avec la justice. Lorsqu'il a abandonné sa femme, il a emmené Angela et l'a gardée avec lui tout au long de sa cavale. Non qu'il ait eu envie d'être avec elle, mais il ne voulait pas qu'elle reste avec sa femme.

— Lourdes responsabilités que celles d'un père de famille.

— C'est l'origine de la névrose d'Angela. Elle n'a connu l'amour que sur le mode de la cruauté et de l'exploitation. Aussi se tourne-t-elle vers la cruauté et l'exploitation chaque fois qu'elle cherche l'amour.

Le garçon avec qui elle s'est enfuie en est un bon exemple.

— Savez-vous comment il s'appelle ?

— Je devrais pouvoir m'en souvenir. C'était un nom assez bizarre. Une juxtaposition inattendue.

— Elwood Pontevecchio ? hasardai-je.

— Voilà. N'est-ce pas un nom curieux ?

— Il est devenu son souteneur.

— Oui, je sais. Nous avons réussi à la persuader de prendre ses distances avec lui. Mais cela a été extrêmement difficile.

— Que pouvez-vous me dire à son sujet ?

— Il la battait et ne s'intéressait à elle que pour l'utiliser. Il semblait la mépriser profondément.

— L'avez-vous rencontré ?

— Non. Je ne connais de lui que ce qu'Angela m'a raconté.

— Savez-vous où il se trouve actuellement ?

— Non.

— Elle a épousé un homme plus âgé qu'elle, droit et foncièrement honnête. Flic de surcroît. Qu'en dites-vous ?

— Que c'est un signe très encourageant qu'Angela se lie avec quelqu'un qui puisse la protéger contre ses pires instincts... et leurs conséquences.

— Savez-vous comment s'appelle son père ?

— Richard, sans doute.

— Pensez-vous qu'elle chercherait à le retrouver ?

— Je ne sais pas. Les hommes qu'elle a rencontrés jusqu'ici auraient pu satisfaire à ce besoin par procuration. Ou pas.

Le serveur apporta les plats. Le docteur St. Claire picora un peu de sa salade Cobb. J'avalai mon sandwich au poulet que je fis passer avec une gorgée de déca.

— Avez-vous entendu parler de quelqu'un du nom de Vaughn qui aurait connu Angela ?

— Non.

— Peut-être n'avait-elle plus besoin de la protection d'un flic, suggérai-je.

— Ou peut-être en avait-elle plus que jamais besoin.

— Son mari serait bien en peine de lui en fournir pour l'instant.

— Alors, c'est peut-être à vous que revient cette tâche. Vous avez l'air tout à fait compétent.

Je repris une gorgée de déca.

— Et avec de l'énergie comme quatre, vu que mon café est dépourvu de substance nocive.

Le docteur St. Claire m'adressa un sourire.

— Quelle vaillance !

Il pointa un doigt en l'air. Les bâtiments avaient des toits plats, comme la plupart des maisons à deux étages. Un homme armé d'un fusil était appuyé contre une des cheminées. D'autres individus allaient et venaient.

— En haut, il y a des jardins, de la terre prise dans la cour et transportée par seaux jusqu'à ce qu'il y en ait suffisamment pour faire pousser de quoi se nourrir. Nous avons des tomates et des haricots. Des poivrons, des courges. Et aussi de la coriandre. Je te montrerai tout ça un de ces jours, chiquita, *mais pas maintenant. Il est encore trop tôt. Il est possible qu'on nous surveille. On pourrait t'apercevoir.*

À l'idée que quelqu'un puisse les épier, un frisson d'excitation la parcourut. Elle le sentit le long de son dos, dans la paume de ses mains, dans ses mâchoires.

— Tu as vu quelqu'un ? demanda-t-elle en s'efforçant de garder une voix neutre.

— Non, mais on se méfie. Je ne tiens pas à ce qu'on t'arrache à nouveau à moi.

Elle examina le toit plat, l'homme au fusil, les gens qui cultivaient des haricots, contempla les enfants jouant sur le sol boueux et défoncé de la cour, les terrasses branlantes accrochées à l'arrière des taudis grisâtres. Elle distingua le bruit ténu du caméscope que le jeune homme aux tresses déplaçait autour d'eux, enregistrant tout, immortalisant chaque moment. Une pluie fine s'était remise à tomber. Sans jamais aller jusqu'à l'averse, les pluies étaient fréquentes et souvent opiniâtres, créant une atmosphère de moiteur. Le pâté de maisons lui-même paraissait humide. Une odeur de moisi s'en dégageait. Je n'ai pas été élevée dans du coton, pensa-t-elle. J'ai vu pire que ça. Fait pire que ça. J'ai été bien plus bas que je ne le suis maintenant. Et je m'en suis sortie. Je suis plus coriace que cet enfoiré, plus intelligente, et je ne suis pas folle, comme lui. Je vais m'en tirer.

Elle croyait à ce qu'elle se disait, mais elle était également consciente de la nécessité de maîtriser sa peur et, ce qu'elle ignorait, c'était si elle en serait capable.

21

Assis dans ma chambre d'hôtel toute bleue, alors que Susan était occupée à monter et à descendre les marches du stade de l'UCLA, je cherchai Pontevecchio dans l'annuaire.

Je trouvai Woody Pontevecchio sous la mention « Pontevecchio Entertainment ». Pas d'adresse, mais un téléphone à Hollywood. Spenser, le roi des détectives ! Je composai le numéro et tombai sur le répondeur.

— Salut, ici Woody ! Je suis sans doute en train de faire des affaires, un truc géant, mais je serai bientôt de retour. Alors, laissez-moi un message, les gars, et je vous rappelle.

— Je m'appelle Spenser, dis-je. J'ai des nouvelles d'Angela Richard qui risquent de vous intéresser. Téléphonez-moi à l'hôtel Westwood.

Et je raccrochai. C'était sûrement lui. Combien pouvait-il y avoir de Pontevecchio se prénommant Woody ? J'allai regarder par la fenêtre. C'était une belle journée ensoleillée, assez dégagée pour qu'on aperçoive les sommets enneigés des San Gabriel. Le plus souvent, ils sont masqués par la pollution, mais aujourd'hui on les voyait distinctement, propres et apprêtés comme du beau linge. Entre ma fenêtre et les montagnes grouillait toute une population en total décalage avec la façade décontractée qu'elle arbore tous les jours comme du maquillage. C'était bien cette superposition, me disais-je, de ce que ce pays avait été avec ce qu'il était devenu qui faisait de Los Angeles la ville fascinante et profondément triste qu'elle était à présent.

Derrière moi, j'entendis la clé tourner dans la serrure. C'était Susan. Il lui faudrait du temps. Elle souffrait d'une espèce de blocage concernant les serrures. La clé tourna à nouveau, puis je vis la poignée bouger. J'attendis. Il fut un temps où je me précipitais pour lui ouvrir, croyant bien faire, mais ça la fichait en rogne. Elle tenait à surmonter son handicap. Elle n'avait guère progressé depuis le début de notre relation. Elle fit jouer la clé dans le mauvais sens ; le pêne s'engagea dans la gâche. La poignée pivota à nouveau, sans résultat. Puis, silence. Je l'entendis retirer la clé. Je souris. Je savais qu'elle allait recommencer depuis le début. Je me retournai face à la fenêtre. Des perroquets verts survolaient en formation des oliviers pour se diriger vers le jardin botanique longeant Hilgard Avenue, en face de la faculté de médecine de l'UCLA. Le bruit dans la serrure se fit entendre à nouveau, puis la porte s'ouvrit et Susan pénétra dans la chambre.

— Je savais que tu réussirais.

— Ce n'est pas sympa de te moquer d'une femme atteinte de serrurophobie aiguë, dit-elle.

— Excuse-moi. J'essaie de t'encourager.

— Pourquoi est-ce que j'ai tant de mal avec les serrures, d'après toi ?

— Probablement à cause de ton absence de pénis.

Elle portait un collant en Lycra noir et un justaucorps mauve trempé de sueur. Ses bras nus étaient fermes et minces, les muscles délicatement dessinés. Sous le bandeau blanc dont elle s'était entouré le front pour retenir ses cheveux, son visage luisait de transpiration. Elle me parut belle. Après m'avoir traité de « sale cochon », elle avança vers moi, se plia le buste en avant pour ne pas me dégouliner dessus et m'embrassa doucement sur la bouche.

— Je suis en nage. Il faut que je me jette sous la douche.

Susan était encore dans la salle de bains lorsque Woody Pontevecchio rappela.

— Qui c'est cette Angela Richard dont vous avez parlé ? demanda-t-il.

— Vous vous souvenez certainement d'elle. C'était en 1985.

Silence à l'autre bout du fil. Je portai mon regard vers les sommets au loin. J'entendais l'eau de la douche à côté.

— Je ne sais pas ce que vous voulez dire, finit-il par déclarer.

— Mais bien sûr. J'aimerais vous rencontrer pour m'expliquer plus clairement.

Nouvelle pause. Dehors, sur l'héliport de l'UCLA, un hélicoptère s'éleva lentement du sol, plana sur place quelques secondes, puis s'envola au-dessus des toits de Westwood Village. Dans la chambre climatisée aux fenêtres fermées, on l'entendait à peine.

— D'accord, répondit Woody. Venez me retrouver à mon club. Le LA Sports, vous connaissez ? Dans Sepulveda, juste au sud de Santa Monica Boulevard. Demandez-moi à la réception. Tout le monde connaît Woody.

— J'y serai dans une demi-heure.

22

Le Club LA Sports était à peu près de la grandeur de Chicopee, dans le Massachusetts, mais en plus clinquant. Il y avait un parking avec service de garage, un snack-bar, un restaurant, une boutique d'équipement sportif, un salon de coiffure unisexe, une piscine de la taille du lac Congamond, un terrain de basket, d'autres de handball, une salle de musculation aux appareils roses réservée aux dames, deux studios d'aérobic, une autre salle de musculation, mixte celle-là et assez spacieuse pour accueillir la Fédération internationale de sumo, ainsi qu'un vaste déploiement de marcheurs, de vélos elliptiques, de gravitrons et de tapis de jogging, tous entourés de miches bien serrées dans du Lycra étincelant.

La petite mignonne à la réception, tout en m'assurant que bien sûr elle connaissait Woody et qu'est-ce qu'il était chouette, me conduisit jusqu'à la salle de musculation mixte située au premier étage. Je me retrouvai transporté dans un univers vénusien, tel un rhinocéros pataugeant lourdement au milieu d'un essaim de papillons.

— Le voilà, dit-elle.

Assis sur la planche d'une machine à développer couché, Woody reprenait son souffle. Il était vêtu d'un short en Lycra arc-en-ciel et d'un débardeur noir aux fines bretelles. Un mouchoir noir noué en bandeau maintenait en place ses cheveux blonds et drus, coiffés à la perfection. Les implants qu'il s'était fait faire avaient dû lui coûter un sacré paquet. Son bronzage admirablement uniforme ne semblait pas être le simple fruit du hasard. Mince et musclé, il arborait un petit diamant à l'oreille gauche. Nous nous serrâmes la main. Woody portait des mitaines en cuir.

— Laissez-moi faire une troisième série, dit-il. On causera après.

S'allongeant sur le dos, il souleva dix fois de suite les poids de soixante-dix kilos, respirant consciencieusement à chaque pompe, effectuant l'exercice avec application, dans les règles de l'art. Lorsqu'il eut fini, il se redressa et se tamponna le visage avec une minuscule serviette tout en se regardant furtivement dans la glace. Il essuya la planche par la même occasion. Puis il se tourna pour m'adresser un sourire accompli, les yeux un rien plissés.

— Alors Spense, dites-moi, c'est quoi cette histoire ?

— Vous vous prénommez bien Elwood ?

— Ouais, c'est difficile à croire, hein ? Le paternel voulait un rejeton BCBG.

— Je suis à la recherche d'une femme appelée Angela Richard.

— Et moi, de toutes les femmes que je peux trouver, répondit Woody, rayonnant.

— Elle était pute dans le temps, ajoutai-je, et vous lui serviez de mac.

— Pardon ?

— C'est vous qui avez mis Angela Richard sur le trottoir. Il y a dix, douze ans de ça. Elle s'est fait coffrer pour racolage, et vous parce que vous viviez à ses crochets. C'est le bureau du shérif qui vous a embarqués.

— Vous êtes complètement dingue, mon pote ! Je suis producteur de films !

— Rien de plus naturel que de passer de l'un à l'autre.

— Mais c'est ridicule ! Vous n'avez jamais entendu parler de moi ? J'ai produit *Folie à Malibu* l'an dernier. J'ai fait un doc de deux heures pour la télé câblée, *Le Hawai de Don Ho*. Ça passe dans tout le pays.

— Et le pays vous en est sûrement reconnaissant, dis-je. Peu de temps après être sortie de l'hôpital de Pomona, Angela Richard est retournée à Boston où elle a pris le nom de Lisa St. Claire et épousé un flic appelé Frank Belson.

— Écoutez, tout ça, c'est des histoires à dormir debout. J'ai jamais entendu parler de cette gonzesse.

— Ils étaient mariés depuis six mois lorsqu'elle a disparu. Je suis à sa recherche.

— Vous êtes flic ?

— Apparemment. Vous êtes bien producteur de films. Dites-moi ce que vous savez d'Angela Richard.

Nous parlions à voix basse, deux copains discutant le bout de gras, concluant peut-être une affaire, « ce projet, c'est exactement ce qu'il te faut, fait sur mesure, moi, je prends juste dix pour cent pour couvrir mes frais ». Woody se leva.

— Cette conversation est terminée, mon vieux. Rien ne m'oblige à écouter un petit malin que je ne connais ni d'Ève ni d'Adam me débiter des conneries.

— Comme vous voulez, Woody. Alors je vais discuter un peu avec les braves gens à côté.

Je me tournai vers une jeune femme pleine de tonus, les abdominaux bien dessinés, qui faisait des exercices sur un gravitron.

— Vous saviez que Woody avait été mac ?

Elle me dévisagea un instant, l'air interdit.

— Dites donc ! s'écria Woody. Qu'est-ce qui vous prend ?

— Malheureusement, ça ne lui a pas porté chance. Maintenant, il est producteur de films.

— Je ne connais pas ce type, répondit la jeune femme. Et j'aimerais bien pouvoir m'entraîner tranquillement.

Me prenant par le bras, Woody me dirigea vers le sas entre les deux studios d'aérobic où, sous les encouragements de moniteurs équipés de micros, les corps bichonnés occupant les premiers rangs s'agitaient avec frénésie. Dans les derniers rangs, c'était beaucoup plus calme, et encore moins gracieux.

— Laissez-moi vous dire une chose : je n'apprécie pas du tout que vous racontiez n'importe quelle salade à mon sujet. Mais alors, pas du tout.

Une vedette de cinéma aux gros seins et aux jambes trop minces, vêtue d'un justaucorps à rayures roses et blanches, passa entre nous pour se rendre dans une des salles d'aérobic. Elle se plaça à l'arrière du groupe et se mit à gesticuler de façon maladroite, sans se préoccuper du moniteur.

— Elwood, dis-je, quand vous arrêterez de nier avoir été un mac, moi j'arrêterai de raconter à ces gens que vous l'étiez.

— C'est pas des termes à employer, protesta-t-il. Et vous le savez très bien. Mac est un mot extrêmement vulgaire. Et j'en ai ma claque de vous l'entendre répéter.

— Vous connaissiez Angela Richard. C'est bien ça, n'est-ce pas ?

— Et si vous me débarrassiez le plancher en vitesse avant que je me fiche en boule.

Je souris malgré moi. J'essayai de me retenir. Je ne voulais pas lui faire de peine. Levant l'index en un geste qui voulait dire « minute, mon coco », je retournai dans la salle de musculation, retirai la bague d'attache des soixante-dix kilos pour la coller tout en bas. Je ne pris même pas la peine de vérifier le poids. La plupart de ces appareils ont un maximum de cent vingt-cinq kilos. J'enlevai mon élégante veste noire en tweed satiné, avec doublure à carreaux fine champagne, que je venais de commander dans un catalogue, et la posai avec soin sur une machine à biceps. J'ajustai mon revolver pour ne pas m'allonger dessus, m'installai sur la planche, soulevai toute la pile, la ramenai vers moi et recommençai neuf fois de suite. Souplesse et respiration régulière. Je me relevai, rajustai mon revolver, enfilai ma veste, rebroussai chemin jusqu'au sas entre les deux studios d'aérobic et gratifiai Woody d'un grand sourire amical.

— Ça veut rien dire, déclara-t-il. J'ai vu des types faire mieux que ça.

— Naturellement. Moi aussi. Si on parlait d'Angela Richard.

La jeune femme descendit du gravitron et se dirigea vers la machine à triceps. En passant devant le développé couché, elle nota le poids, puis me lança un regard furtif, oh, juste un bref coup d'œil, mais qui en disait long. Elle était à moi.

— Je suis venu avec elle en Californie. Nous étions ensemble au lycée. Au milieu de la terminale, nous avons pris la voiture de mon oncle pour aller à Los Angeles.

— Quel lycée ?

— Haverhill.

— Dans le Massachusetts ?

— Ouais.

— Bon Dieu, que le monde est petit ! Vous comptiez faire carrière dans le cinéma ?

— Ouais. Il eut un haussement d'épaules. On était jeunes. Angela était bien roulée. On se disait qu'elle ferait un tabac ici et que, moi, je serais son imprésario. Vous comprenez ? À l'époque, je m'y connaissais déjà en affaires.

— Et vous avez habité Venice.

Woody eut l'air un peu surpris.

— Ouais. Mais, au début, les films commerciaux n'ont rien donné, alors on a tourné quelques films pour adultes.

— Du porno.

— Ouais. Des machins en seize millimètres. Puis on a trouvé une combine du tonnerre, avec Angela faisant un numéro de strip-tease et de disc-jockey en même temps.

— C'est vous qui avez eu cette idée de génie, Elwood ?

— Ouais. On devait être les seuls à faire ça. Ça a duré un certain temps. On était invités un peu partout, dans les congrès, les réunions de mecs, ce genre de machins. Mais c'est un marché où il y a une concurrence dingue, surtout à cause de la vidéo, vous savez. Vidéocassettes, films d'amateur tournés avec des caméscopes, sans compter que la moitié des nanas à Los Angeles ne demandent qu'à se foutre à poil. Alors on s'est mis à racoler.

— Vous et Angela.

— Ben oui, de qui on parle ? Moi, j'organisais tout et elle, elle s'occupait des mecs. Et on s'en sortait vachement bien avant qu'elle se fasse coffrer. Elle n'aurait pas été bourrée, ça serait jamais arrivé. Je lui avais pourtant recommandé de faire gaffe aux types des Mœurs. Moi, je les flairais à cent mètres. Mais elle, un jour, elle était tellement schlass qu'elle a fichu le camp sans prévenir et qu'elle a essayé d'en racoler un. Le temps que j'arrive, on lui avait déjà passé les menottes et elle était en train de les enguirlander. Je lui avais bien dit : si tu te fais coffrer, tu la fermes et tu les laisses t'embarquer. Ce ne sera qu'un sale moment à passer. Je serai tout de suite là avec la caution. Mais elle, avec ses menottes, les engueulait comme du poisson pourri. Alors, j'ai essayé de la calmer. Les flics n'ont rien trouvé de mieux que de m'embarquer également, en me rudoyant par-dessus le marché. Des types du bureau du shérif. Ce sont les pires. Avec les flics de Los Angeles, on peut encore discuter. Mais avec ceux du comté, je ne vous dis pas !

Il secoua la tête, jeta un coup d'œil à la pendule du balcon du premier étage, là où les appareils d'aérobic, dans toute leur splendeur cardiovasculaire, faisaient résonner la salle de musculation située juste au-dessous. Il était dix-sept heures cinq.

— Je prendrais bien un verre. Pas vous ?

— D'accord. Il faut bien recharger les batteries.

Descendant au rez-de-chaussée, nous traversâmes l'entrée pour gagner le bar situé à l'autre bout. Le barman, un Noir trapu et propret, portait un gilet noir et or à motif cachemire par-dessus une chemise blanche.

— Comment ça va, Woody ?

— Salut Jack. Donne-moi un Absolut avec des glaçons et un zeste de citron vert.

Je commandai une bière. Maintenant qu'il avait cédé sur l'essentiel, Woody était devenu intarissable.

— Elle a passé la nuit au violon. Le lendemain matin, ils l'ont emmenée à Pomona. J'ai essayé de la récupérer, mais on m'a dit qu'elle n'avait pas envie de sortir et...

Il écarta les mains.

— Je ne l'ai pas revue depuis. Dommage. Elle me manque. C'était une brave gosse. Avec un physique superbe, si vous voyez ce que je veux dire.

Il sirota sa vodka.

— Ah, que c'est bon ! Rien ne vaut le premier verre, pas vrai, Spense ?

— Pourquoi vous être enfuis ?

— Enfuis ?

— Ouais. L'année de terminale au lycée de Haverhill. Pourquoi vous être enfuis, Angela et vous ?

— Haverhill est un trou paumé. Moi, il me fallait du mouvement.

— Et Angela ?

— Elle avait des problèmes chez elle.

— Savez-vous où se trouvent ses parents ?
— Non.
— Frères, sœurs, cousins ?
— Non plus.
— Connaissez-vous quelqu'un nommé Vaughn ?
— Je connais un tas de monde. Nom ou prénom ?
— Je l'ignore.
— Ça ne me dit rien du tout. Il y a bien un chanteur, Jimmie Vaughn, le frère de Stevie Ray...
Je hochai la tête.
— Ce n'est pas lui. Où a-t-elle pu se rendre et pourquoi, auriez-vous une idée ?
— Angela et moi, on a seulement fait un petit bout de chemin ensemble, mon pote : un peu d'herbe, un peu de vin, des fois un peu de sexe.
— Qu'est-ce qu'il y a d'autre dans la vie ?
Woody haussa les épaules.
— En fait, je lui dois une fière chandelle. C'est grâce à elle si j'ai pu me lancer.
Il vida son verre de vodka.
— Et croyez-moi, Spense, je suis lancé, lancé à fond la caisse.
Je lui tendis la main. Woody la prit. La mienne était bien plus grosse. Je serrai. Woody fit comme si de rien n'était, mais je savais qu'il avait mal.
— Je m'en vais. J'espère que je n'aurai pas besoin de revenir vous voir...
Je serrai un peu plus fort. Woody s'efforça de retirer sa main, sans y parvenir.
— Mais si jamais c'est le cas et que vous m'appelez encore Spense, je vous colle mon pied aux fesses à vous envoyer rouler à l'autre bout de Westwood comme un ballon de plage. Pigé ?
Woody fit signe que oui.
— Bon. Ne dites plus un mot.
Je lâchai sa main et rentrai à l'hôtel laver les miennes.

23

Debout devant la glace murale, de sous-vêtements en soie à rayures noires et blanches, montée sur la pointe des pieds pour simuler des hauts talons, Susan tenait devant elle une longue veste et une petite jupe noires qu'elle aplatissait contre ses cuisses.

— L'Orangerie est un endroit très chic.

— Oui.

Elle se tourna un peu pour voir la manière dont la veste retombait sur la jupe, puis alla à nouveau au placard pour y chercher un tailleur gris qu'elle rapporta devant la glace.

— Quand on sera au restaurant, tenir les vêtements comme ça devant toi, ça ne risque pas de te gêner pour manger ?

Le pouvoir de concentration de Susan est tel qu'il ferait s'enflammer un train de bois flottant. Elle m'ignora. À moins qu'elle ne m'ait même pas entendu.

Sortant mon carnet d'adresses, je le feuilletai pour re-trouver un numéro à Los Angeles qui n'avait pas servi depuis des années. Je le composai.

— Allô, fit une voix.

— Bobby Horse ?

— Qui est à l'appareil ?

— Ton héros, Spenser, de Boston.

— Bon sang, qu'est-ce que tu veux ?

— Les louanges habituelles.
— Et puis quoi encore ?
— Parler avec Mr Del Rio.
— Quitte pas, dit-il.

Quelques instants plus tard, j'entendis la voix de Del Rio.

— Spenser ?

Il prononçait toujours mon nom comme si ça l'amusait.

— J'ai besoin d'un service.

— Le contraire m'aurait étonné. Pourquoi est-ce que je te rendrais service ?

— Parce que ça s'est bien passé pour l'histoire de Jill Joyce il y a cinq ans.

— *Sì.*

Del Rio affectait volontiers l'accent du Mexicain des productions hollywoodiennes, alors qu'il parlait parfaitement l'anglais. Hawk faisait un peu la même chose, passant à sa guise des Noirs d'*Autant en emporte le vent* à Winston Churchill.

— Je suis à la recherche d'une épouse disparue. Une Blanche. Il est possible qu'elle soit quelque part dans le ghetto hispanique d'une ville au nord de Boston appelée Proctor.

— *Sì.*

— J'ai besoin de quelqu'un qui parle espagnol et qui n'ait pas froid aux yeux.

— Et tu t'attends à ce que je crie : “D'accord, mon pote, j'arrive” ?

— Pas toi. Je voudrais t'emprunter Chollo.

— Ah !

Nous restâmes un bon moment sans parler.

— Pourquoi est-ce que Chollo accepterait ?

— Parce que tu lui diras de le faire.

— Même moi, je ne dis pas à Chollo ce qu'il doit faire, *señor.* Del Rio marqua un nouveau temps d'arrêt.

— Mais je peux toujours lui demander.

— Je veux bien.

Il y eut un long silence à l'autre bout du fil.

Del Rio revint.

— Chollo dit qu'il n'a jamais été à Boston et que ça lui plairait de voir à quoi ça ressemble.

— Comme ça ?

— *Sì*. As-tu revu Jill Joyce ?

— Non. Comment va ta fille ?

— Amanda fait des études à la Sorbonne. Elle parle couramment le français.

— Je suis à Los Angeles en ce moment. Comment est-ce que je peux contacter Chollo ?

— Il a un petit projet à boucler. Tu retournes quand à Boston ?

— Demain. Quand est-ce que je le verrai ?

— Dans pas longtemps.

— Est-ce qu'il a mes coordonnées ?

— Il saura où te trouver.

— Merci.

— *Adiós, amigo*, dit Del Rio avant de raccrocher.

Susan avait eu le temps de mettre des collants, une paire de chaussures à hauts talons et un chemisier en soie couleur miel. Elle tenait devant la glace une jupe et une veste beige foncé qu'elle contemplait d'un œil approbateur.

— Tu te souviens de l'époque d'avant les collants ? demandai-je.

Susan fit un quart de tour sur elle-même pour examiner l'ensemble beige sous un autre angle.

— Bas et jarretelles, ça, c'était chouette !

Avec un hochement de tête, elle posa la veste sur le dossier d'une chaise, enleva ses chaussures d'un coup de talon, passa la jupe, après quoi elle remit les chaussures et enfila la veste.

— L'innovation n'est pas forcément un gage de progrès, continuai-je.

Elle secoua la tête, ôta la veste, ôta le chemisier couleur miel, s'attacha autour du cou un collier en or avec des pierres ambrées, remit la veste, la boutonna, se regarda dans la glace puis se tapota un peu les cheveux avant de se tourner vers moi.

— Bon. Je suis prête.

— Déjà ?

Le bouquet de fleurs trônant au milieu de la grande salle de l'Orangerie était de la taille d'un séquoia. Susan et moi prîmes tous les deux le poulet rôti et une bouteille de graves.

— Est-ce que ton séjour ici a été fructueux ?

— Tous les séjours en ta compagnie sont fructueux.

— Bien sûr, répondit-elle en m'adressant un sourire éblouissant. As-tu avancé dans la recherche de Lisa ?

— J'ai récolté pas mal d'informations.

— Des informations utiles ?

Je haussai les épaules.

— Ça, je n'en sais rien. En revanche, il est quasiment certain que la plupart ne seront d'aucune utilité. Comme dans toutes les enquêtes, d'ailleurs. Il est impossible de savoir à l'avance quelles sont les bonnes. Tout ce qu'on peut faire, c'est essayer de rassembler les morceaux qu'on a dénichés et voir ce que ça donne.

Susan détacha avec soin la peau du poulet.

— Ce n'est pas toi qui as englouti l'autre jour plus de boustifaille mexicaine que Pancho Villa ? fis-je observer.

— Ce n'est pas de la cuisine mexicaine.

— Ah ! Évidemment.

— Nous ne pouvons pas passer le restant de nos jours ensemble sans avoir de rapports sexuels, mon ange, dit-il.

C'était la première fois qu'il abordait le sujet. Elle sentit son cœur se serrer et l'anxiété lui tordre l'estomac.

— Nous ne pouvons pas passer le restant de nos jours ensemble, un point c'est tout, répondit-elle.

Vêtue d'une chemise à petits carreaux, d'une jupe en daim et de bottes de cow-boy, elle avait l'air d'une danseuse dans Oklahoma.

— Nous avons souvent eu des rapports sexuels.

— Je préfère penser qu'on faisait l'amour, Luis.

— Et tu n'as plus envie de faire l'amour ?

— Je ne t'aime pas, Luis. Tu as oublié ? C'est fini.

— L'amour ne s'altère pas en rencontrant l'altérité.

Mon Dieu ! Il s'était sans doute préparé à cette discussion. Il avait dû trouver la phrase dans quelque dictionnaire des citations. Elle savait qu'elle était d'un écrivain célèbre, mais qui, elle l'ignorait.

— Si, répondit-elle. Quand on change, l'amour change aussi.

— Et tu as changé ?

— Oui.

— Pas moi.

Il se dressait devant elle, immense dans sa tenue noire de cow-boy. Elle oubliait toujours combien il était grand. Sa puérilité, son étrange vulnérabilité teintée de sadisme le faisaient paraître plus petit à ses yeux qu'il ne l'était.

— Je ne peux pas, Luis.

— Tu ne peux pas ? Peut-être qu'il le faudra bien.

Elle continua à secouer la tête, consciente de l'inutilité d'un refus dans la situation qui était la sienne, mais s'obstinant malgré tout d'un air résolu, tenace.

— Je ne peux pas, Luis.

24

Le lendemain de notre retour, par une belle journée de printemps, je mis le cap sur Haverhill, à la recherche des parents d'Angela Richard.

J'achetai un déca et deux beignets dans un Dunkin Donuts. À mon avis, c'est encore là qu'on en a le plus pour son argent, à cause des petites poignées sur les boîtes. Avec les beignets, le déca avait presque goût du café. Ça, plus le beau temps, je me sentais bien. Je me sentais également bien en repensant au voyage à Los Angeles avec Susan. J'avais appris un certain nombre de choses et nous avions passé un bon moment ensemble. Ce que j'avais trouvé ne semblait pas m'avoir rapproché de mon but, mais mon expérience de flic m'avait enseigné qu'à force d'accumuler des éléments, on finit toujours par mettre le doigt sur quelque chose d'intéressant. D'où le départ pour Haverhill. Jusque-là, je n'avais eu que très peu d'occasions de passer par Haverhill. Je savais que c'était une petite ville au nord de Boston, sur le Merrimack, à l'est de Proctor. Et aussi que c'était le lieu de naissance de John Greenleaf Whittier[1].

Me garant devant la bibliothèque municipale, j'y entrai pour consulter l'annuaire du coin. Je trouvai cinq Richard, quatre hommes et un cinquième sans

1. Poète américain (1807-1892).

prénom. Seulement L. Richard, ce qui indique généralement une femme. Je quittai la bibliothèque, remontai en voiture, sortis le plan de la ville et me mis à faire ce qu'exige ce boulot. Il n'y avait personne aux trois premières adresses. La quatrième était celle d'un jeune couple avec un bébé de dix mois. Le L. Richard était le bon.

— Avez-vous une fille nommée Angela ?

Elle hésita une seconde.

— Pourquoi demandez-vous ça ?

C'était une grande femme élégante, vêtue d'une robe en coton serrée par une ceinture. Elle avait des cheveux grisonnants coupés court et portait des lunettes à montures dorées attachées à une ficelle bleue passée autour du cou.

— Je suis détective. Angela est portée disparue.

— Ça ne m'étonne pas. Elle a été portée disparue la majeure partie de sa vie.

— Puis-je entrer ?

— Je peux voir vos papiers ?

Je les lui montrai. Une femme menue au teint pâle, aux cheveux permanentés, portant une chemise en jean, apparut derrière elle. Elle me fixa d'un regard dénué de cordialité.

— Ça va, Lili ?

L. Richard hocha la tête sans rien dire tout en examinant ma licence.

— Ce monsieur est venu s'enquérir d'Angela, déclara-t-elle au bout d'un moment.

— C'est de l'histoire ancienne, mon gars, lança la femme au teint pâle.

— Peut-être, mais Angela n'en est pas moins portée disparue. Est-ce que je peux entrer ?

Je leur adressai mon sourire irrésistible.

— Nous n'avons rien à vous dire, bougonna la femme au teint pâle.

Autant pour le sourire irrésistible.

— Ça va, Marty, dit L. Richard. Elle s'effaça. Entrez, Mr Spenser.

C'était une vieille maison imposante avec des boiseries sombres et des plafonds hauts. Le parquet en chêne brillait. Les stores des fenêtres étaient à moitié baissés. À ma gauche, une grande salle de séjour aux meubles recouverts de draps, à ma droite, une sorte de salon au mobilier lourd et à la cheminée revêtue d'un carrelage brunâtre. La maison se trouvait en retrait, avec une pelouse tout en longueur descendant en pente jusqu'à la rue. En raison des murs épais, aucun bruit n'arrivait du dehors une fois la porte fermée.

Nous passâmes dans le salon. Marty ne me quittait pas des yeux, des fois que je serais tenté de faucher l'argenterie.

— Vous prendrez un café ? demanda L. Richard. Ou bien un thé ? Ou un verre d'eau ?

— Non, merci. Quand avez-vous vu votre fille pour la dernière fois ?

— En 1980. La veille de son départ avec ce gosse, Pontevecchio.

Assise à côté d'elle, Marty émit un grognement.

— La petite traînée ! s'exclama-t-elle.

— Avez-vous eu de ses nouvelles depuis ?

L. Richard avait les lèvres serrées.

— Non, aucune.

— Et son père ?

— Lili, tu n'es pas obligée de subir cet interrogatoire, intervint Marty.

L. Richard lui sourit gentiment.

— Ne t'en fais pas, Marty. Son père habite, ou habitait, à Brunswick, dans le Maine.

— Avez-vous l'adresse ?

— Non, seulement un numéro de boîte postale rurale. Il m'a écrit il y a quelques années. Je n'ai pas répondu. Vaughn avait déjà cessé d'avoir la moindre importance pour moi bien avant notre séparation.

— Il se prénomme Vaughn ?

— En fait, c'est son deuxième prénom, mais il s'en sert couramment. Il s'appelle Lawrence Vaughn Richard.

— Parlez-moi d'Angela.

— C'était une enfant rebelle, désobéissante, dit L. Richard. Avec son père, ils ont bien failli me rendre folle.

— Racontez-moi ça.

— Lui passait son temps à boire et à courir les filles.

— Comme tous les hommes, grommela Marty, assise à côté d'elle sur le canapé.

Visiblement, mon sourire irrésistible n'avait eu aucun effet sur Marty.

— Et elle tenait de son père, reprit L. Richard. Vivre avec eux était un tel cauchemar que j'ai fini par sombrer dans l'alcoolisme.

— Dont vous êtes guérie ?

— L'accoutumance est à vie, mais je ne bois plus.

— AA ?

— Oui. C'est là que j'ai rencontré Marty.

— Comment se fait-il que vous n'ayez pas cherché à reprendre contact avec votre fille pendant toutes ces années ?

— Elle n'a pas cherché à prendre contact avec moi.

— Et si elle essayait ?

— Je ne lui répondrais pas.

Je hochai la tête. Les murs du salon étaient rouge foncé, de même que les rideaux des fenêtres et le tapis oriental sur le parquet. On entendait le tic-tac d'une horloge, provenant peut-être de la salle de séjour aux meubles couverts de housses.

— Tout ça, c'est du passé, dit L. Richard. Époux, fille, mariage, alcool, souffrance. Je ne suis plus la même personne. Je mène une existence tout autre.

Je jetai un coup d'œil à Marty, qui me dévisageait comme un marteau regarderait un clou.

— Saviez-vous que votre fille était mariée ?
— Non.
— Avez-vous entendu parler d'un certain Luis Deleon ?
— Non.
— Lisa St. Claire ?
— Non plus.
— Frank Belson ?
— Encore une fois, non.
— Votre fille aussi est une rescapée de l'alcoolisme.
— Ce n'est pas mon affaire.
— Lili ne s'intéresse plus du tout à votre monde, dit Marty. Si vous y retourniez et que vous nous fichiez la paix ?
— Je ne m'étais jamais rendu compte que c'était le mien, répondis-je.
L. Richard se releva gracieusement. Sa voix était calme.
— Je vous raccompagne, Mr Spenser. Désolée de ne pas vous avoir été d'une grande aide.
— Moi aussi, répliquai-je en lui tendant ma carte. S'il se passe quelque chose qui puisse m'être utile, je vous serais reconnaissant de me le faire savoir.
Sans la regarder, L. Richard posa la carte sur la table de l'entrée et ouvrit la porte. Je sortis. Avec un « au revoir », elle referma derrière moi.
En traversant la pelouse pour regagner ma voiture, je vis un geai bleu s'abattre dans l'herbe, attraper un ver de terre et l'arracher du sol. Le ver suspendu à son bec, il s'envola en direction d'un grand érable de l'autre côté de la maison. Je montai en voiture. Avant que ces deux-là aient à nouveau droit à mon sourire irrésistible, les poules auraient des dents.
— Vaughn, dis-je à l'intention du geai bleu. Ça alors !

25

Je mis environ deux heures pour aller à Brunswick et quarante-cinq minutes de plus pour trouver l'adresse de Vaughn Richard à la bibliothèque municipale. Heureusement, il y avait un marchand de beignets en ville, pas loin de la fac, si bien que je pus me restaurer avant de repartir vers le sud, direction Freeport, le long d'une petite route où je trouvai sur la gauche la boîte postale de Richard, avec un faisan peint dessus. Je tournai pour m'engager dans un chemin plein d'ornières. Le chemin passait par un bosquet de pins blancs et de bouleaux, virait à gauche devant un garage en bois brut abritant une vieille Dodge et aboutissait à une espèce de petit chalet perché sur une colline dominant la baie de Casco. Alors que je descendais de voiture, deux chiens de chasse dégingandés, affalés au soleil sur la terrasse face à la mer, se réveillèrent en s'ébrouant et se mirent à aboyer. Un grand type à la silhouette élancée sortit de la maison, plissant les yeux en m'observant sous le soleil de midi. Il avait les cheveux jusqu'aux épaules et sur les joues une barbe blanche d'une bonne semaine. Son tee-shirt au col en V était tendu sur sa bedaine, sous laquelle pendouillait un pantalon kaki tout fripé.

— Vaughn Richard ?

— Ouais ?

J'avançai vers lui. Les chiens aboyaient toujours, mais ils avaient manifestement l'esprit ailleurs. Il n'y avait pas de quoi se sentir menacé.

— Je m'appelle Spenser et je suis à la recherche d'une femme nommée Angela Richard.

Les chiens s'approchèrent pour me renifler. Lorsque j'en grattai un derrière l'oreille, l'autre leva sa gueule pour se faire gratter lui aussi.

— Pourquoi ? demanda Vaughn.

Son haleine sentait l'alcool.

— Elle est portée disparue. Son mari s'inquiète pour elle.

— Elle est mariée ?

— Oui.

— Merde, et moi qui ne le savais même pas !

— Eh bien, maintenant vous le savez. C'est votre fille ?

— Je suppose.

— Vous supposez ?

— Enfin, oui, c'est ma fille, mais ça doit bien faire quinze ou vingt ans que je ne l'ai pas vue. Sa mère ne voulait pas.

— Vous ne sauriez pas par hasard où je peux la trouver ?

— Bon Dieu, non !

— Avez-vous eu de ses nouvelles ces derniers mois ?

— Bien sûr que non, répondit-il. Elle ne voulait plus rien avoir à faire avec moi.

— Elle a raconté à plusieurs personnes qu'elle avait envie de vous retrouver. Elle a même gribouillé votre nom sur son bloc-notes.

— Mon nom ?

— Vaughn.

— Ouais, c'est bien moi. Mon deuxième prénom, en fait. Le vrai, c'est Lawrence, mais personne ne m'appelle comme ça. Et vous dites qu'elle l'a écrit sur un bloc-notes ?

— Hein, hein.
— Pourquoi voulait-elle me revoir ?
— Autant que je sache, elle n'a jamais donné de raison. Les gens à qui elle en a parlé pensent que c'était pour se réconcilier avec sa famille en quelque sorte, faire la paix avec tout ce qui avait été son enfance.

Ayant fini de me renifler et par là même de remplir leurs obligations, les chiens repartirent s'affaler au soleil. Par la porte coulissante laissée entrouverte, j'aperçus une bouteille de vodka sur la table du salon et, juste à côté, une grosse bouteille de soda en plastique. Des casiers à homards étaient empilés contre la maison, du bois de chauffage rangé sur des étagères que quelqu'un avait bricolées il y a des siècles. Au pied de la colline, un vieux rafiot attaché à un bout de corde cognait contre une jetée qui n'avait pas l'air plus solide que les étagères.

— Elle avait envie de me revoir ? dit Vaughn.
— Apparemment.
— Comment ça, elle a disparu ?
— Un jour, son mari est rentré, et elle n'était plus là. Pas de mot, rien. Volatilisée.

Vaughn fit la grimace.

— Vous êtes flic ?
— Privé.
— C'est le mari qui vous a embauché ?
— Oui.

Vaughn avait la mâchoire saillante. Il la poussa en avant pour se mordiller la lèvre supérieure avec les dents du bas.

— Vous croyez qu'elle a mis les voiles ? demanda-t-il.

— Je ne sais pas. Il manque son sac à main et ce qu'elle avait sur le dos. Rien d'autre. Elle n'a pas touché à son compte en banque. Pas de retrait dans des guichets automatiques, pas de paiement par carte de crédit.

— Croyez-vous qu'il lui soit arrivé quelque chose ?

— Je ne sais pas ce qui est arrivé.

— Merde, je ne voudrais quand même pas qu'il lui arrive malheur.

— Heureux de l'apprendre.

Il avait les yeux légèrement humides.

— D'accord, ça fait un bout de temps que je ne l'ai pas vue, mais c'est quand même mon petit bébé, vous savez. Je l'avais emmenée avec moi, puis ma femme m'a mis les flics sur le dos, si bien que je n'ai pas pu la garder.

— Et, depuis, vous remuez ciel et terre pour reprendre contact.

— Je ne savais pas où elle était. Je ne savais pas qu'elle avait envie de me revoir.

Les paupières à moitié fermées, il pleurait. De vraies larmes, le grand numéro.

— Je ne savais pas.

S'il n'avait pas empesté l'alcool et si je n'avais pas vu la bouteille sur la table, j'en aurais été touché. Mais j'avais assisté à trop de scènes larmoyantes avec trop de poivrots pour me laisser impressionner par Vaughn. C'était le genre de douleur qui serait vite noyée dans un peu de vodka. En revanche, je ne voyais pas la nécessité de lui dire que son gendre s'était fait tirer dessus.

— Avez-vous jamais entendu parler d'un certain Luis Deleon ?

Il secoua la tête.

— Frank Belson ?

Il secoua à nouveau la tête.

— Elwood Pontevecchio ?

— Qu'est-ce que c'est que ce nom à la gomme ?

— Ça vous dit quelque chose ?

— Non.

— Lisa St. Claire ?

— Non.

— Il vous arrive de parler avec la mère d'Angela ?

— Sûrement pas !

— Comment faites-vous pour gagner votre vie par ici ?

— Un peu de homard. Du bois de chauffage. Les foins. Je touche des allocations chômage. Je me débrouille.

— Et vous n'avez pas d'idée quant à l'endroit où votre fille aurait pu aller ?

— Non.

Il n'avait plus de problème pour parler à présent. Son chagrin semblait s'être dissipé.

— Comment s'appellent les chiens ?

— Buster et Scout. Buster, c'est celui qui a des poils blancs sur le museau.

— Ils chassent ?

— Et comment ! De sacrés chasseurs. Pendant la saison, on arrive à se faire pas mal de petit gibier.

Je lui remis ma carte.

— Si jamais vous aviez des nouvelles ou que vous pensiez à quelque chose, faites-moi signe. Il y aura peut-être une récompense.

Il hocha la tête. L'histoire de la récompense était une invention. J'avais l'impression qu'il ne fallait pas trop compter sur l'affection paternelle.

— Si vous la retrouvez, dites-lui que je suis ici. Et aussi que je l'aime.

— Bien sûr. Je n'y manquerai pas.

Il avait à nouveau les larmes aux yeux. Je me mis au volant, fis demi-tour et redescendis le chemin plein d'orni ères. Dans le rétroviseur, je le voyais debout sur la terrasse, me suivant du regard. Puis il se retourna pour disparaître par la porte coulissante. Vodka-soda. Doux Jésus !

26

Chollo se pointa à mon bureau le jeudi matin. Je lui fis le topo sur la route de Proctor. Pour ce qui est de ses impressions, à supposer qu'il en eût, il les garda pour lui. Il pleuvait lorsque, à onze heures trente, nous descendîmes de voiture devant le Club del Aguadillano. Il y avait trois voitures sur le parking. Le dégel avait fissuré le goudron depuis une éternité, si bien que le chiendent poussait robuste et dru dans les crevasses. Le club, un bâtiment en parpaing au toit plat, affichait son nom en lettres cursives sur l'enseigne au néon rose au-dessus de la porte vitrée à deux battants. De part et d'autre de l'entrée, on avait planté de petits conifères dans des bacs en bois. Ils n'avaient jamais poussé et faisaient particulièrement chétifs et étiolés en cette journée pluvieuse d'avril. Au coin du bâtiment, une benne bleue débordait de sacs-poubelle verts, une traverse de chemin de fer posée devant en guise de marchepied. De l'autre côté du club, le fleuve coulait gris et morne, criblé de gouttes d'eau, souillé par des taches d'écume jaunâtre. D'un endroit invisible, au-delà du virage en amont, nous parvenait le bruit incessant des cascades. Du club, celui de la musique salsa.

Chollo contempla le bâtiment. Mince, l'air décontracté, ses cheveux noirs lui arrivaient aux épaules et une boucle en or ornait son oreille gauche. Son visage allongé au teint mat faisait plus indien qu'espagnol. Il portait un imper noir en imitation soie, ceinture nouée à la taille, col remonté.

— Pour faire dans le moche, ils sont rudement forticheS ces Yankees, il faut bien le reconnaître, dit-il.

— Arrête ton char, c'est une boîte hispanique.

— Hispanique de la côte Est. Dans le genre rigolo, on peut trouver mieux chez un pédicure.

— On n'est pas là pour rigoler.

— C'est déjà ça.

Nous franchîmes la porte. Des tables et des chaises branlantes remplissaient la salle peinte en rose, baignée d'une lumière crue. Le juke-box braillait. Le bar se trouvait tout au fond, avec derrière un barman mastoc aux avant-bras épais, au ventre énorme et au crâne chauve. Tandis qu'il se dirigeait vers nous, j'aperçus le bout de la batte de base-ball qu'il avait dans le dos, coincée en biais dans son pantalon. Sans m'accorder un regard, il s'adressa à Chollo en espagnol.

— Tequila, répondit Chollo.

Les tatouages, sur les avant-bras du barman, représentaient deux serpents entrelacés. Il saisit une bouteille sur une étagère derrière lui et nous versa à boire, ce qui fit jouer les muscles et, du même coup, danser les serpents. Il remit la bouteille à sa place, puis se pencha en avant pour rincer les verres dans l'évier. J'avalai une gorgée. Je n'avais jamais rien bu d'aussi infect, d'autant plus qu'il n'était pas encore midi. Chollo aspira une gorgée à son tour. Le visage impassible, il lança une phrase au barman. Ce dernier ne prit même pas la peine de lever la tête pour répondre.

— Il dit qu'on n'est pas obligés de finir, traduisit Chollo.

— Qu'est-ce que tu lui as raconté ?

— Que son cheval avait une infection de la vessie.

Trois Hispanos, deux hommes et une femme, étaient installés à une table près du bar. Le reste de la salle était vide.

— J'aimerais parler à Freddie Santiago, dis-je au barman.

Interrompant momentanément sa vaisselle, il leva la tête et me regarda sans un mot. Il avait de petits yeux cernés de bouffissures qui les rendaient encore plus petits. Certaines étaient dues à l'âge, d'autres probablement à l'alcool, mais une bonne partie ressemblaient à des cicatrices. Puis il s'escrima à nouveau dans l'évier. Deux jeunes Hispanos en bleu de travail entrèrent dans la salle et se dirigèrent vers le bar. Se redressant, le barman s'avança à leur rencontre. La conversation fut brève. Ils lui donnèrent de l'argent. Il leur remit une enveloppe qu'il avait prise sous le bar. Ils s'éclipsèrent sans regarder personne. Le barman revint vers nous.

— Cartes de séjour ? demandai-je d'un ton engageant, histoire de briser la glace.

Le barman fourra l'argent dans la caisse enregistreuse sans me prêter la moindre attention.

— Cartes de séjour, confirma Chollo.

Un homme aux cheveux gris, aux lunettes à montures d'écaille, émergea d'une porte à l'extrémité du bar. Il portait un costume trois-pièces. Il nous considéra un moment avant de s'approcher d'une démarche nonchalante. Il s'adressa à Chollo en espagnol. Chollo me désigna d'un signe de tête.

— Vous voulez voir Freddie Santiago ? me demanda l'homme aux cheveux gris.

— Oui.

— Pourquoi ?

— Je suis à la recherche d'une femme blanche qui pourrait être à Proctor, avec un type nommé Luis Deleon.

— Et après ?

— Un flic et un curé m'ont dit qu'à Proctor, c'est Freddie Santiago le grand manitou.

— Exact.

— J'ai besoin de son aide.

— Et Freddie, qu'est-ce qu'il y gagne ?

Je haussai les épaules.

— J'en discuterai avec lui.

L'homme aux cheveux gris se tourna vers Chollo qui, appuyé contre le bar, observait ce qui se passait entre les deux hommes et la femme. On aurait dit qu'il avait du mal à ne pas s'endormir. Avec un hochement de tête, l'homme fit demi-tour et repartit comme il était venu.

Nous attendîmes. Les deux rasades de ce qui était censé être de la tequila stagnaient toujours au fond des verres. Nous étions courageux, mais pas téméraires. La femme se leva pour se diriger vers les toilettes. Aussitôt, les deux hommes se penchèrent en avant et se mirent à discuter avec animation, leur tête se touchant presque.

Un groupe de huit adolescents entrèrent, blancs, tous mineurs. Deux d'entre eux portaient une veste de jogging à l'effigie de la fac de Merrimack State. L'un des deux, gras et musclé, sans doute un rugbyman, cria au barman :

— Hé, Dolly, de la bière pour tout le monde.

Le barman se mit à décapsuler des bouteilles et à les poser sur le bar. Pas de verres. Les adolescents allèrent les chercher. Les bouteilles ne portaient pas d'étiquette.

— Dix dollars, dit le barman.

— Pourquoi que tu nous fais pas crédit, Dolly ? T'as pas confiance ?

— Dix dollars.

En souriant, le jeune costaud posa un billet sur le bar.

— Depuis le temps qu'on vient chez toi. Ça fait un sacré bail, putain, et tu nous fais même pas confiance.

Dolly s'empara du billet, tapa sur la caisse et s'adossa contre le plan de travail derrière lui, le regard impassible.

— C'est ça, Dolly, marre-toi, lança le jeune avant de se retourner et de gagner sa table d'un pas conquérant.

C'était sans doute le plus coriace de la bande. Il aurait peut-être fallu une quinzaine de secondes à Dolly pour le mettre en pièces. L'homme aux cheveux gris réapparut. Il dit quelque chose au barman, qui vint nous chercher.

— Par ici, murmura-t-il avec un signe de tête.

Le bureau de l'autre côté de la porte était spacieux, avec des lambris en chêne et des murs vert émeraude. Dans la grande bibliothèque occupant tout un pan de mur, j'aperçus, entre autres, les œuvres complètes de Booth Tarkington et de Mark Twain. Quelques comparses se tenaient ici et là, adossés au mur, probablement des gardes du corps, mais le personnage principal était un type de taille moyenne installé derrière une grande table victorienne, les mains posées paisiblement devant lui sur le cuir vert du plateau. Tiré à quatre épingles, il portait un costume gris anthracite, une chemise blanche et une cravate en soie également blanche. Une pochette en soie argentée ornait la veste. Ses vêtements lui allaient à merveille, ses ongles étaient manucurés avec soin. Son visage tanné était piqueté de petite vérole. Deux sillons profonds couraient du nez proéminent aux coins de la bouche. Comme nous entrions, il nous salua d'un signe de tête.

L'homme aux cheveux gris dit quelque chose en espagnol.

— Ils sont tous les deux armés, chef, me traduisit Chollo.

— Je comprends le mot *jefe*.

— Fabuleux, répliqua Chollo. T'es sûr d'avoir besoin de moi ?

— Ils peuvent garder leurs armes, déclara Santiago.

Il regardait Chollo.

Il finit par s'adresser à lui en espagnol.

— Qui êtes-vous ? traduisit Chollo, qui répondit en espagnol.

Santiago hocha la tête.

— Parlons anglais, ça ira plus vite. Vous êtes mexicain. Je reconnais l'accent.

— *Sì,* répondit Chollo. De Los Angeles.

— Vous auriez été d'ici, je vous aurais reconnu.

Il porta son regard sur moi sans bouger la tête.

— Et vous ?

— Je m'appelle Spenser. Je suis à la recherche d'une femme nommée Lisa St. Claire. Elle a disparu. J'ai entendu dire qu'elle était peut-être à Proctor, avec un type appelé Luis Deleon.

— Et vous aimeriez que je vous aide ?

— Ouais.

Les trois autres Hispanos, la mine hautaine et patibulaire, avaient l'air de figurants dans un film avec George Raft. En fait, tout le décor faisait penser à une scène de cinéma, comme si l'on avait voulu représenter le bureau d'un dangereux gangster. Freddie Santiago ne se mouchait pas avec le coude.

— Qu'est-ce qui vous fait croire qu'elle est avec ce Luis Deleon ?

— Apparemment, c'est son ancien petit ami. Un homme parlant avec un léger accent espagnol a laissé un message sur son répondeur, le jour même de sa disparition. Il disait qu'il allait passer la voir.

— C'est tout ?

— À ce qu'il paraît, c'était une relation enflammée.

— C'est tout ?

— C'est tout.

— Et vous pensez que c'est une raison suffisante pour venir fourrer votre sale nez de Blanc chez moi, dans ma ville ?

— C'est plutôt que je n'ai aucune raison d'aller le fourrer ailleurs.

Santiago eut un sourire fugitif.

— Que ferez-vous si vous la retrouvez ?

— Ça dépendra des circonstances. D'abord, il faudrait que je la retrouve.

— Et le mari, où est-il ?

— Quelqu'un lui a tiré dessus.

— Mort ?

— Presque.

— Et ce jeune homme ?

Santiago fit un signe de tête en direction de Chollo.

— Mon interprète.

— Et votre larbin ? Est-ce qu'il lèche bien vos bottes de Blanc ?

Ni la voix ni le visage de Chollo ne trahirent la moindre émotion.

— Vous feriez bien de surveiller votre langage, *señor,* dit-il doucement.

— Julio, fiche le Chicano dehors ! ordonna Santiago.

D'un mouvement désinvolte, un des hommes de main s'arracha du mur. Il devait mesurer dix centimètres et peser quinze kilos de plus que Chollo. Il affectait cet air terriblement ennuyé que les truands passent leur temps à cultiver. Il posa une main sur le bras de Chollo qui réagit à une telle rapidité qu'avant même que j'aie eu le temps de comprendre ce qui se passait, Julio gisait par terre, suffoquant, la main à la gorge, essayant désespérément d'aspirer de l'air, tandis que Chollo braquait sur lui un automatique 9 mm.

— Vous n'auriez pas dû me laisser mon arme, *jefe.* Vous croyez peut-être que, parce que vous êtes cinq et que nous ne sommes que deux...

— Baptiste, dit Santiago, Thomas et toi, emmenez Julio dehors jusqu'à ce qu'il ait repris son souffle.

Sans quitter Chollo des yeux, les deux sbires aidèrent Julio à se remettre debout et sortirent. Chollo n'avait pas rangé l'automatique. Il le tenait serré contre sa cuisse, le canon pointé vers le sol.

— Vous prenez facilement la mouche, dit Santiago.

— Alors tâchez de vous en souvenir et nous nous entendrons très bien.

Santiago sourit.

— Je fais de mon mieux pour m'entendre avec tout le monde. Il se tourna vers moi. Et vous, Spenser, vous prenez facilement la mouche aussi ?

— Non. Moi, je suis un grand timide.

— Peut-être, mais vous n'en avez pas l'air.

J'arborai un sourire faussement gêné sans rien répondre.

— Je vais réfléchir à tout cela, continua Santiago. Et, pour dire les choses franchement, examiner quel pourrait être mon intérêt dans cette affaire. Si tel est le cas, je reprendrai contact avec vous.

J'extirpai ma carte de la poche de ma chemise et la posai sur le cuir vert.

— Appelez-moi.

Santiago hocha la tête.

— Et vous, mon cher ami mexicain, vous allez vous installer ici ?

— Je suis juste de passage, répondit Chollo. Je rends visite au grand timide.

— Et que faites-vous à Los Angeles quand vous êtes là-bas ?

— Je travaille avec un homme appelé Del Rio.

— Ah ! fit Santiago en souriant, comme si cela expliquait tout.

Chollo lui rendit son sourire tandis que le revolver disparaissait sous sa veste.

— Ah ! fit-il à son tour.

À présent, il était debout, faisant les cent pas, luttant pour retrouver son calme, tournant lentement le cigare entre ses doigts. Il avait des mains délicates, comme elle se représentait celles d'un chirurgien, et il s'en servait de manière expressive en parlant. Il se servait de tout de manière expressive. Les traits de son visage étaient extrêmement mobiles en dépit de ses efforts pour les maîtriser. Ses grands yeux observaient tout, bougeaient continuellement. Il tenait distraitement un énorme caméscope qu'il semblait avoir oublié. Tout en marchant, il entrait et sortait du petit cercle de lumière près de la table.

— Tu n'as pas le droit. Tu n'as pas le droit de continuer à me parler ainsi, mon ange. Je t'aime trop. Je ne peux pas le supporter.

— Alors laisse-moi partir.

Comme il avait quitté le cercle lumineux, elle n'arrivait plus à le voir dans la pièce obscure. Elle n'avait pas la moindre idée de l'heure et commençait à ne plus savoir depuis combien de temps elle était là.

— C'est comme me demander de mourir.

Il revint dans la lumière, son visage d'enfant, mince et séduisant, éclairé par la lampe d'un côté, l'autre encore dans le noir. Un demi-visage, versatile, troublant... et fou, pensa-t-elle.

— Me garder ici, c'est me demander, à moi, de mourir.

— Être avec moi, vivre pour toujours avec moi dans l'abondance et l'exaltation, c'est mourir ? Sais-tu qui je suis ? As-tu oublié ? Sais-tu ce que je suis devenu ? J'ai plus d'argent que tu ne l'imagines. Ici, c'est moi qui commande. Tu peux avoir ce que tu veux.

— Je veux être libre.

— Loin de moi ?

— Bon sang, tu n'es pas le centre du monde, Luis. Je veux être libre, voilà tout. Je veux pouvoir décider ce que je fais, où je vais et qui j'aime. Tu ne peux donc pas comprendre ça ?

— Moi aussi, je veux pouvoir choisir et je t'ai choisie. Que t'est-il arrivé, mon ange ? La princesse blanche qui faisait l'amour avec moi sans la moindre honte ? Es-tu lassée de ce stupide Latino ? As-tu décidé de redevenir une brave petite Américaine, d'épouser un petit Américain comme il faut, de mettre des slips blancs et d'aller à l'église ?

Elle sentait sa respiration s'emballer.

— Quand je fais l'amour, Luis, c'est sans honte, tu le sais. Il n'y a aucune honte à avoir.

— Nous ferons encore l'amour, dit-il.

Il était à nouveau sorti du cercle lumineux dessiné par la lampe, si bien que sa voix s'élevait des ténèbres, comme désincarnée.

— Non, répondit-elle, et son ton était ferme, même si elle respirait plus rapidement. Tu peux sans doute me forcer à baiser avec toi, mais nous ne ferons pas l'amour.

Il resta silencieux dans l'obscurité. Puis la lampe du caméscope rayonna brusquement et l'appareil se mit à bourdonner. Derrière la lumière, elle l'entendit murmurer :

— J'ai appris qu'un tien vaut mieux que deux, tu l'auras, chiquita.

27

Nous traversions Proctor, Chollo et moi, à l'arrière d'une Mercedes gris métallisé. Freddie Santiago était à l'avant, à côté de l'homme aux cheveux gris, qui conduisait. Une Lincoln noire nous suivait, avec à son bord cinq types armés jusqu'aux dents, au cas où quelqu'un essaierait de taguer le pare-brise de Freddie. Il faisait un sale temps, encore une journée de printemps sur laquelle pesait une menace de pluie. Il était près de midi. Les chômeurs s'étaient déjà rassemblés aux coins des rues. Certains, les plus shootés, dodelinaient de la tête. D'autres se tenaient là, sans rien faire, leur sweat-shirt à capuche trop usé, leur veste de base-ball trop mince, leur corps voûté en vain, comme si même les premières chaleurs du printemps ne suffisaient pas à tempérer la froide étreinte du désespoir. Un groupe de huit ou dix hommes, adultes et adolescents confondus, s'agglutinait autour d'un feu de poubelle, se passant négligemment un litre de quelque chose dans un sac en papier brun.

— Du xérès, sans doute, expliqua Freddie Santiago. Servi directement au fût. À trois dollars le litre, ça leur fait pas mal de remontant.

— Sauf que ça a goût de kérosène, fit observer Chollo.

— *Sì.* Mais ce n'est pas le goût qui les intéresse. Comme la plupart des gens ici, ils disposent de beaucoup de temps et de peu d'argent. Le xérès fait passer le temps.

— Le travail aussi, rétorqua Chollo.

— Il n'y en a pas, dit Santiago, en dehors de celui que vous faites, mon ami mexicain. Jadis, c'était une jolie petite ville dynamique grâce aux usines tenues par les Anglo-Saxons. Avez-vous vu la splendide horloge au fronton de la mairie ? Beaucoup de Québécois et d'Irlandais travaillaient ici. Des Arabes aussi. Puis les juifs sont arrivés et ont créé des syndicats, après quoi les Anglo-Saxons ont plié bagage pour aller s'installer dans le Sud où les ouvriers n'étaient pas organisés et où les nègres se tapaient le même boulot pour deux fois moins cher.

Santiago s'interrompit pour allumer une cigarette avec son briquet en or, vérifiant au passage qu'aucun brin de tabac n'était tombé sur son imperméable d'un blanc immaculé. Les signes du printemps étaient apparus de bonne heure cette année, mais pas à Proctor apparemment. Les fleurs n'étaient pas sorties, les oiseaux ne chantaient pas, nulle part on ne voyait renaître la nature dans son manteau vert clair.

— Et voilà que, tout d'un coup, il n'y avait plus rien à faire ici et plus personne pour le faire.

— Une occasion rêvée, dis-je.

— Tout à fait. Les Portoricains ont débarqué. Après ça, il n'y avait toujours rien à faire, mais beaucoup de gens pour le faire.

Exhalant la fumée par les narines, Santiago était tout sourires, le bras gauche posé sur le dossier de son siège, le buste à moitié tourné vers nous, pas mécontent de son petit historique de la ville de Proctor.

— Et aujourd'hui, il y a quelques Irlandais qui traînent encore et qui gèrent la police, et nous qui gérons la municipalité.

Je regardais par la vitre les immeubles mornes couverts de graffitis.

— Pas terrible.

— Pas terrible, en effet, répondit Santiago. Parce qu'on n'arrive pas à s'entendre. Comme votre collègue mexicain vous le dira, la notion même d'hispanique est de pure fabrication *gringo*. Nous, on n'est pas hispaniques ou, comme on dit sur l'autre côte, latinos. On est dominicains, ou portoricains, ou mexicains. C'est comme vos Indiens du siècle dernier. Nous vivons en tribus, nous nous battons entre nous, alors que nous devrions nous unir contre les Blancs.

— Ce ne sont pas exactement *mes* Indiens, rectifiai-je.

Santiago se retourna, posa sa tête contre le dossier du siège et ferma les yeux. Il tira longuement sur sa cigarette puis, très lentement, laissa échapper la fumée dont les volutes planèrent dans la voiture. Une autre fois, me dis-je, je prendrai le temps de discuter avec lui des dangers du tabagisme par personne interposée. À présent, je me taisais, attendant de voir où il voulait en venir.

— J'ai beaucoup travaillé pour unir ces gens dans leur intérêt commun, dit Santiago.

La voiture vira à droite, passant devant un magasin incendié. Il n'y avait plus de vitres aux fenêtres, plus qu'une charnière pour tenir la porte d'entrée entrouverte. À l'intérieur, le vent avait entassé des feuilles et de vieux journaux contre le mur du fond. En regardant dans une des rues obscures que nous traversions, j'aperçus, en diagonale, l'église où j'avais discuté avec le curé qui buvait. Je compris que nous étions en plein cœur de San Juan Hill. Derrière, la Lincoln s'était rapprochée.

— Mais..., commençai-je.

— Mais nous sommes confrontés à des obstacles qui...

Il s'interrompit. La tête en arrière, les yeux toujours fermés, il semblait chercher ses mots. Il finit par hausser les épaules avant de reprendre :

— Votre Luis Deleon, par exemple, représente un sérieux obstacle.

Je regardai Chollo qui me fit un signe de tête. Je savais que tout cela avait un but précis, et maintenant on n'en était plus très loin.

— Proctor est un véritable festin, *señor* Spenser, dit Santiago en exagérant le *señor*, pour se moquer de moi, ou de lui-même, c'était difficile à deviner. Nous sommes tous autour de la carcasse d'une énorme baleine. Il y en a assez pour tous les requins. Il n'y a aucune raison de se battre. Mais Luis... il est jeune, les grandes questions ne l'intéressent pas. Lui et les siens pensent que San Juan Hill leur appartient, tout simplement.

Santiago secoua tristement la tête.

— Comme si on pouvait être propriétaire d'un ghetto ou souhaiter l'être.

— À qui appartient le reste du *barrio* ? demandai-je.

Santiago se retourna pour nous faire face, le visage rayonnant.

— À moi, répondit-il, mais les conditions de vie y sont bien meilleures et je suis un propriétaire éclairé.

— C'est ça. Jusqu'à notre arrivée, tout était nickel.

— Il faut me laisser le temps, *señor*. Je n'ai pas eu assez de temps. J'ai consacré trop d'énergie à réprimer les troubles et à éliminer les trublions.

— Sauf Deleon.

— *Sì*.

— Comment se fait-il qu'il soit toujours là ?

— C'est un cas spécial, Deleon. Un homme dangereux

— Il se tourna vers Chollo :

— *Volatile ?*

— Même chose, dit Chollo.

Santiago sembla tout content.

— *Volatile* et bien armé. Il a de nombreux fidèles avec lui, tous bien armés également. Et l'endroit qu'ils habitent... c'est une sorte de... comment dit-on... ?

Il se tourna à nouveau vers Chollo, décrivit des boucles avec la main en lui demandant :

— *Laberinto ?*

— Pareil, répondit Chollo. Labyrinthe.

— C'est ça. C'est un vrai labyrinthe, avec des passages entre les maisons, les boutiques, les barricades. On risque d'y laisser pas mal de plumes en voulant y pénétrer.

— Mais c'est faisable, dis-je, les plumes en moins.

— Pour quelqu'un de débrouillard qui ne juge pas le prix à payer trop élevé, oui. Pour moi, le prix est encore trop élevé.

— Mais peut-être pas pour moi ?

— Peut-être pas pour vous.

La voiture s'arrêta à un carrefour puis tourna à gauche. Nous passâmes devant une station-service abandonnée, les pompes arrachées, les vitres aussi, les portes de l'atelier de réparation également. À l'intérieur, à l'emplacement du pont, on voyait un groupe d'hommes autour de la fosse, bruyants et animés. Au milieu de leurs cris nous parvenaient des glapissements d'animaux.

— Un combat de chiens, dit Chollo.

— *Sì.* On les met dans la fosse et on parie sur le gagnant.

— Sympa, dis-je. Est-ce que les chiens y trouvent leur compte ?

— Le gagnant a le droit de vivre, répondit Santiago.

Nous repartîmes, mais ce fut pour nous arrêter en haut d'une petite montée, au croisement de deux rues plongées dans le silence. En face s'élevaient un tas de bicoques à deux étages et au toit plat. La plupart des fenêtres étaient condamnées, mais avec de minces ouvertures ici et là, comme si quelqu'un avait découpé des carrés dans le contreplaqué. La peinture, probablement grise à l'origine, s'était presque entièrement écaillée, laissant apparaître le bois brut, rongé par les intempéries et qui se gondolait par endroits. Les rebords des fenêtres se gondolaient également et avaient même commencé à se fendre.

— Ces quatre maisons, déclara Santiago, constituent le château de Luis Deleon.

Les ruelles séparant les maisons avaient été bouchées par de grandes plaques de bois pour former un rectangle fermé sur les quatre côtés. Je me demandai si Lisa se trouvait à l'intérieur. Dans ce cas, cela ne devait guère ressembler à ce qu'elle avait connu à Jamaica Plain, dans le petit pavillon propret aux appareils ménagers modernes et au jacuzzi.

— Si sa princesse blanche est avec lui, c'est là-dedans qu'elle se trouve.

— Mais vous ne le savez pas ?

— C'est pénible à dire. Je suis au courant de presque tout ce qui se passe à Proctor. Mais ça, je l'ignore.

— Nous avons absolument besoin de le savoir. Et aussi dans quelles conditions.

— Quelles conditions ?

— Si elle est là parce qu'elle a choisi d'y être ou si elle a été enlevée, répondis-je.

— Parce que vous pensez qu'une Blanche n'aurait pas pu avoir envie de venir ici en compagnie d'un Hispanique ? s'indigna Santiago.

— D'après ce qu'on m'a dit, elle n'aurait pas demandé mieux il y a quelques années. Mais j'ai besoin de savoir si c'est toujours le cas.

— Moi, il m'en faudrait beaucoup plus pour que je vienne m'installer ici, dit Chollo.

Santiago eut un haussement d'épaules. Au-delà des taudis, à l'est, en direction de la mer, le fracas du tonnerre résonna dans le ciel, suivi du scintillement des éclairs zébrant un gros nuage noir planant bien au-dessus des toits. Partout ailleurs, le temps restait doux.

— *Vamonos !* lança Santiago au chauffeur.

— Rentrons, me dit Chollo, jouant les interprètes.

— Ça, j'avais plus ou moins pigé. Surtout que l'autre a mis le contact tout de suite après.

Chollo ne répondit pas, mais ses yeux riaient.

— Qu'en pensez-vous ? me demanda Santiago en se retournant pour me regarder.

— Votre idée, c'est qu'une fois Deleon hors jeu, quelqu'un pourrait unir tous les Hispaniques pour faire bloc de manière efficace ?

— Oui, dit Santiago.

— Et ce quelqu'un aurait la mainmise sur la ville entière et toute la baleine pour lui.

— Ce n'est pas spécialement flatteur comme description, mais c'est effectivement ça.

— Avez-vous quelqu'un en tête pour le rôle du cheval de Troie ?

— Moi, bien évidemment, *señor*.

— Alors, si je vous débarrassais de Deleon, ce serait un service considérable ?

— Vous seriez de taille ?

— Ça se pourrait.

— Vous êtes très sûr de vous.

— Voilà pas mal de temps que je fais ce métier. Mais il faut que je sache à quoi ça ressemble à l'intérieur.

— Et si je vous le disais ?

— Je ne vous croirais pas.

— Faites attention à ce que vous dites.

— Inutile de vous vexer. Vous savez aussi bien que moi qu'il vous faudrait à peine une heure pour détruire ces masures. Si vous ne l'avez pas encore fait, c'est que vous vous mettez en quatre pour apparaître comme le héros du Proctor hispanique et que vous n'avez pas envie de tout ficher en l'air en vous attaquant à des gens de la communauté. En revanche, si quelques *gringos* n'ayant pas froid aux yeux se chargeaient de la besogne...

Je haussai les épaules en une imitation la plus fidèle possible du flegme latino.

— Une solution on ne peut plus rentable, dit Santiago.

— Tout à fait. Vous me racontez que Lisa St. Claire est là-dedans, qu'on la retient prisonnière, et moi je la libère en trucidant Luis Deleon par la même occasion : un vrai cadeau du ciel ! Alors pourquoi ne me mentiriez-vous pas en me disant qu'elle y est ?

— Je viens de vous dire que je ne le savais pas, protesta Santiago.

— Ouais. Ça fait grimper votre taux de crédibilité. Mais dans une bonne arnaque, on commence toujours par laisser gagner le pigeon, n'est-ce pas ?

— Alors, vous n'avez pas confiance en moi ?

Nous avions quitté San Juan Hill et nous roulions vers le fleuve. Les rues étaient un peu moins étroites, mais tout aussi miteuses. Derrière, la voiture noire ne nous serrait plus d'aussi près.

— Comme le disait un de nos grands hommes d'État : faire confiance, mais vérifier.

Nous approchions du Club del Aguadillano. J'avais un peu baissé la vitre, si bien que les relents acides des produits chimiques nous arrivaient depuis le fleuve. Santiago affichait un sourire aimable, dénué de toute chaleur humaine.

— Et comment comptez-vous... vérifier ?

— Ça, je vous le dirai la prochaine fois.

Pour elle, il n'y avait ni jour ni nuit. Elle dormait, se réveillait. Il était là ou non. Cette fois, il n'était pas là, mais on avait apporté un plateau : tomate coupée en tranches, tortilla chaude et une bouteille thermos avec du café. Du café. Ce devait être le matin. Elle s'assit au bord du lit, vêtue du pyjama fourni par lui, un peu trop grand, du genre de celui de Doris Day dans Confidences sur l'oreiller. *Les moniteurs vidéo fonctionnaient sans le son. Elle n'avait aucune idée de la manière dont ils s'allumaient ou s'éteignaient. Elle se vit nue sous la douche puis marchant, toujours nue, vers la caméra. Les images repassèrent encore et encore. Il y avait toujours quelque chose sur les écrans. Scènes de la douche, de son séjour à l'arrière de la camionnette, d'elle avec Luis à la plage autrefois. Scènes la montrant en costume des années vingt, ou en train de dormir, toutes défilant en boucle, faisceaux lumineux de sa captivité perçant les ténèbres de la pièce. Il me faut une arme. Sur le plateau du petit-déjeuner se trouvaient une cuillère, une fourchette et un couteau à beurre. Rien de particulièrement meurtrier. Elle avait entendu parler de gens en prison qui aiguisaient des cuillères pour s'en servir comme armes. Elle prit la cuillère, l'examina, regarda autour d'elle. Elle ne voyait vraiment pas comment l'affûter. Elle se versa du café et y mit deux cuillerées de sucre. Un coup de tonnerre retentit au-dehors. Le bruit l'élec-*

trisa. Il venait d'un monde extérieur à sa chambre, distant des écrans. Un monde de mouvements et de couleurs, de sons et de virtualités ; un monde rythmé par le quotidien où les gens franchissaient des portes, relevaient des cols de manteau et ouvraient des parapluies tandis que l'ondée commençait à tomber.

— Espèce d'enfoiré ! dit-elle tout haut. Tu n'as pas le droit de me retenir ici.

Ignorant la tomate, elle saisit la tortilla, la plia en deux et en avala une bouchée. Puis, mâchant le reste, elle se mit à faire le tour de la pièce à la recherche d'une arme. La lampe n'avait pas l'air assez solide. Il était extrêmement robuste, elle ne le savait que trop bien. Il y avait bien un lampadaire, mais le montant filiforme et le socle large et lourd le rendaient peu maniable. Elle se mit à quatre pattes et regarda sous le lit. Le matelas était posé sur des lattes. C'était une possibilité, mais il paraissait difficile de faire des moulinets avec les planches raboteuses ou même de les tenir. Elle se releva et finit la tortilla. L'armoire était remplie de vêtements suspendus à de simples cintres en fil de fer. Les décors de théâtre qui garnissaient la pièce, pour la plupart en contreplaqué ou en toile, n'offraient rien qu'elle pût ôter pour s'en servir. Les murs dissimulés par les décors étaient recouverts de plâtre. À de nombreux endroits, des plaques entières s'étaient complètement détachées, révélant la maçonnerie friable au-dessous. Ici et là, dans la faible lueur de la lampe et des écrans, elle pouvait distinguer de vieux fragments de papiers peints, de plusieurs couches d'épaisseur. Une odeur de moisi caractéristique des bâtiments anciens se mêlait à celle de la poudre contre les cafards. Elle se rendit dans la salle de bains. L'arrière du lavabo était scellé dans le mur. Le devant reposait sur deux pieds chromés. Elle en tâta un ; il semblait solide ; elle essaya de le faire jouer ; sans résultat. Elle s'en voulut d'ignorer à ce point la manière dont sont fabriqués les objets. Comment fixait-on ces pieds ? Elle le tourna. Il bougea légèrement. Elle le tourna encore. Ils étaient vissés, bien sûr, pour pouvoir en régler la hauteur. Elle le dévissa avec précaution, tira dessus et s'aperçut qu'il s'agissait d'un tube en acier glissé dans un revêtement en chrome. Elle soupesa le tube. Oui ! Puis elle replaça avec soin la partie en chrome sous le lavabo, prit le tube en acier et le cacha sous son matelas.

— Maintenant, tu vas voir, fumier, dit-elle.

Mais à voix basse.

28

Sirotant du café dans la voiture, un sac plein de beignets entre nous, Chollo et moi contemplions la redoute de Luis Deleon par une douce journée ensoleillée.

— Tu t'attends à voir quoi au juste ? demanda-t-il.

Affalé sur le siège, un pied appuyé contre le tableau de bord, il avait l'air à son aise, mais il avait toujours l'air à son aise, même dans les positions les plus inconfortables.

— Trois possibilités : elle n'est pas là du tout ; elle est là de son plein gré, ou elle est là sous la contrainte. Si elle est là de son plein gré, elle sortira un de ces quatre pour aller chercher du pain, s'acheter une robe, dîner au resto ou faire le tour du quartier pour s'imprégner de l'ambiance.

— J'ai connu des cellules de prison avec plus d'ambiance, dit Chollo. Mais si elle est là sous la contrainte – ce que j'aime la façon dont vous causez, vous autres *gringos* –, elle ne sortira pas.

— Exact.

Chollo se mit à farfouiller dans le sac à la recherche d'un beignet puis reprit une gorgée de café.

— Et si elle n'est pas là du tout, elle ne sortira pas non plus.

— Exact.

— Donc, si on la voit, on aura appris quelque chose.

— Et si, au bout d'un certain temps, on ne la voit pas, les trois possibilités ne feront plus que deux.

— Alors, combien de temps on va rester ici, d'après toi ?

Je haussai les épaules. Chollo sortit un beignet dans lequel il mordit à pleines dents.

— Comment se fait-il que tu mettes autant de temps à choisir un beignet ? Ils sont tous pareils.

— Aucun beignet ne ressemble à un autre, répondit-il. Si tu avais un peu de sang indien, tu comprendrais.

Nous reportâmes notre attention sur la maison. Devant se tenait un grand type avec une moustache à la Pancho Villa, un coupe-vent beige délavé et, la visière sur la nuque, une casquette marquée du logo des Spurs de San Antonio. Posant le gobelet vide par terre, Chollo ouvrit la porte.

— Je vais aller voir de plus près.

— C'est ça. Fais travailler ce sang indien. Trouve-nous une piste.

Chollo descendit de voiture, referma la portière, enfonça ses mains dans ses poches et partit d'un pas de promeneur en direction de la maison. Je me remis à siroter mon café. Décaféiné, avec du sucre et de la crème. En avalant une gorgée suivie tout de suite après d'un morceau de beignet, c'était buvable. Bientôt, quelqu'un sortit de la maison pour remplacer le propriétaire de la moustache à la Pancho Villa, un jeune obèse au crâne rasé avec une boucle d'oreille que je voyais briller depuis l'autre côté de la rue. Il portait des baskets noires aux lacets défaits, un sweat-shirt rouge dont la capuche retombait nonchalamment sur son épaule, mettant en relief la boucle d'oreille, et un pantalon très large à pattes d'éléphant dont l'entrejambe lui arrivait à hauteur des genoux. Le sweat-shirt remontait sur sa bedaine, laissant voir la crosse d'un automatique coincé à la taille. Au moment de la relève, les deux gardes tournèrent la tête en direction de la voiture, ce qui ne me gênait pas le moins du monde. Si ma présence les intriguait suffisamment, il se passerait peut-être quelque chose. Ce serait au moins un progrès. Mais il ne se passa rien.

Je repris un beignet. Susan m'avait rappelé que c'était mauvais pour la santé, mais j'avais beau être un adepte de la diététique, s'agissant d'une surveillance, les galettes de riz soufflé arrosées de café faisaient difficilement l'affaire. Pourquoi pas un bon petit sandwich à la tomate, à la salade et aux germes de soja ? Je lui avais répondu que, si jamais Chollo trouvait dans le sac des germes de soja à la place de beignets, il me flinguerait sur place et qu'elle n'aurait qu'à s'en prendre à elle-même si elle se retrouvait frustrée sexuellement. Avec un sourire maussade, elle s'était mise à parler à Pearl.

La portière s'ouvrit et Chollo se glissa sur le siège. Il tendit la main vers la banquette arrière pour attraper la bouteille thermos et se versa un peu de café.

— C'est le vrai, dans le thermos beige, n'est-ce pas ?

— Ouais.

Je m'efforçai de masquer ma mauvaise humeur. Je trouvais le déca du thermos bleu tout à fait satisfaisant.

— L'endroit se compose d'une cour et de quatre maisons à deux étages reliées par des passerelles entre les balcons du deuxième. Les ruelles séparant les maisons ont été bouchées avec du contreplaqué derrière lequel sont empilés des sacs de sable. Il y a une espèce de grillage autour du toit. On dirait qu'ils cultivent des plantes là-haut. Les fenêtres sont condamnées et munies de meurtrières. Le garde en faction sur un des balcons du fond a vue sur toute la cour intérieure. Il y a au moins un type posté sur le toit.

Prenant une gorgée de café, il s'extasia avec insistance sur son arôme.

— J'ai entendu le bruit de gamins jouant dans la cour et senti des odeurs de cuisine, continua-t-il.

— Alors il n'y a pas que des *pistoleros*.

— Non.

— Ça ne simplifie pas les choses.

Chollo haussa les épaules. Nous restâmes là, à observer le groupe de maisons. Toutes les heures, on relevait le garde à l'entrée. À chaque fois, le remplaçant et celui qu'il remplaçait scrutaient la voiture un moment.

— Tôt ou tard, ils vont être obligés de venir nous demander ce que nous fichons ici.

— Ouais, répondit Chollo.

Nous reprîmes la surveillance des maisons. Il ne restait ni beignets ni café. À côté de moi, Chollo se taisait, les yeux à moitié fermés, les mains posées sur les genoux. Je tâchai de me représenter la situation avec un peu de recul : moi, assis dans une voiture, par une journée de printemps, dans une ville pouilleuse, en compagnie d'un tueur à gages mexicain dont j'ignorais le vrai nom. J'ignorais également si j'étais à la recherche d'une épouse fugitive ou d'une femme kidnappée. Bien entendu, ce n'était peut-être ni l'un ni l'autre. Elle pouvait être morte, soit assassinée, soit dans un accident, à moins qu'elle n'ait été victime d'une crise d'amnésie. Elle pouvait être dans un des taudis en face, enchaînée au mur de la cave, ou bien vêtue de dentelle noire, portant aux lèvres de son amant sa chaussure remplie de champagne. Comme elle pouvait être à la morgue de quelque bled paumé. Sans compter qu'elle pouvait se trouver à Paris ou dans le Wyoming, à faire un numéro de cirque. La seule chose certaine, c'est qu'elle n'était pas dans la voiture en train de surveiller les lieux avec Chollo et moi.

De l'autre côté de la rue, un malabar avec une queue-de-cheval et des moustaches brunes sortit sur le perron discuter avec le garde. Ils regardèrent vers nous puis descendirent les quelques marches pour s'avancer dans notre direction.

— Les voilà, dis-je. Ça n'a pas traîné.

Chollo ne bougea pas, mais ses yeux s'entrouvrirent légèrement.

— Tu veux que je les descende ?

— Pas aujourd'hui.

— On va discuter ?

Je mis le contact.

— Non. Peut-être la prochaine fois. Maintenant, on se barre.

— D'accord, dit-il en refermant les paupières.

J'embrayai, laissant les deux hommes au milieu de la chaussée en train de nous suivre des yeux.

29

J'étais avec Susan et Pearl à Old Sturbridge Village, une reconstitution des villages américains du dix-huitième siècle. Nous étions venus chercher des idées pour la maison que nous, c'est-à-dire Susan et moi, retapions à Concord. Pearl, elle, avait les yeux rivés sur les oies évoluant sur le lac du moulin, pas loin du pont couvert. Elle avait pris la position je-suis-un-chien-de-chasse et commençait tout doucement son approche, se figeant à chaque pas, le nez pointé, la queue immobile, une patte levée en l'air dans la pose classique.

— Qu'est-ce que tu crois qu'elle ferait si on lui enlevait la laisse ? demanda Susan.

— Elle avancerait à pas feutrés puis elle leur sauterait dessus. Elle en saisirait une, la secouerait d'un coup sec pour lui briser la nuque et, une fois sa proie morte, elle l'éventrerait et se mettrait à bouffer les entrailles.

— Notre bébé ? Mais c'est barbare !

— La soif du sang.

Susan se pencha en avant pour faire la bise à Pearl qui répondit en lui léchant le visage. Puis elle lui boucha les oreilles.

— N'écoute pas ton papa.

Au bout d'un moment, nous ramenâmes Pearl à la voiture afin de pouvoir visiter les maisons et les diverses expositions. D'après le panneau à l'entrée, les chiens n'étaient admis à l'intérieur que portés par leurs propriétaires. Pearl pesait dans les trente kilos et avait tendance à se tortiller dans tous les sens.

— Je pourrais la porter, dis-je.

— Mais bien sûr, mon amour, et d'une seule main, je sais. Mais elle aime autant faire la sieste dans la voiture.

— Bon, d'accord.

Nous étions en milieu de semaine, par un temps frais, mais agréable. Le village était rempli d'écoliers accompagnés d'un nombre insuffisant d'adultes, se bousculant dans les paisibles venelles, tournant en rond en attendant l'ouverture du snack-bar de la taverne. Un type avec salopette, bottes, chemise blanche et un drôle de chapeau de paille bombé étalait du fumier dans un champ récemment labouré.

— Tu veux que je m'achète un chapeau comme ça ? Je pourrais le mettre quand nous faisons l'amour.

— Tout dépend où tu comptes le mettre, répondit Susan.

Nous entrâmes dans une grande maison blanche au revêtement en bois.

— Nous nous trouvons dans le presbytère, annonça une dame.

Elle portait la coiffe de l'époque et une robe qui lui descendait jusqu'aux chevilles. Réplique parfaite de la vie rurale du dix-huitième siècle.

— Si vous habitiez ici, vous seriez le pasteur de l'église que nous voyons là-bas sur la colline, dit-elle.

— Ce qui serait une erreur colossale.

— Pardon ?

Je souris en secouant la tête.

— Les pasteurs étaient des hommes sévères, mais droits, expliqua la dame.

Susan lui adressa un sourire avant de m'entraîner dans le salon où nous examinâmes la finition de la boiserie peinte en bleu qui encadrait la cheminée.

— Crois-tu que tous les pasteurs étaient sévères ? demandai-je à Susan.

— Bien sûr.

— Et que c'étaient tous des hommes droits malgré leur sévérité ?

— Absolument.

— Est-ce qu'il n'y en avait pas sur le lot qui couchaient avec des Juives sexy ?

— Jamais de la vie.

— Alors, ça explique la sévérité.

Nous descendîmes jusqu'à la cuisine où trônait un immense foyer en brique couvert d'un linteau en granit. Les flammes du foyer léchaient le fond d'une grosse marmite noire suspendue à un bras en fer forgé. Il s'en dégageait de bonnes odeurs de cuisine. Une femme coiffée comme la précédente introduisait des miches dans le four à pain, à côté de la cheminée. Je repensai à la réflexion de Frank Lloyd Wright selon laquelle le foyer est l'âme d'une maison. Nous restâmes là, sans dire un mot, nous laissant imperceptiblement envahir par le passé, puis le charme fut rompu. Je regardai ma montre.

— Il est midi et quart, dis-je. La taverne est ouverte.

— Oui, dit Susan. Tu t'es très bien tenu. Ça fait déjà quarante-cinq minutes qu'elle a ouvert.

— Allons, je ne suis pas homme à me laisser dominer par mon appétit.

— Hum.

Nous pénétrâmes dans la vieille taverne élégante, au plancher ciré et aux couleurs d'antan où des portraits d'hommes sévères mais droits s'alignaient le long des murs. Après nous être installés à une longue table en bois brut, aussi loin que possible des groupes scolaires, nous passâmes notre commande. Notre serveuse était vêtue de l'inévitable coiffe et d'une robe très longue recouverte d'un tablier blanc.

— Puis-je avoir une chope de votre meilleur breuvage d'époque ? demandai-je.

— On n'a que Heineken, Michelob, Sam Adams, Miller Lite, Budweiser et Rolling Rock.

Je commandai une Rolling Rock. Susan prit un verre de thé glacé.

— Comment va Frank ?

— Il reste éveillé pendant des périodes de plus en plus longues, mais il n'a aucun souvenir des coups de feu et ne tient toujours pas sur ses jambes.

— Sait-il que sa femme était une prostituée ?

— Non.

— Qu'est-ce que tu lui as dit ?

— Que nous la recherchions, Quirk et moi.

— Et l'ex-petit ami ?

— C'est un monsieur avec qui il n'est pas facile de prendre rendez-vous, répondis-je, d'autant plus qu'il se terre dans ce qui paraît être un bunker à deux étages du ghetto hispanique de Proctor.

— Je croyais que toute la ville de Proctor était un ghetto hispanique.

— San Juan Hill est un ghetto dans le ghetto.

— Raconte-moi ça.

Ce que je fis, après une brève interruption, le temps de commander une tourte au poulet pour moi et une salade mixte pour Susan, vinaigrette servie à part.

— Et tu es accompagné de ton interprète, ce Rollo ?

— Chollo.

— Oui. Il est efficace ?

— Très.

— Frank est au courant de tout cela ?

— Non. Et si je le lui racontais, il l'oublierait de toute façon.

— Quand tu lui diras, comment est-ce qu'il le prendra ?

— Il encaissera le coup. Belson est un dur, et il a eu un premier mariage long et malheureux. Il a appris à maîtriser ses sentiments.

Susan sourit.

— Ce qui explique sans doute qu'il ait toujours été un excellent flic. La plaie et le fer.

— Être handicapé dans un domaine rend plus fort dans d'autres, c'est ça ?

Susan fit oui de la tête. La serveuse revint avec la salade, la tourte et une autre bière. Prenant une feuille de chêne, Susan la trempa délicatement dans la sauce avant de la grignoter.

— Hé, garde un peu de place pour le dessert !

— Cette scène romantique qu'elle a jouée à Frank en interdisant de fait toute discussion sur le passé, je ne comprends pas que ça ne lui ait pas mis la puce à l'oreille. Ça ne te paraîtrait pas curieux à toi ? Ça a l'air charmant, mais tu nous vois rester bouche cousue sur ce que nous avons vécu auparavant ?

— Ben, je ne sais pas grand-chose de ton ex-mari.

— C'est vrai, mais tu sais que j'en ai un.

Je hochai la tête.

— Belson est un flic perspicace qui fait ce métier depuis longtemps. Ça a dû lui sembler curieux à lui aussi.

— Le silence, dit Susan, équivaut souvent à une complicité tacite, éventuellement inconsciente, pour se dissimuler la vérité.

— Tu crois que Belson savait ?

— Si ça se trouve, il ne savait pas ce qu'elle lui cachait, seulement qu'elle lui cachait quelque chose. Et il n'avait pas envie de se mettre à remuer les cendres.

La serveuse revint pour savoir si tout allait bien. Susan commanda un sandwich au poulet, nature, sans mayonnaise, seulement du pain et du poulet. Je haussai les sourcils.

— Ça frise la goinfrerie. Une salade et un sandwich au poulet ?

— Le sandwich est pour le bébé, au retour.

— Bien sûr.

— Il arrive que les gens qui en ont bavé, dit-elle, soient si fragiles, qu'ils aient si peu confiance en eux-mêmes et en l'expérience de l'amour, qu'ils préfèrent que les choses ne bougent pas. Ils y vont très doucement, sans prendre de risque, tu comprends, ce qui veut dire qu'ils ne posent jamais de questions.

— Ouais. Belson prétend qu'il la connaît mieux que personne, même s'il ne sait rien de son passé.

— Et c'est peut-être vrai, mais pas parce qu'il le pense. L'amour nous fait croire beaucoup de choses contraires à la réalité.

— Il y a des fois où j'ai l'impression de te connaître parfaitement.

— En tout cas, tu me connais mieux que quiconque.

— Pourtant, tu es plutôt cachottière. Tu me surprends bien souvent.

— Et j'espère continuer.

— Tu veux dire, pornographiquement parlant ?

Susan me sourit, d'un grand sourire affectueux.

— Mais tout à fait.

30

Chollo et moi discutions avec Delaney, le chef de la brigade criminelle, et deux flics en uniforme : un certain Murphy, grand, avec des bajoues et un visage couperosé, et un dénommé Sheehan, un haltérophile dont les longs cheveux bruns dépassaient de sa casquette. Beaucoup trop petite pour toute cette tignasse, la casquette lui donnait un aspect burlesque, celui de l'argousin dans un numéro de clown.

— Bon, disait Delaney, vous n'avez pas de quoi justifier une perquisition, d'accord ? Mais comme le mari de la nana est flic et que vous, vous avez été flic dans le temps, j'envoie deux agents là-bas pour jeter un œil. Sans mandat, sans rien. Des gars dégourdis. Ils parlent un peu avec le gus à l'entrée, qui finit par les laisser passer. Ils dénichent Deleon, discutent avec lui, puis avec deux ou trois zèbres de la bande. Ils font un tour. Et voilà, il n'y a pas de femme blanche là-bas.

Delaney haussa les épaules avec tristesse.

— Vous avez visité toutes les pièces ? demandai-je.

— Écoutez, dit Murphy, ce n'est peut-être pas Boston, mais on connaît notre boulot.

— Votre boulot, c'est de coffrer des camés minables. Je n'ai pas dit que vous ne le connaissiez pas.

— Vous vous fichez de nous ? répliqua Delaney.

— Vous avez discuté avec des types parlant anglais ?

— Deleon, répondit Sheehan, manifestement tout fier de pouvoir citer un nom.

— Et qui d'autre ?

— Ils font semblant d'entraver que dalle, dit Murphy, mais ils comprennent très bien quand ça les arrange. D'ailleurs, on se débrouille pas mal en espagnol.

— Chollo, parle-leur un peu espagnol.

Derrière nous, appuyé contre le mur dans une pose nonchalante, le visage inexpressif, Chollo débita deux ou trois phrases en espagnol. Ils le regardèrent tous les trois d'un air hébété.

— Ici, les flics, c'est nous, grommela Delaney. On n'a pas à subir des examens à la con. On vous dit qu'elle n'est pas là-bas. Après ça, vous faites ce que vous voulez.

Je dévisageai Delaney pendant un long moment. Il tenta de soutenir mon regard, sans y parvenir, finit par baisser les yeux puis jeta un coup d'œil furtif au tiroir de son bureau avant de détourner la tête.

— On a fait le maximum.

Il sortit sa bouteille, se mit à tripoter le bouchon. J'avais toujours les yeux braqués sur lui.

— J'aimerais être sûr d'avoir bien compris. Vous avez envoyé ces deux rigolos demander à Deleon s'il avait kidnappé Lisa St. Claire. Deleon leur a répondu que non en leur glissant probablement un billet de vingt, sur quoi ils ont soulevé leur casquette avec un merci, *jefe,* et sont allés se faire lire le chiffre inscrit sur le biffeton.

— Écoutez, Max, dit Sheehan, vous n'êtes pas de la police. Vous n'êtes même pas du coin. On n'est pas obligés d'écouter vos conneries.

— Oh, que si !

— Doucement, intervint Delaney. On a fait tout ce qu'on pouvait sans mandat de perquisition.

Il parlait très vite, d'une petite voix aiguë.

— Et avec le peu d'indices que vous possédez, il n'y a pas un magistrat qui en signerait un.

Il s'envoya une rasade à même la bouteille.

— Voilà le fin mot de toute cette foutue histoire. Et maintenant, si je vous offrais un verre ?

Je secouai la tête.

— Vous connaissez McGruff, le chien détecteur de crimes ? Eh bien, gare à vous, parce qu'il va venir vous enfoncer ses crocs dans les fesses.

Je me retournai et quittai le bureau, Chollo me suivant de près.

— McGruff, le chien détecteur de crimes. Qu'est-ce que c'est que ce truc ? demanda-t-il.

— Je ne peux pas trouver des répliques géniales à tous les coups.

31

Lorsque j'arrivai au bureau ce matin-là, il m'attendait dans le couloir. Tout d'abord, je ne le reconnus pas. Il portait un feutre noir et un vieil imperméable élimé, l'air craintif et mal à l'aise, de sorte que je le pris pour un client.

— Je suis Spenser. C'est moi que vous cherchez ?

— Oui. Vous vous souvenez de moi ? Le père Ahearn, de Proctor.

— Bien sûr, mais avec ce chapeau et cet imper, je n'y étais pas du tout. Vous avez laissé tomber la soutane, à ce que je vois.

Je fis jouer la clé dans la serrure et entrai. Ayant posé son chapeau sur un coin du bureau, il s'assit au bord d'une des chaises, visiblement gêné. Hawk disait toujours que quatre chaises pour les clients tenait d'un optimisme mégalomaniaque.

— Vous prendrez du café, mon père ?

Le curé eut un moment d'hésitation, comme si je lui avais posé une question embarrassante, puis fit signe que oui.

— Du déca, si vous en avez.

— Une chance pour vous. Moi aussi, je suis au déca.

Susan m'avait offert une cafetière électrique pour l'agence, afin de me soutenir dans mon interminable quête de décaféination. Je versai de la poudre dans le filtre, ajoutai de l'eau et mis en marche. Puis je fis le tour du bureau pour ouvrir la fenêtre et laisser l'air frais de la baie, ou du moins un air un peu moins vicié, pénétrer dans la pièce. Après quoi, je m'installai dans mon fauteuil.

— En quoi puis-je vous être utile, mon père ?

— Êtes-vous toujours à la recherche de cette femme blanche à Proctor ?

— Lisa St. Claire.

Il eut un léger froncement de sourcils, comme si j'avais mal répondu.

— Pensez-vous toujours qu'elle est avec Luis Deleon ?

— C'est une éventualité, mon père.

Le curé se tut. Les gargouillements de la cafetière ayant cessé, je me levai pour préparer deux tasses.

— Je peux vous proposer du sucre et du lait condensé.

— Noir pour moi, merci.

Je lui tendis la tasse, mis du lait et du sucre dans la mienne et retournai à ma place. J'en avalai une gorgée ; j'avais bu pire. Au fond, il suffit de se dire qu'il ne s'agit pas de café mais d'une boisson chaude que l'on absorbe le matin, et la déception est déjà beaucoup moins grande. Certes, quelques beignets auraient amélioré la situation, mais ils auraient amélioré n'importe quelle situation. Le curé souffla sur la tasse avant de boire à son tour.

— On m'a demandé de publier des bans pour le mariage de Luis Deleon et d'Angela Richard.

Gagné !

— Connaissez-vous Angela Richard ? demandai-je.

— Non. Mais je suis censé la marier.

— Et vous ne l'avez jamais vue ?

— Non.

— Qui a fait la demande ?

— Luis Deleon est venu en personne.

— Seul ?

— Non, il y avait plusieurs hommes avec lui.
— Mais pas la mariée ?
— Non.
— Ce n'est pas inhabituel ?
— Si.
— N'est-il pas normal de rencontrer les futurs époux pour les instruire des devoirs que comportent les liens sacrés du mariage ?
— C'est la coutume, en effet.
— Vous a-t-il montré un certificat de la mairie ?
— Non.
— Pouvez-vous les marier légalement sans cela ?
— Non.
— Alors en a-t-il un ? Pourquoi la mariée n'est-elle pas venue vous voir ? Pourquoi négliger la préparation au mariage ?
— Je ne sais pas, répondit le curé. On ne pose pas de telles questions à Luis Deleon.
— Vous peut-être pas, moi si.
Le curé eut un haussement d'épaules.
— Ça fait partie de votre métier.
Ça faisait peut-être partie du sien aussi, mais je n'insistai pas. Il me semblait déjà suffisamment conscient de ses carences. Et pas plus heureux pour autant.
— Quand Deleon est-il passé vous voir ?
— Il y a dix jours.
— Vous avez mis du temps à venir m'en parler.
— Oui. J'avais peur.
— Et vous n'avez plus peur ?
— Si. Mais je me suis dit... qu'il fallait vous prévenir.
— Où le mariage sera-t-il célébré ?
— Chez Luis Deleon.
— À San Juan Hill ?
— Oui.
— Le jour du mariage, serait-il possible qu'un autre curé vous accompagne ?

— Il n'y a pas besoin d'un autre curé.

— C'est moi que je voyais dans ce rôle.

Il me regarda, bouche bée, comme si j'étais l'Antéchrist.

— Vous pensez qu'Angela Richard est la femme que vous recherchez ?

— C'est possible.

Pas la peine de l'accabler d'informations superflues.

— Sainte Vierge !

— Alors ?

— Un second curé ? Vous, déguisé ? Je... ne sais pas. Je crois que... j'aurais... trop peur.

— Bon. Avez-vous autre chose à me dire ?

— Non. C'est tout ce que je sais.

Je hochai la tête. Nous bûmes notre déca en silence.

— Est-ce que cette information vous est utile ? finit-il par demander.

— Toute information est utile, répondis-je, pour peu qu'on arrive à la faire cadrer avec celles déjà recueillies.

— Cela veut peut-être dire que la femme que vous recherchez n'est pas là ?

— Peut-être. Ou peut-être que c'est précisément la femme que je recherche.

— Elle est déjà mariée.

— Ouais.

— Alors comment pourrais-je célébrer leur mariage ?

— Ils ont peut-être l'intention de vous mentir.

— Pourquoi faire une chose semblable ?

— Elle n'a peut-être pas le choix.

Nous reprîmes du café. Le curé réfléchissait.

— J'avoue que je suis perplexe. J'avais très peur de venir vous voir, peur que Luis finisse par l'apprendre. Mais je suis venu quand même parce que je pensais que c'était nécessaire, sinon je n'aurais pas eu la conscience tranquille. Et voilà que je me retrouve devant une multitude de possibilités toutes plus inacceptables les unes que les autres. Que vais-je faire si Luis Deleon me demande de célébrer un mariage illicite ? J'espère que la femme qu'il doit épouser n'est pas celle que vous recherchez.

Je m'abstins de tout commentaire.

— Vraiment, je l'espère. Est-ce égoïste de ma part ? Si ce n'est pas elle, vous ne saurez pas où se trouve la femme que vous recherchez et vous aurez perdu votre temps. Cela pourrait même vouloir dire qu'elle est morte. Puis-je souhaiter une telle chose ?

— Vous n'êtes qu'un homme, mon père. On ne peut pas toujours faire ce qu'on veut.

— Mais c'est mon devoir, répliqua le curé. Je ne suis pas seulement un homme. Je suis un serviteur de Dieu.

Je le regardai, tendu, assis au bord d'une des chaises réservées aux clients, une tasse à moitié vide de mauvais déca à la main, menant un combat intérieur qui devait l'occuper tous les jours.

— Vous avez fait preuve de courage en venant me parler, mon père.

— Merci.

Il se leva, se dirigea vers l'évier où il rinça sa tasse et la posa sur la petite table à côté de la cafetière électrique.

— Prévenez-moi s'il y a du nouveau.

— Oui.

— Je passerai vous voir d'ici quelques jours.

— Bien sûr.

— Si cela vous intéresse, pour moi vous êtes quelqu'un de bien.

Un léger sourire éclaira son visage. Il reprit son chapeau et le posa sur sa tête, bien droit. Sans la moindre affectation.

— Merci. J'en discuterai avec mon confesseur.

En sortant du bureau, il referma la porte tout doucement. J'allai rincer ma tasse et la posai sur la petite table juste à côté de la sienne. Puis je me mis à regarder par la fenêtre en songeant à ce qu'il m'avait dit. Je le vis sortir de l'immeuble par la porte latérale, marcher jusqu'au carrefour et tourner à gauche dans Boylston Street. Il avait les mains enfoncées dans les poches de son imper, le col remonté, malgré le beau temps, et la tête baissée. Ce monde ne l'avait guère comblé de faveurs. J'espérais pour lui que le suivant serait plus conforme à ses espérances.

32

Chollo et moi étions de retour en face de la redoute de Deleon, mais garés à un autre endroit. Il faisait frais pour une journée de printemps. Le soleil voilé ne faisait pas le poids contre le vent cinglant qui charriait les ordures traînant dans la rue. Gobelets en papier, boîtes de hamburgers, couvercles de tasse en plastique, cannettes de bière, filtres indestructibles de cigarettes parties en fumée, papier journal, capsules de bouteilles, pochettes d'allumettes, emballages de plaquettes de chewing-gum, barquettes aux couleurs délavées et aux poignées en fil de fer tordues étaient emportés en tous sens au gré du vent capricieux. Des saletés et du sable laissé par les services de la voirie rebondissaient contre la carrosserie.

— Angela et Lisa ne font qu'une seule et même personne. C'est bien ça ? dit Chollo.

— Et elle n'est pas là de son plein gré. Tu as déjà entendu parler d'un couple qui se marie, et seul le type va voir le curé ?

— Tu crois qu'il a donné le nom de jeune fille pour ne pas éveiller les soupçons quand les bans seront publiés ?

— Possible.

— Alors pourquoi les publier ?

— Les convenances.

— Mais tu crois qu'il la retient de force ?

— Ouais.

— Et qu'il l'oblige à l'épouser alors qu'elle est déjà mariée ?

— Ouais.

— Et il va voir le curé et fait publier ces foutus bans ?

Les yeux fixés sur les maisons délabrées, j'inspirai profondément.

— Ouais, c'est ce que je pense.

— Mais c'est complètement cinglé !

J'acquiesçai, la tête toujours tournée vers les mornes constructions grisâtres de l'autre côté de la rue.

— Ouais, tout à fait.

Nous restâmes silencieux un moment, à écouter le vent, à contempler les taudis.

— Et t'es sûr que c'est la femme de ton copain qui est là-dedans ?

— Ouais.

— C'est pourtant pas les nanas qui manquent. Il n'y a qu'à se baisser pour en ramasser. Ça n'a aucun sens d'aller chercher la femme d'un autre type, surtout si ce type est flic.

— Sauf dans la tête d'un fou.

— Et tu crois qu'il est fou, et qu'il est là avec la femme du flic.

— C'est une explication.

— Ce serait bien de savoir exactement de quoi ça a l'air, à l'intérieur, au cas où on déciderait de la sortir de là.

— Ouais.

Un chien passa à vive allure, tête basse, oreilles rabattues, affairé, filant vers une destination inconnue. C'était un chien de la rue, tellement abâtardi à force d'accouplements anarchiques que c'est tout juste s'il ressemblait encore à un chien. Il faisait plutôt bête sauvage dans son incarnation primitive, avant que l'homme des cavernes ne se mette à la caresser.

— Je crois que je vais aller jeter un coup d'œil à l'intérieur, dit Chollo.

— Et qu'est-ce que tu leur diras ? Que tu es la petite souris venue glisser des cadeaux sous les oreillers ?

— Je leur raconterai que je travaille pour Vincent Del Rio, qui est une grosse légume à Los Angeles.

Chollo avait beau parler un anglais impeccable, la façon dont il prononça Los Angeles me rappela qu'il était mexicain.

— Ah oui ?

— Que Mr Del Rio cherche un associé sur la côte Est pour quelques-unes de ses entreprises. Et qu'il m'a envoyé ici afin d'évaluer la situation de Luis Deleon, ce qui explique pourquoi je me suis installé en face de chez eux – il m'adressa un sourire – avec mon chauffeur.

— Pas mal. Ils ne me connaissent pas. On pourrait y aller ensemble.

Chollo secoua la tête.

— Pas de *gringos*, en tout cas pour une première visite. Excepté pour tenir le volant et jouer du pétard en cas de besoin. Si j'y vais accompagné d'un Blanc, personne ne m'adressera la parole.

— Mais c'est du racisme pur et simple !

Chollo sourit à nouveau.

— *Sì, señor.*

— Et s'ils insistent pour téléphoner à Del Rio ?

— Je lui en ai déjà parlé. Il est d'accord pour m'appuyer.

— Alors, tu n'inventes pas au fur et à mesure ?

— Non, sauf quand je ne peux pas faire autrement.

— Ce qui arrive souvent.

Chollo hocha la tête.

— Ce qui arrive souvent.

Ouvrant la portière, il mit un pied dehors.

— Pas de prouesses, hein ! Je tiens à ce que la femme en sorte indemne.

— Je serai aussi rusé que les crapauds des marais du Yucatan.

— Ils sont vraiment rusés ?

— Comment veux-tu que je sache ? Je viens de l'inventer.

Descendu de voiture, il remonta le col de sa veste et traversa la rue, clignant des yeux pour se protéger de la poussière que les bourrasques lui envoyaient en pleine figure. Il s'avança jusqu'au perron d'une des maisons pour discuter avec le garde. Celui-ci l'écouta, parla, l'écouta à nouveau, parla encore. Puis il se retourna et s'engouffra à l'intérieur. Chollo attendit sous le porche, à l'abri du vent. Au bout d'un certain temps, la porte se rouvrit et le garde réapparut, accompagné du maigrichon aux tresses. Tous trois discutèrent pendant un bon moment. Puis Chollo et le type aux tresses rentrèrent, laissant le garde sur les marches.

La jeune femme mince en sweat-shirt rose entra dans la pièce avec un des hommes qu'elle avait vus montant la garde devant la porte. Elle tenait un petit sac en plastique. D'un doigt tendu, elle désigna la chaise.

— Vous voulez que je m'assoie sur cette chaise ? demanda Lisa.

La femme continuait d'indiquer la chaise. Il y avait comme une expression de triomphe dans son attitude.

— Pourquoi ? Pourquoi voulez-vous que je m'assoie sur cette chaise ?

Avec un haussement d'épaules, la femme s'adressa à l'homme en espagnol. La saisissant chacun par un bras, ils la traînèrent en arrière pour l'obliger à s'asseoir. Tandis que l'homme la maintenait, la femme sortit des cordes à linge du sac en plastique, lia les mains de Lisa au dossier puis s'accroupit pour lui attacher les chevilles aux pieds de la chaise. À chaque fois, elle tirait d'un coup sec sur la corde, la serrant beaucoup trop.

— Pourquoi ? Pourquoi m'attacher, bande de salauds ? Non, par pitié, ne m'attachez pas. Par pitié ! Je ne veux pas être attachée. Je vous en prie, vous me faites mal. Je...

La femme lui dit quelque chose en espagnol et se mit à rire. Elle prit un rouleau de papier adhésif gris dans le sac et le lui appliqua brutalement sur la bou-

che pour la réduire au silence, faisant un tour supplémentaire autour de sa tête en guise de vengeance. Elle se recula, contempla Lisa attachée à la chaise, se remit à rire puis, posant une main sur son entrejambe, l'invectiva en espagnol. L'homme la rejoignit et dit quelque chose. Elle lui fit signe de la laisser tranquille. Il répliqua, d'un ton plus énergique. Elle haussa les épaules, sortit une radio portative du sac, la plaça sur la table près de Lisa et l'alluma, le volume à fond. Un air de salsa emplit la pièce. Repliant le sac, la femme le posa sur la table à côté de la radio. Elle s'arrêta à nouveau devant Lisa et la regarda fixement comme pour se délecter de son impuissance. Puis, lui passant une main sous le menton, elle la força à relever la tête et lui cracha à la figure. L'homme l'apostropha d'un ton brusque et la femme se mit à rire, après quoi ils quittèrent la pièce. En entendant le verrou de la porte derrière eux Lisa sentit l'angoisse de la claustrophobie resurgir en elle. Le crachat de la femme coulait le long de son menton. Elle se débattit de toutes ses forces pendant un moment. En vain. Du calme, se dit-elle. Du calme. J'ai connu pire. Pourquoi avoir fait ça ? Je ne risque pas de me sauver. La porte est fermée à clé et il y a un garde. Pourquoi me ligoter ? Pourquoi me bâillonner ? Personne ne peut m'entendre. Est-il quelque part ? En train de filmer ? Pourquoi cette radio ? Pour couvrir les bruits ? Comment pourrais-je faire du bruit ? Avec ce ruban adhésif que j'ai sur la bouche, on n'entendrait pas mes cris à deux mètres... Il y a quelqu'un dans la maison. Cette idée la galvanisa. Oui, c'est ça, il y a quelqu'un ! Elle recommença à s'escrimer avec les cordes. Sans résultat. La femme lui avait lié les pieds à la chaise de telle manière qu'ils ne touchaient pas le sol. Elle n'avait aucun appui. Les nœuds étaient solides. Il lui était impossible de se libérer. Impossible d'appeler au secours. Du calme, se répéta-t-elle. Du calme. Dès qu'ils seront partis, il coupera tes liens. Il reviendra. Pourquoi cette femme est-

elle si cruelle ? Luis reviendra et me détachera. Il me protégera. Se tenant parfaitement immobile, elle se concentra sur sa respiration. Et un instant plus tard, elle était calme. Sa position n'avait rien de confortable. Les cordes étaient trop serrées. Mais elle n'avait pas vraiment mal. Comme on apprend vite à faire de nécessité vertu, pensa-t-elle. Recouvrer la maîtrise d'elle-même était sa première victoire depuis son enlèvement. Et peut-être pas la dernière. Elle se détendit dans les cordes, laissant son corps s'amollir, sa tête s'incliner. Respirant paisiblement. Elle se rendit compte que Luis commençait à lui apparaître comme une sorte d'ange gardien, qu'elle attendait avec impatience son retour. Elle se souvint du tube en acier caché sous son matelas. Elle se mit à y réfléchir. L'idée d'un tel trésor avait quelque chose d'enivrant. Je ne serai pas toujours attachée, pensa-t-elle, impuissante mais détendue. Je ne serai pas toujours attachée.

33

Je sortis mon Browning 9 mm et le posai sur le siège, contre ma cuisse. Puis je mis en marche, laissant le moteur tourner au cas où il nous faudrait repartir à toute berzingue, avant de me laisser aller en arrière pour attendre. D'où j'étais, je pouvais voir un type se déplacer sur le toit d'une des maisons. Il portait une chemise rouge à petits carreaux. Sous cet angle, il m'était difficile d'en être certain, mais il semblait tenir une carabine ou un fusil de chasse. À l'étage, juste en dessous, les fenêtres avaient été condamnées avec du contreplaqué. Comme il s'éloignait du bord, je le perdis de vue. Le chien qui était passé tout à l'heure revint, accompagné d'un autre. Ils étaient en fait très différents, mais le second présentait les mêmes traits ataviques : taille moyenne, poil brunâtre, queue ramenée sur l'arrière-train. Ils tournèrent à gauche, longèrent les maisons et disparurent. Je relevai la tête. Le type à la chemise rouge était à nouveau visible sur le toit. Cette fois, je distinguais nettement la longue arme à feu qu'il portait, mais je n'arrivais toujours pas à savoir s'il s'agissait d'une carabine ou d'un fusil de chasse. Vu la distance qui nous séparait, je préférais encore la seconde hypothèse, au cas où il se mettrait à me tirer dessus si l'histoire de Chollo n'avait pas marché. Au loin, à l'est de Proctor, les nuages commençaient à se rassembler dans un ciel devenu sombre. Il se mettrait sûrement à pleuvoir d'ici peu. Il faisait déjà lourd et, en cette saison, les vents d'est arrivant de la mer apportaient presque toujours de la pluie. Depuis le départ des chiens, la rue était vide. Pas de marchands de glace, pas de voitures de police, pas de femmes poussant un landau avec protection en plastique transparent. Puis ce fut l'averse et le vent cessa aussitôt. Je la voyais gagner sur nous. Elle remonta la rue déserte, tombant tout droit, mince rideau de perles liquides obscurcissant la chaussée à mesure qu'il avançait. Lorsqu'il atteignit la voiture, je mis les essuie-glaces, position « intermittent », juste de quoi apercevoir un éventuel assassin fonçant sur moi un flingue à la main.

Le type sur le toit avait disparu, sans doute à l'intérieur ou quelque part à l'abri. Si, plus tard, on devait prendre d'assaut cette bâtisse, l'idéal serait d'attendre un jour de pluie. Il ne se passa rien. Personne ne bougea. Les aiguilles tournaient à une vitesse d'escargot. Je me mis à dresser la liste de toutes les femmes avec qui j'avais couché en essayant de me rappeler les circonstances précises. Puis je me demandai si ce n'était pas un acte d'infidélité vis-à-vis de Susan, si bien que je me retrouvai bientôt en train de cogiter sur cette question plutôt que de me rappeler avec qui j'avais fait quoi. Peut-être qu'il lui arrivait à elle aussi de penser aux hommes avec qui elle avait couché. Quel effet est-ce que ça me faisait ? Je finis par me dire que je m'en fichais comme de l'an quarante du moment que ses souvenirs ne réveillaient pas en elle le moindre désir. Sur quoi je repris le palmarès de ma vie sexuelle en faisant bien attention de ne désirer aucune de mes ex. Il pleuvait de plus en plus fort, trop fort pour « intermittent ». J'augmentai d'un cran, consultai ma montre. Chollo était parti depuis quarante-cinq minutes.

Je me mis à penser à Brenda Loring. Une chouette fille. Des cuisses superbes. Elle me plaisait bien.

Mais j'aimais Susan. Dans l'arc de cercle du pare-brise balayé par les essuie-glaces, je vis Chollo sortir de la maison et se diriger vers la voiture. Il n'avait pas l'air pressé. En fait même avec un taureau furieux aux fesses, il n'aurait pas eu l'air pressé. Je consultai à nouveau ma montre. Un peu plus d'une heure.

Chollo remonta dans la voiture, claqua la porte.

— Ça a été ?

Son visage rayonnait.

— En me quittant, Luis m'a pris dans ses bras.

— Comme c'est touchant !

— Avec votre sang de navet, vous les *gringos* ne comprendrez jamais rien à nous autres Latinos au sang chaud.

— Tu préfères attendre que ton sang refroidisse avant de me raconter ce qui s'est passé là-bas ?

— J'ai faim. D'abord, j'ai besoin de me mettre quelque chose sous la dent.

— Je peux peut-être trouver un Taco Bell dans le coin.

— La cuisine de mes ancêtres. Que d'attentions !

Je mis les phares, embrayai et démarrai.

Elle se voyait ligotée sur la chaise, ces nouvelles images venant s'ajouter à celles qui scintillaient en silence dans la pièce sombre. Il était entré avec son caméscope et l'avait filmée avant de la détacher.

— Le travail, querida. *Je suis désolé d'avoir dû agir ainsi. Mais je ne peux pas encore te faire confiance. Je vais te donner de la crème, pour calmer l'irritation là où se trouvait l'adhésif.*

J'ai réussi à me maîtriser, se dit-elle. Si je peux faire ça, alors je peux tout faire.

— Qui était ici ?

— Des gens importants, Angela. Ils sont passés me voir parce qu'ils ont besoin de mon aide pour leurs affaires dans les parages. Ils m'admirent. Mais pourquoi penser aux affaires ? Ta jolie tête ne devrait penser qu'à de jolies choses.

— Alors pourquoi fallait-il leur cacher ma présence ? De quoi as-tu peur, si ce sont de bons amis ?

— Les gens ne doivent savoir sur moi et mes affaires que le strict nécessaire. Uniquement ce que je veux bien qu'ils sachent.

— Qui est cette femme qui m'a attachée ?

— Rosalita, dit-il. Elle n'est rien. Elle s'imagine depuis toujours que je lui appartiens.

Il s'interrompit pour regarder la dernière vidéo qu'il avait faite.

— Je suis désolé, chiquita, *qu'il ait fallu t'attacher.*

— Non ! répliqua-t-elle, étonnée elle-même par la force de sa voix. Non, tu n'es pas désolé. Tu n'hésiterais pas à m'attacher et à me bâillonner en permanence pour que je sois à ta merci.

— Comment peux-tu dire ça ? Est-ce que je ne suis pas venu te détacher dès que j'ai pu ?

— Ne sois pas si obtus. Tu ne comprends donc pas que tes sentiments pour moi sont tout entiers symbolisés par ces cassettes, par cette image de moi réduite à l'impuissance, traînée jusqu'ici sur un chariot, liée et bâillonnée quand il y a des visiteurs. Je suis à toi d'une manière qui ne me laisse pas le choix.

— Il y a aussi des images de nous deux à la plage. Des images de nous deux sur scène.

— Ce que tu veux, ce n'est pas une maîtresse, c'est une esclave.

— Mon ange, c'est moi qui suis ton esclave.

Il s'était remis à faire les cent pas.

— Depuis que ma mère... Attends, je vais te montrer. Tu n'as jamais vu ma mère.

Il disparut derrière un des décors de théâtre. Un instant plus tard, l'image sur les écrans changea. On voyait à présent une jeune femme de type hispanique. Longs cheveux noirs, poitrine haute, débardeur noir, minijupe blanche, bottes blanches. Les mouvements de la caméra étaient brusques et saccadés. Les images légèrement floues, la couleur bizarre, comme dans un film colorisé, mais elle n'en fut pas moins frappée par la ressemblance avec Luis.

— C'est ma mère, dit-il. Est-ce qu'elle n'est pas jolie ?

Trop de maquillage, pensa Lisa. La chevelure trop volumineuse, la jupe trop moulante.

— Elle m'a offert la caméra, une huit-millimètres. Et m'a appris à m'en servir.

L'image se stabilisa, puis un jeune garçon pénétra dans le champ. Il passa un bras autour de la taille de sa mère. Elle passa un bras autour de son épaule et ils restèrent ainsi, souriant à la caméra.

— Et ça, c'est moi avec ma mère.

La scène changea brutalement. La même femme, habillée différemment, mais pas mieux, pensa Lisa. Elle était assise sur les genoux d'un gros Blanc au visage sanguin, vêtu d'une veste de sport criarde. Sa jupe était remontée haut sur ses jambes et l'homme avait glissé une main entre ses cuisses.

— Un des amis de ma mère, dit Luis. Ma mère avait beaucoup d'amis.

La femme sourit et fit un signe de protestation à la caméra. Celle-ci continua de filmer, puis s'arrêta brusquement.

— J'ai fait mettre tous ces vieux films sur une cassette vidéo, expliqua Luis. De cette manière, elle a beau avoir disparu, je l'aurai toujours avec moi.

34

Il y avait un Subway dans un centre commercial sur la nationale 93, un peu à l'ouest de Proctor. Rentrant dans le parking, je me garai juste devant l'entrée. Chollo considéra le fast-food.

— C'est quoi ? Un relais gastronomique ?

— De la bonne cuisine anglo-saxonne.

— Prends-moi un jambon-fromage. Sans piment.

— Sans piment ?

Chollo haussa les épaules.

— Il m'arrive de trahir mes racines.

— Ouais, c'est la vie. Moi, je ne mange pas de patates à tous les repas.

— Du génocide culturel !

J'allai acheter des sandwichs et du café et retournai à la voiture. Chollo but une gorgée et fit la grimace.

— Qu'est-ce que c'est que cette lavasse ?

— Tu as dû prendre le mien, dis-je en procédant à l'échange.

— Et tu bois ça ?

— On finit par s'y faire.

— Mais pourquoi ?

— En effet, c'est une bonne question. Qu'est-ce qui s'est passé dans la bicoque ?

Posant son gobelet dans un des compartiments du tableau de bord, Chollo se mit à déballer son sandwich.

— Ils ont tout gobé. Deleon connaissait Del Rio de réputation. Je lui ai dit que nous avions parlé avec Freddie Santiago, mais qu'il ne correspondait pas à ce que nous cherchions, tout en lui expliquant que Freddie avait l'air un peu usé, alors que Del Rio et moi avions besoin de quelqu'un de plus jeune, du sang neuf pour s'occuper de ses affaires sur la côte.

Chollo reprit son sandwich et mordit dedans. Je me demandai comment il faisait pour ne pas se mettre de la sauce partout. Susan disait toujours que, quand j'en mangeais un, j'avais l'air de me bagarrer avec. Il mastiqua, l'air béat. J'attendis. Les vapeurs du café ayant embué le pare-brise, on avait l'impression que le champ du réel se limitait à celui de la voiture et de nos sandwichs.

— Ça lui a vachement plu, à Deleon. Il est devenu tout excité, m'a dit que j'étais bien tombé, que son organisation correspondait parfaitement. Alors, je lui ai demandé de me faire visiter les lieux, histoire de voir comment il était installé, et on a fait le tour du propriétaire.

Chollo reprit du café.

— Trois choses à noter : primo, il est complètement timbré ; secundo : il y a une chambre fermée à clé au premier étage, avec un garde posté devant. Probablement à l'angle du bâtiment, là où les fenêtres sont condamnées. Le type devant la porte a fait comme s'il traînait par là, mais il la gardait bel et bien. Et il y a un cadenas tout neuf dessus. Quand j'ai demandé à Deleon ce qu'il y avait à l'intérieur, il m'a répondu que c'étaient ses « appartements privés » et qu'il était le seul à avoir la clé. On aurait dit Basil Rathbone, sauf qu'il déblatérait en espagnol avec l'accent portoricain.

Il y a un gros avantage à écouter plutôt qu'à parler, c'est qu'on peut manger en même temps. J'avais déjà fini mon sandwich que Chollo en était encore à sa deuxième bouchée.

— Et tertio ?

— Les murs sont renforcés par des sacs de sable, les fenêtres grillagées ou condamnées. Il y a plein de munitions, plein de nourriture. Merde, c'est pas étonnant, ils ont un jardin potager sur le toit. Des hommes armés, j'en ai peut-être vu douze, sans compter les bonnes femmes et les gosses. Toutes les maisons sont reliées par des passerelles couvertes. Ce n'est pas impossible de forcer cette baraque, mais je vois mal comment faire sans bousiller femmes et enfants.

— C'est sans doute pour ça qu'ils sont là.

— Quel cynisme ! Il n'y a rien de plus cynique qu'un Yankee cynique.

— Ouais, tu as peut-être raison. Alors pourquoi sont-ils là, d'après toi ?

— Pour dissuader des mecs de prendre le bâtiment d'assaut par crainte de tuer des mômes.

J'acquiesçai.

— Bien sûr. Tu dis qu'il y a un jardin sur le toit. Ils cultivent les plantes dans des pots ou quoi ?

— Non, ils ont apporté de la terre là-haut. Ils ont dû la monter dans des seaux. Le toit est plat, couvert de terre, avec des plantes qui poussent.

— Quel genre de plantes ?

— Comment veux-tu que je sache ? Tu me prends pour qui, le Géant vert ? J'avais vingt-trois ans quand j'ai compris que la bouffe ne poussait pas directement dans les boîtes.

— Ça fait un sacré poids sur la baraque. Et Deleon ? Comment est-il ?

— Pas normal.

— Ça, tu me l'as déjà dit.

— Il parade là-dedans comme si c'était la navette spatiale *Enterprise*. Et il est sans cesse déguisé.

Aujourd'hui, c'était le look *vaquero* – les bottes, l'attirail complet. Il avait même un fouet en cuir avec une lanière plus courte autour du poignet. Une espèce de cravache, quoi ! Comme s'il était Gilbert Roland.

— Le sens de la mise en scène.

— Absolument. Et il n'a qu'une envie, c'est qu'on la boucle pour qu'il puisse la ramener. Mon peuple ceci, mes opérations cela, ma citadelle, et ainsi de suite. C'est vraiment ce qu'il dit, *ma citadelle*, tu te rends compte ?

— Tu crois qu'elle est là ?

— Je ne l'ai pas vue.

— Mais il y a une chambre cadenassée.

— Exact.

— Et les bans du mariage.

— Ouais.

Nous restâmes silencieux un moment. Chollo termina son sandwich, je repris du déca. Puis Chollo s'essuya les lèvres avec la serviette en papier, glissa la serviette dans le sac ayant contenu le sandwich et se cala sur son siège pour boire son café. Il n'y avait pas la moindre trace de sauce sur sa chemise.

— Il est complètement déjanté, reprit-il. Si ça se trouve, il fait garder ses appartements privés uniquement pour en mettre plein la vue.

— Et les noces ?

— Peut-être que la mariée est sur un tournage à Monaco et qu'elle arrivera à bord de son jet juste à temps pour la cérémonie.

— Et c'est le futur marié qui s'occupe de tout ?

— Voilà.

— Tu crois ça, toi ?

— Non.

— Tu penses qu'elle est enfermée dans la chambre ?

— Il y a quelqu'un, c'est sûr.

— Alors, il va falloir prendre cette crèche.

— Si on y va en forçant l'entrée, ça va être le bain de sang intégral. Moi, j'ai rien contre, mais si c'est la femme de Belson qui se trouve à l'intérieur, il ne va peut-être pas apprécier.

— On n'a pas le choix.

— C'était une princesse, une mère fantastique, dit Luis. Elle était belle, et je comptais plus pour elle que tout le reste.

Tandis qu'il parlait, le film, mal monté, passait brusquement d'une scène à l'autre. Nombre d'entre elles, éclairées seulement par la lumière médiocre de la lampe de la caméra, montraient la mère de Luis avec des hommes. À un moment, on la voyait embrasser un type au bord d'un lit. Il lui plaquait une main sur les fesses tout en agrippant le tissu de la minijupe qui était remontée jusqu'aux hanches. Elle se retourna, comme effrayée, une main devant le visage, et fit des signes à la caméra.

— Lorsqu'elle rentrait à la maison en compagnie d'un de ses petits copains, je lui faisais des farces. Je la filmais en train de le bécoter et ensuite je la taquinais. Mais ces types n'avaient aucune importance. Elle disait toujours que j'étais le seul homme qu'elle aimait vraiment.

— Et ton père ?

Luis secoua la tête d'un air contrarié.

— Je n'ai pas de père.

— Il est en vie ?

— Je te le répète, je n'ai pas de père.

Le film revint au début et se mit à défiler pour la seconde fois. L'appartement, servant le plus souvent de décor, semblait se réduire à une seule pièce. Les hommes filmés n'étaient jamais les mêmes.

— Ta mère recevait beaucoup, dit Lisa.

— C'étaient des amis. Elle ne les a jamais aimés.

— Elle avait des amis chaque soir ?

Se levant brusquement, il se dirigea vers le fond de la pièce.

— Est-ce qu'ils restaient toute la nuit ? demanda-t-elle.

— Ça suffit avec ma mère. Parlons d'autre chose.

Il marcha pendant un moment derrière les décors de théâtre. Elle avait le sentiment que c'était lui qui était faible et elle qui était forte.

— Est-ce qu'ils restaient toute la nuit ?

Il réapparut. Lorsqu'il ouvrit la bouche, sa voix était rauque, ferme et aussi menaçante que celle d'un gangster de cinéma.

— À présent, parlons de nous.

— Ta mère était une putain, n'est-ce pas ?

Il se précipita vers elle et la gifla à toute volée ; elle tomba à quatre pattes. Étourdie. Dans cette position, elle s'entendit éclater de rire.

— C'était une putain, n'est-ce pas ? Une putain.

Tombant brusquement à ses genoux, il se mit à pleurer tandis qu'elle l'entourait de ses bras.

— Je suis désolé, mon ange. Désolé. Désolé.

Toujours à genoux, elle leva la tête, le regarda, vit les larmes dans ses yeux et se mit à rire. Même à elle, le son parut hideux.

— Allons, Luis. Moi aussi, j'ai été une putain.

35

— Est-ce que Deleon ressemble à sa photo ?

— Ouais, mais il est très grand, répondit Chollo.

— Un mètre quatre-vingt-quinze. Et à part ça ?

— C'est un mec dangereux, mais pas dans le style dur à cuire. On dirait un grand gosse bouffi d'orgueil, pas vraiment sûr de lui, et qui a tellement la pétoche que ça se sache qu'il est prêt à tout. Il a cette lueur dans les yeux qu'on voit chez les morveux dans les gangs, les gangs récents. Ils ont la trouille, mais ils sont marteaux. Ils iraient jusqu'à se faire trucider pour qu'on les respecte, si bien qu'on ne peut jamais prévoir leurs réactions. Ils sont capables de n'importe quelle connerie.

Je hochai la tête.

— C'est ça, Deleon. Les types comme toi et moi, on sait de quoi on est capables le moment venu. On n'a pas besoin d'y penser sans arrêt. Et l'opinion des autres, on s'en balance. Mais Deleon, lui, ne sait pas de quoi il est capable, ni s'il peut réellement le faire, tu comprends ? Il n'y aurait pas la femme, ce ne serait pas encore trop difficile. J'ai pas mal gagné ma vie à liquider des lascars qui jouaient les terreurs parce qu'au fond, ils n'étaient pas sûrs d'eux.

— Mais, en l'occurrence, il y a la femme.

— Ouais, et c'est ce qui rend Deleon dangereux comme tout parce qu'on ne peut pas y aller direct, qu'on ne peut rien faire sans savoir comment ça va tourner pour la femme, et qu'on ne peut pas compter sur lui pour agir logiquement. Et il est grand et bien armé.

— Extra ! Est-ce qu'il y a un numéro deux ?

Chollo se mit à rire.

— *El Segundo* est un gringalet avec deux tresses nommé Ramon Gonzalez. C'est un camé qui ne tient pas en place, toujours fourré derrière Deleon avec sa moustache tombante et ses deux flingues.

Chollo rit à nouveau.

— Pas un flingue et un machin caché dans un étui à la cheville. Ou un pétard de rechange sous l'aisselle. Je dis bien deux flingues, deux gros calibres qu'il porte à la hanche, à la manière de Frito Bandito.

— De la frime ?

— Ça non, répondit Chollo. Et il a une admiration dingue pour Luis. Il le regarde bouche bée comme si c'était George Washington en personne.

— Je n'ai jamais eu très peur d'un lascar avec deux revolvers.

— Tu en connais beaucoup comme ça ?

— Seulement les frères Dalton.

— Pour ce qui est de son adresse, je ne peux rien dire, mais c'est pas du chiqué. Je connais bien le genre. Il bute les gens parce qu'il aime ça.

— Pas toi ?

— Chez moi, les sentiments n'ont rien à voir. Je le fais parce qu'on me paie bien.

— Moi, je ne te paie pas.

Chollo sourit.

— Alors, j'irai peut-être au paradis.

— Je te le garantis. Tu as parlé de douze hommes armés. Ça inclut Deleon et Gonzalez ?

— Je ne sais pas. C'est juste une estimation. J'en ai compté neuf pendant que j'étais là-bas, plus Deleon et Gonzalez. J'imagine qu'il devait y en avoir d'autres, sur le toit peut-être, en train de s'occuper des courgettes. Mettons douze, peut-être quinze gus en tout.

— Et ce sont leurs femmes et leurs mômes ?

— Ouais. J'ai l'impression qu'ils ont tout divisé en appartements avec une cuisine commune. La répartition des pièces n'a aucun sens.

— Ce qui colle parfaitement avec le reste, qui n'a aucun sens non plus. Je ne sais pas si elle est là et, à supposer qu'elle y soit, j'ignore pour quelle raison. La seule façon d'en avoir le cœur net, c'est d'y aller, sauf que, si j'y vais, elle risque de se faire tuer.

— Hé, *señor*, je ne suis qu'un simple interprète. On ne me paie pas pour *reflexionar*.

— Tu as bien de la chance.

Nous avions bu le café, mangé les sandwichs. Je ramassai les papiers d'emballage et descendis de voiture pour les fourrer dans une poubelle. Le temps était très beau. Le soleil radieux faisait miroiter les chromes des voitures et les petits bouts de mica du macadam scintillaient sur le parking. Des adolescentes vêtues de tee-shirts à rayures et de jeans effilochés flânaient sous les arcades entourant le centre commercial. La plupart fumaient, certaines inhalaient la fumée. En me voyant les regarder, l'une d'entre elles me dévisagea, pleine de bravade et d'incertitude. Elle se redressa légèrement, pas très à l'aise, pour faire saillir sa poitrine toute nouvelle. Lorsque je la gratifiai d'un sourire, elle se détourna aussitôt.

Ah, heureux temps de la jeunesse ! Hier encore, elles accouraient toutes quand je leur souriais.

De retour au volant, je mis le contact et nous nous engageâmes à nouveau sur la 93.

— Et maintenant, *jefe ?* demanda Chollo.

— Je me suis dit qu'on pourrait retourner à la citadelle, histoire de l'examiner sous un autre angle.

— C'est vraiment fascinant de voir travailler un super-détective.

— Songe un peu à ce que c'est que d'en être un.

Nous roulâmes en silence, Chollo regardant défiler le terne paysage semi-urbain. Arrivé à San Juan Hill, je me garai de l'autre côté de la rue, la voiture dans le sens contraire à celui de la fois précédente.

— Combien de temps on va rester là, en face de ces bicoques pourries ?

— Le temps que je trouve comment y entrer pour pouvoir l'en sortir.

Chollo se laissa glisser en avant, le menton sur la poitrine.

— Autant que ça ?

Ils étaient assis par terre l'un à côté de l'autre. Luis continuait à sangloter en l'écoutant.

— Je n'ai pas grandi à Los Angeles. J'ai passé mon enfance à Haverhill. Mon père était un ivrogne, un bon à rien et un coureur de jupons. J'avais une dizaine d'années lorsqu'il a quitté ma mère. Elle avait obtenu la garde, mais il est revenu et m'a emmenée avec lui. Plus ou moins kidnappée. Je ne pense pas qu'il désirait tellement m'avoir, mais plutôt que ma mère ne m'ait pas. J'ai passé deux ans cachée à l'arrière de sa voiture, ou me glissant dans des chambres d'hôtel à la nuit tombée pour que personne ne me voie. Je n'allais pas à l'école, pas plus que je ne jouais avec d'autres enfants. Quand il était à jeun, il lui arrivait de prendre des petits boulots et de me laisser seule durant la journée. Je regardais la télé. Finalement, un détective privé que ma mère avait engagé m'a retrouvée et ramenée de force à la maison. Elle n'a jamais pardonné à mon père de l'avoir trompée et abandonnée, ni à moi, probablement, d'être sa fille. J'ai passé le restant de ma jeunesse à entendre que ce n'était qu'un salaud, que tous les hommes n'étaient que des salauds. Je n'ai sans doute jamais pardonné à mon père de les avoir laissés me reprendre.

— Mais ta mère t'aimait, fit observer Luis.

Elle avait toujours été frappée par ces éclairs de naïveté à travers le machisme et l'esbroufe. Probablement parce qu'ils étaient sincères. Le reste n'était que pose, comme elle en avait toujours eu la certitude. Mais, à l'époque, ces moments suffisaient à racheter le reste.

— Non, répondit Lisa, ma mère n'avait pas la moindre affection pour moi. À ses yeux, je n'étais qu'une des femmes de mon père. Dès que j'ai atteint la puberté, je suis devenue pour elle une sale garce, comme toutes les autres.

— Tu ne devrais pas parler de ta mère de cette façon, protesta Luis.

À présent, il était penché vers elle, les bras posés sur les cuisses. Il l'écoutait avec une telle attention qu'il semblait guetter les mots sur ses lèvres.

— C'est la vérité. Pour avoir toute sa raison, il est indispensable de connaître la vérité et de pouvoir la dire.

— Mon pauvre ange. Cela a dû être affreux d'avoir une mère pareille.

— Comme tu dis, mais je ne me suis pas attardée. À dix-sept ans, je me suis enfuie avec un garçon nommé Woody Pontevecchio. Woody avait un peu d'argent qu'il avait volé et, la plupart du temps, nous faisions du stop. Nous allions, devine où, à Hollywood. Il serait mon impresario et j'allais devenir une vedette.

— Tu es suffisamment belle pour ça, c'est sûr.

— J'étais belle à Haverhill. À Hollywood tout le monde est beau. J'avais autant de chances qu'une vache.

— Mais tu es bourrée de talent.

— Ouais. Nous avions une chambre dans un hôtel miteux à Venice, avec les W.-C. au bout du couloir. J'ai pris un emploi de serveuse dans une des boîtes de nuit de la plage et Woody s'est mis à ratisser Hollywood. D'abord, il m'a trouvé des engagements comme disc-jockey dans des soirées – je passais les disques et bavardais avec les clients vêtue d'un string. Puis nous avons mis au point un numéro où je faisais le boulot

tout habillée, puis j'enlevais mes vêtements un par un au cours de la soirée. Il me présentait comme le disc-jockey le plus sexy de la ville. Et, effectivement, il a fini par me dénicher un truc dans le cinéma.

— Tu ne m'avais encore jamais raconté ça. Jamais tu ne m'en avais parlé.

— Alors il est grand temps. Il s'agissait d'un petit rôle dans un film en seize millimètres intitulé Chaud devant.

— Chaud devant ? *C'était un film de quel genre ?*

— Porno. J'ai fait pas mal de films porno pendant un moment, mais je n'étais pas très douée pour tous ces soupirs et ces halètements. Si bien que les propositions ont rapidement cessé, et comme la combine de disc-jockey-strip-teaseuse ne donnait plus grand-chose, Woody m'a collée sur le trottoir.

Tandis qu'elle parlait, Luis secouait la tête, lentement, comme pour éclaircir ses idées.

— Non, dit-il.

— Si, c'est ce qu'il a fait.

— Non.

— Si. Comme ta mère, Luis. Je suis devenue une putain, exactement comme ta mère.

— Non, répéta Luis. Non, non, non.

Il pleurait en se martelant les cuisses avec ses poings, psalmodiant ce non *comme pour exorciser la vérité.*

— Non, non, non...

Puis les pleurs l'emportèrent. Il s'effondra, pressant son visage contre elle. Elle le prit dans ses bras et se mit à le consoler.

— Ta mère et moi, l'une comme l'autre, dit-elle, ta mère et moi.

36

La nuit tombait.

Chollo se tourna sur le siège à la recherche d'une position plus confortable.

— Il t'est venu une idée ? demanda-t-il.

— Pour entrer, il nous faut un plan.

— T'as trouvé ça en si peu de temps ?

— Des années d'expérience. Je sais que c'est un vrai labyrinthe, mais crois-tu pouvoir retrouver la chambre de Lisa ?

— *Sì.*

— Il y a une cage d'escalier dans l'entrée. Ça se voit d'ici. À l'origine, c'était sans doute prévu pour trois familles.

— Comment le sais-tu ?

— Mon père était charpentier. J'ai ça dans le sang.

— Et il était aussi con ?

— Non. Ça, c'est un trait acquis.

— En tout cas, tu as raison. La chambre de la femme donne sur le palier du premier. Probablement juste là où les fenêtres sont condamnées. Il y a aussi un escalier de service à l'arrière. Et des endroits où le plafond a été percé pour mettre des échelles permettant de monter, ou de descendre, selon l'endroit où l'on se trouve.

— Drôlement bien aménagée, leur baraque !

Nous nous tûmes. Les ténèbres s'épaississaient lentement autour de nous. À San Juan Hill, la plupart des réverbères sont en panne. Le ciel nocturne était couvert. On se trouvait dans une obscurité qui devait être celle du siècle dernier, mis à part la lumière filtrant à travers les fenêtres condamnées de la citadelle Deleon.

— Qui est-ce qui va y aller ? dit Chollo.

— Toi et moi.

— Tu en es où de ton plan ?

— Ça va forcément tourner autour du fait que je t'accompagne pour demander à Deleon d'être le manager des affaires de Del Rio sur la côte Est.

— Je t'ai déjà dit, pas de *gringos*. Sinon ils ne marcheront pas.

— Et si je me faisais passer pour le représentant d'un des mafiosi du coin désireux de discuter de son pourcentage ?

— C'est pas Freddie Santiago, le parrain local ?

— Moi, je suis de Boston. Je viens de la part de Joe Broz, qui veut savoir ce qu'il devient dans tout ça.

— C'est Broz le big boss par ici ?

— Plus maintenant. Mais lui pense le contraire.

— Et si Deleon essaie de le contacter ?

— Ça m'étonnerait qu'il y arrive, mais mieux vaut prévenir que guérir. Broz me doit un service.

— Toi, tu peux le joindre ?

— Ouais.

— Dis donc, t'es copain comme cochon avec toute la pègre. C'est d'abord Santiago qui te file un coup de main, puis Del Rio et maintenant ce Broz, dont je n'ai jamais entendu parler. Sans oublier que, moi aussi, je t'aide. T'es sûr d'être du côté des honnêtes gens ?

— Non. Pas vraiment.

Assis à côté de moi dans l'obscurité presque absolue, Chollo se taisait.

— Bon. Mettons que ça marche et que nous soyons à l'intérieur. On fait quoi après ?

— Après, on improvise.

— Et t'es certain qu'elle est dans cette forteresse avec Deleon ?

— Oui.

— Comment peux-tu en être sûr ?

— Parce que c'est l'explication la plus vraisemblable que j'aie pu trouver.

— Et elle est là contre son gré ?

— Elle n'est pas sortie une seule fois depuis qu'on fait le guet.

— Lui non plus, répliqua Chollo. Peut-être qu'ils passent leur temps à faire des galipettes.

— Possible.

— Tu sais, une fois qu'elles ont fait l'amour avec l'un de nous, pour rien au monde elles ne se farciraient à nouveau un Blanc.

— Je n'étais pas au courant.

— En tout cas, ça a été mon expérience.

— Curieux, la mienne est tout autre.

— Il y a plein de nanas qui laissent leur mari en plan. Sans un mot. Elles grimpent dans le break familial et, hop, envolées. Lui, il n'arrête pas de se dire : “Jamais elle ferait un truc pareil. Elle n'aimait même pas s'envoyer en l'air.” Et pendant ce temps-là, son ex est en train de baiser un maximum dans un motel d'El Monte.

— El Monte ?

— Ouais. Il y a des tas de gens qui baisent dans les motels d'El Monte.

— Je suis ravi pour eux. Bon, à présent, y en a marre de jouer au plus fin. Il faut y aller.

Dans l'obscurité, j'entendis Chollo aspirer imperceptiblement une bouffée d'air puis la laisser échapper tout doucement. Nous étions là, tous les deux, dans les ténèbres presque impénétrables, surveillant une maison que nous devinions à peine, à la recherche d'une femme qui ne s'y trouvait peut-être pas.

Au bout d'un moment, Chollo déclara :

— Ça me va tout à fait, *amigo*.

— J'ignore qui est mon père, dit-il.

Il ne pleurait plus, mais sa voix continuait à trembler, et il parlait de manière hésitante, assis par terre, la tête sur l'épaule de Lisa qui l'entourait de son bras.

— Ma mère fréquentait beaucoup d'hommes. Surtout des Blancs. Mon père était peut-être un Blanc. Elle les ramenait à la maison parce qu'elle n'avait pas d'autre endroit. Nous n'avions qu'une pièce, avec un évier, une cuisinière et une télévision. Ma mère suspendait une couverture pour cacher la partie que j'occupais, mais je pouvais jeter des coups d'œil, et aussi entendre, même quand elle mettait la télévision à fond. Je détestais être là, mais je n'avais nulle part où aller.

La respiration haletante, il regardait fixement le plancher tandis qu'elle lui tapotait l'épaule.

— Et après, elle me disait qu'elle n'aimait pas ces hommes. Qu'elle n'aimait que moi. Mais qu'il fallait qu'elle les ramène chez nous et qu'elle fasse semblant de les aimer. Nous aussi, nous pouvions faire semblant, affirmait-elle. Faire semblant que nous vivions dans le donjon d'un immense château. Et que ces types étaient de beaux chevaliers, pleins de bravoure, qui attaquaient le château et escaladaient les remparts dans l'espoir d'obtenir sa main.

— Et c'est ce que vous faisiez.

— Oui.

Ils restèrent silencieux un moment. Elle percevait ses frémissements tandis qu'il respirait. La pièce était sombre, avec une odeur de moisi. Un bruit lui parvenait de l'extérieur, peut-être la pluie tombant derrière les fenêtres condamnées.

— Chaque dimanche, reprit-il, elle m'emmenait au cinéma. Il n'y avait pas d'homme le dimanche. Parfois, nous y restions toute la journée. Nous adorions aller au cinéma. C'est pour ça qu'elle m'a acheté la caméra. Elle disait qu'un jour je ferais peut-être des films.

Les images de sa mère et de ses compagnons défilaient, saccadées, sur les écrans. Luis se leva soudain et disparut derrière les décors. Les écrans s'éteignirent pour la première fois depuis qu'elle se trouvait dans cette chambre. Lorsqu'il revint, il se mit à contempler les écrans vides. Sans leur lueur, la pièce paraissait sombre... et humide. Elle se recroquevilla en frissonnant.

— Comment est-elle morte, Luis ?

— C'est Freddie Santiago qui l'a tuée.

37

Il était huit heures et demie du matin lorsque nous pénétrâmes dans le Club del Aguadillano. Les six clients buvaient surtout de la bière. L'un d'eux s'en servait pour faire descendre sa tequila. En comparaison, le déca semblait un nectar. Même à l'intérieur, on sentait les relents du fleuve derrière ceux de l'alcool, et le grondement des cascades en amont formait comme un contrepoint aux braillements du juke-box. Dolly, le barman, portait ce jour-là un joli petit tee-shirt vert avec les manches coupées. Des tatouages aux motifs entrelacés illuminaient ses biceps rebondis. Il nous fixa attentivement en nous voyant entrer. Chollo l'interpella en espagnol. Dolly répondit, posa deux verres sur le bar et les remplit de tequila. Puis, filant à l'autre bout, il se planta là, le regard perdu dans le vide. Chollo et moi ne touchâmes pas à nos verres.

Soudain, le type buvant de la tequila et de la bière à la suite se leva et cria quelque chose en espagnol à l'un des clients. Comme ce dernier lui répondait en grommelant, l'autre fonça sur lui. C'était un petit trapu aux mains épaisses, symboles de toute une vie de labeur. Plutôt grand, de carrure moyenne, le buveur de bière se mit debout, une énorme bedaine étirant son tee-shirt crasseux comme s'il cachait quelque chose en dessous. Le type à la tequila l'empoigna.

— Ils ne sont pas d'accord sur la question de savoir si l'homme à la tequila est un sale pédé, commenta Chollo.

Sans un mot, Dolly sortit de derrière le bar d'un pas pesant. Il extirpa la batte de base-ball de son pantalon et l'abattit violemment derrière les genoux du type à la tequila, qui hurla en tombant à la renverse. Il continuait à hurler lorsque, le saisissant par le col, Dolly lui fit franchir la porte avant de le traîner jusqu'au parking où il le lâcha. Il lui asséna encore un coup sur chaque genou et rentra en refermant la porte. Puis il enfonça la batte dans son pantalon et retourna se planter derrière le bar.

— Énergique ! s'exclama Chollo.

— Quand même, il ne l'a pas mordu.

— Énergique, mais ô combien délicat.

Le type aux cheveux gris et aux lunettes à monture d'écaille sortit du bureau de Santiago et nous fit signe d'entrer.

Santiago était installé à sa table. Quatre hommes de main s'adossaient au mur du fond. Celui que Chollo avait expédié au tapis la fois précédente tenait une carabine à canon scié. Personne ne nous pria de nous asseoir. Le type à la carabine dit quelque chose en espagnol. Chollo lui sourit.

— Des fois que j'aurais envie de savoir si je suis capable de dégainer avant qu'il appuie sur la détente, il serait tout à fait partant.

Sans le regarder, Santiago cria « *Silencio !* » au type à la carabine.

— Il lui a dit de la fermer, traduisit Chollo.

— C'est ça que ça veut dire ?

Santiago me dévisagea.

— Vous avez une proposition à me faire ?

— S'il arrivait quelque chose à Luis Deleon, qui prendrait la direction de San Juan Hill ? demandai-je.

Santiago esquissa un sourire.

— En fin de compte, moi.
— Et entre-temps ?
— Ramon Gonzalez, mais il ne tiendrait pas longtemps.
— Parce que... ?
— Parce que Ramon Gonzalez est un petit nerveux qui carbure à la cocaïne et à l'héroïne. C'est Luis qui me tient tête. Par haine, comme si j'étais responsable de ce qui est arrivé à sa mère. Sans lui, les autres finiraient par se rallier à moi pour bâtir une ville meilleure.
Comme il y avait une pointe d'ironie dans tout ce qu'il disait, il était difficile de savoir à quoi il attachait vraiment de l'importance. Ce qui était sans doute le but recherché.
— Il n'y a aucune chance que les autres se retournent contre lui ?
— Ils ont plus peur de Deleon que de moi, tellement il est cinglé. Ça le rend – il se tourna vers Chollo – *feroz ?*
— Féroce, dit Chollo.
— *Sì,* féroce. Il est tellement féroce et ses réactions sont tellement imprévisibles que les gens tremblent devant lui. Il fait rentrer beaucoup d'argent comme ça.
— Qu'est-ce qui est arrivé à la mère de Deleon ?
— Elle a succombé à une overdose dans les toilettes pour dames, ici, répondit Santiago. Elle avait mis la main sur de l'héroïne pure et est morte sur le coup. Luis refuse de croire que sa mère était une toxico, de même qu'il refuse de croire que c'était une putain. Alors il dit que c'est moi qui l'ai tuée.
Il eut un haussement d'épaules.
— Pourquoi me serais-je donné ce mal ? C'était juste une pute.
— Une des vôtres ?
Santiago sourit.
— Presque tout ce qu'il y a à Proctor m'appartient.

— Sauf San Juan Hill.

Il acquiesça.

— Sauf ça, dit-il à voix basse.

— Ça va peut-être changer.

— Tout change dans la vie.

— On va l'éliminer.

— Si vous le pouvez.

— On peut, mais on aimerait que vous nous donniez un petit coup de main.

— Je ne tiens pas à avoir l'air de me dresser contre un frère hispanique, dit Santiago. Ça ne m'avancerait guère d'être pris pour le libérateur de Proctor.

— Bien sûr. C'est nous qui nous chargerons de cette besogne. Ce dont nous avons besoin, c'est d'un soutien logistique.

— Ça peut s'envisager. Avez-vous un plan ?

— Oh, rien de très précis. Mais j'y pense depuis un moment.

Santiago sourit.

— Racontez-moi ça.

— Fais-le en espagnol, Chollo. Je veux que tout soit parfaitement clair le moment venu. Décris-lui la disposition des lieux, qu'il sache où risquent de se trouver les divers protagonistes.

Chollo se mit à parler.

— C'est tout ? déclara Santiago lorsqu'il eut terminé. Une simple présence armée ?

— Et rien de plus. Mais quand on vous le dira.

— Désirez-vous que je fasse boucler le quartier par la police ?

— Non. Par vos propres hommes. Je préférerais que les flics de Proctor soient à mille lieues de San Juan Hill.

— Très bien. Pourriez-vous m'expliquer quel sera notre rôle par rapport au projet dans son ensemble ?

— Non.

Santiago hocha la tête.

— À votre place, j'aurais répondu la même chose.

Les meilleurs plans sont ceux qui sont connus du minimum de gens.

— Vous êtes un sage, *jefe.*

Santiago sourit.

— *Sì,* dit-il. Mais vous feriez bien de vous rappeler que je suis aussi quelqu'un de très rancunier. Si les choses devaient se passer différemment de ce que vous m'avez promis, je vous retrouverais l'un et l'autre, et votre sort serait...

Il s'arrêta, fit un geste de la main comme s'il cherchait quelque chose, se tourna vers Chollo.

— *Pavoroso ?*

Chollo sourit.

— Épouvantable, dit-il. Terrifiant.

— Eh bien ! Je ne peux pas parler pour les autres, mais, en ce qui me concerne, ça me paraît réglo.

— J'aime bien plaisanter, moi aussi, dit Santiago. Mais ne vous y trompez pas.

— Je crois avoir compris.

— Parfait. Quand devons-nous, euh, créer cette diversion ?

— Bientôt. Combien de temps vous faut-il pour mettre vos hommes en place ?

Le visage rayonnant, Santiago se tourna vers l'homme aux cheveux gris.

— Cinq minutes, répondit ce dernier.

— Vous serez prévenus bien plus de cinq minutes à l'avance. Et n'oubliez pas, si tout se passe bien, San Juan Hill sera à vous.

— Tout se passera bien, dit Santiago.

— Si c'est le cas, ce sera au poil. Dans le cas contraire, je risque de devenir un peu *pavoroso,* moi aussi.

— Cela pourrait être intéressant à voir, répondit Santiago.

— Non, sûrement pas.

Toujours assise par terre, elle serrait ses genoux dans ses bras, le corps penché en avant. Debout, Luis allait et venait, sans jamais s'éloigner beaucoup. Il était plus calme à présent. Ses larmes avaient disparu, même si son visage gardait un air enfantin.

— Quand es-tu passée d'Angela à Lisa ? demanda-t-il.

— Au centre de désintoxication de Pomona où j'avais été emmenée par les deux shérifs adjoints qui m'avaient arrêtée. Surtout à cause de mon problème avec l'alcool. La pomme ne tombe jamais très loin de l'arbre, comme on dit. Il y avait une assistante sociale qui venait me parler tous les jours et, au bout d'un moment, quand j'ai été sobre et capable de me tenir sur mes jambes, elle m'a envoyée à une psy, une femme très classe avec un léger accent français, qui habitait Beverly Hills et gagnait une fortune à écouter les lamentations des vedettes de cinéma. Une fois par semaine, elle travaillait pro bono *avec des minables qu'on avait ramassés et collés en cure. Elle m'aimait bien, ou avait pitié de moi, en tout cas elle s'est mise à venir me voir deux ou trois fois par semaine. C'est elle qui m'a sauvé la vie.*

— Pro bono ?

— Gratis. Pour les bonnes œuvres.

— Une femme ?

— Médecin.

— Qu'est-ce qu'elle faisait ?

— Nous parlions.

— C'est tout ?

Lisa eut un léger sourire.

— C'est tout.

— Ce Woody, tu sais où il se trouve ?

— Non.

— Je vais m'occuper de lui.

— Il n'a aucune importance. Tout ça n'a plus aucune importance.

— De quoi parliez-vous ?

— D'où je venais, où j'allais, ce que je souhaitais, qui j'étais, ce que je voulais devenir. Je n'en avais pas la moindre idée.

— Tu ne savais pas qui tu étais ?

— C'est une façon de parler, Luis. À coup sûr, je n'avais aucune idée de ce que je voulais devenir ni de ce que je désirais faire. Le docteur m'a déclaré qu'une première étape serait que j'arrive à me débrouiller toute seule. Je lui ai répondu que j'ignorais comment. Elle m'a demandé ce que je savais faire. Je lui ai dit que j'étais drôlement fortiche pour ce qui est de tailler une pipe.

— Ne parle pas comme ça, Lisa.

— C'était la vérité.

— Qu'est-ce qu'elle a répondu ? Est-ce qu'elle t'a punie ?

— Elle m'a dit que c'était un talent utile, mais pas pour gagner sa vie.

— Elle t'a dit ça ? Une femme ?

— Une femme médecin. Au fil de la conversation, elle a découvert que j'avais été disc-jockey-strip-teaseuse. Nous en avons parlé, et elle m'a inscrite dans une école du quartier ouest de la ville où l'on formait des animateurs de radio et de télévision. J'ai déniché un stage, pour le dimanche uniquement, dans une petite radio locale à Barstow. Et, au bout d'un certain temps, quand il m'a semblé que je pouvais laisser tom-

ber la psy, je suis rentrée chez moi, j'ai changé de nom, obtenu la place à la station de radio de Proctor et j'ai recommencé à zéro.

— Tu m'avais dit que Lisa était le pseudonyme dont tu te servais à la radio.

— Je sais.

— Mais c'était ton nouveau nom.

— Oui.

— Et personne ne connaissait le vrai ?

— Non.

— Pas même ton mari ?

— Non.

— Mais, moi, j'étais au courant.

— Oui. Cela faisait encore trop peu de temps que j'étais Lisa St. Claire. Dans ma tête, je continuais à être Angela. Alors je te l'ai dit.

— Parce que ?

— Parce que je croyais t'aimer.

— Mais tu m'aimais.

— Oui, répondit-elle lentement. Je suppose.

Luis cessa ses allées et venues. S'immobilisant devant elle, il la jaugea.

— Alors pourquoi m'as-tu quitté ?

— J'avais laissé tomber la psy trop vite.

38

— Comment va Frank ? questionna Susan.

— Son état est stationnaire.

Nous dînions dans le South End, au Hammersley's Bistro. J'avais pris la poitrine de bœuf et Susan le poulet. Leur poitrine de bœuf, c'est le genre de plat que l'on doit offrir à titre posthume aux Irlandais catholiques morts en état de grâce.

— Je me demande si la disparition de sa femme ne retarde pas son rétablissement.

— Pour qu'il n'ait pas à y faire face, tu veux dire ? Comme les dépressifs qui se réfugient dans le sommeil ?

— Oui. Cela n'a rien de délibéré de sa part, évidemment, mais si tu réussissais à la retrouver, il se pourrait fort bien qu'il se remette en un clin d'œil.

Un type vêtu d'un costume chic accompagné d'une créature non moins chic passa en me tirant dessus avec l'index. Je lui fis un signe de la main. Susan haussa les sourcils.

— Charlie O'Neill, dis-je. On se voyait souvent autrefois.

— Curieux, il n'a pas l'air d'un truand. C'est sa femme ?

— Non. Une collègue, Victoria Wang. Je connais une foule de gens qui ne sont pas des truands.

— Cite-m'en trois.

— Charlie O'Neill, Victoria Wang et toi. Tu veux goûter à ma poitrine ?

— Un peu de tenue.

La salle se trouvait à l'intérieur d'un de ces vénérables immeubles en brique que l'on voit un peu partout dans le South End. Elle était haute de plafond avec de vieilles poutres apparentes et une grande cuisine à l'américaine occupant tout un pan de mur. Pour moi, c'était le meilleur restaurant de la ville. Cela dit, j'aimais bien ce qu'on nous servait à l'armée, ce qui fait que mes goûts en la matière sont rarement pris au sérieux.

— Crois-tu vraiment pouvoir la libérer ?

— Ce n'est pas ma façon d'aborder les choses. Peut-être parce que je suis bien obligé d'y croire. Quoi qu'il en soit, seul le comment m'intéresse.

— Bien sûr. C'était une question stupide. Comme de demander à un joueur de base-ball s'il pense pouvoir renvoyer la balle. Dans le cas contraire, il ne serait pas joueur de base-ball.

— De toute façon, ce n'est pas vraiment ce que tu me demandais.

Susan m'adressa un sourire, ce qui est toujours un plaisir.

— Effectivement. Je te demandais de me rassurer. Merci de t'en être aperçu.

— Normal. Je suis un cœur sensible. Je m'envoie en l'air avec une psy.

La serveuse m'apporta un deuxième verre de bière, de la Pilsner Urquell, particulièrement indiquée avec la poitrine de bœuf. Le niveau de merlot dans le verre de Susan avait baissé, mais pas de beaucoup. Une femme portant un costume Armani vint la saluer.

— Sarah Gallant. Mais tu es absolument superbe !

Elle fit les présentations. J'étais de l'avis de Susan, mais il me parut plus prudent de le garder pour moi.

Les deux femmes discutèrent un moment. J'écoutai. Puis Sarah repartit.

— Je me demande comment on la traite, dit Susan.

— Sarah ? Elle n'a pas l'air d'avoir à se plaindre.

— Je veux parler de Lisa, tu le sais très bien. Elle est sûrement captive. Mais encore. Dans quelles conditions ?

— D'après Freddie Santiago, Luis Deleon est un type féroce.

— Cela ne veut pas dire pour autant qu'il la maltraite. Il a peut-être déjà ce qu'il veut.

— C'est-à-dire ?

— Le pouvoir. Elle est en son pouvoir. Il est possible qu'il n'en demande pas plus.

— C'est l'éternelle question, n'est-ce pas ? Même nous, on a du mal à en parler.

— Celle du viol ? Oui, et ça en dépit du passé de Lisa.

— Qu'est-ce que tu en penses ?

— Quant à savoir s'il va la violer ou s'il l'a déjà fait ? Rien. Peut-être le pouvoir lui suffira-t-il, ou peut-être pas. Même si je les avais eus en consultation...

— D'après Santiago, sa mère était une prostituée.

— Où recevait-elle les clients ?

— Je ne sais pas. Toujours selon Santiago, elle est morte d'une overdose dans les toilettes de son club.

Susan marqua un temps d'arrêt, but un peu de vin.

— Quel âge avait-il à l'époque ?

— Deleon ? Quatorze ans environ.

— Et pas de père ?

— Pas dont les gens se souviennent, apparemment.

— Si elle ramenait les clients chez elle, ce que font beaucoup de prostituées parce qu'elles n'ont pas d'autre endroit où aller, cela a dû être extrêmement difficile pour lui.

— Je m'y attendais.

— Naturellement, tu es un cœur sensible, répondit Susan. Ils avaient beau être mère et fils, ils formaient sans doute un couple aussi. Il est possible qu'il soit très en colère, d'autant plus en colère qu'elle est morte et qu'elle l'a abandonné, et abandonné pour une aussi piètre raison.

— Est-ce que cela en ferait un homme capable de viol ?

— Cela en ferait un homme très en colère.

— Et il pourrait se venger sur Lisa ?

— Il est très facile de reporter les sentiments que l'on a pour quelqu'un d'important dans sa vie sur une autre personne importante également.

— Chacune l'a abandonné, dis-je. Il devait ressentir un attrait sexuel pour l'une comme pour l'autre. Elles étaient putes toutes les deux.

Je savais que Susan s'était servie de ces intuitions comme point de départ et qu'elle avait pas mal avancé depuis. Je ne faisais que frimer. Elle fit un petit signe de tête qui signifiait qu'elle avait bien entendu sans révéler pour autant ce qu'elle en pensait. Il doit y avoir des TD là-dessus à l'école de psy.

— Nous sommes beaucoup plus forts pour expliquer ce que les gens ont déjà fait que pour prévoir ce qu'ils vont faire.

Hochant la tête, je m'attaquai sérieusement à ma poitrine de bœuf et à ma bière. Susan enleva avec minutie la peau de son poulet rôti au citron. Elle ne mangeait jamais de gras. Elle faisait très attention à sa ligne, ce qui était absolument indispensable parce que son tour de taille faisait presque celui de mon cou et qu'elle s'entraînait à peine deux heures par jour.

— Dirais-tu que la connaissance que tu as de moi est celle d'une relation thérapeutique ? demandai-je.

Les yeux de Susan s'agrandirent tellement qu'on aurait dit Dolly Parton[1] dans sa version juive.

— Je dirais plutôt que notre relation est « baisathique ».

— En tout cas, le résultat est très thérapeutique.

— Je sais, répondit-elle, sa bouche s'ouvrant encore plus grand dans un magnifique sourire. Que veux-tu ? C'est le métier qui veut ça.

---

1. Célèbre chanteuse country.

— Comment ça, tu as laissé tomber ta psy trop vite ?

— J'étais une fois de plus avec une crapule – mon père, Woody, tous les mecs sur lesquels j'étais tombée étaient des crapules. J'essayais de repartir à zéro et, sans savoir comment, voilà que je me retrouvais avec toi.

— Je suis une crapule ? Je suis comme ton père ? Moi qui t'ai aimée plus que tout au monde ?

Elle secoua la tête.

— C'est ta mère que tu aimes, Luis. Tu ne fais que le reporter sur moi.

Se détournant, il pressa son front contre un des décors de théâtre.

— Ne dis pas ça. Ne me dis pas que je ne t'aime pas.

De son poing fermé, il martelait le décor, ponctuant chaque mot.

— C'est comme si tu me disais que je n'existe pas. Je ne suis que mon amour pour toi, mon ange. J'ai construit cette citadelle pour nous deux, meublé ces pièces pour nous deux, couru après toi depuis ton départ, tout risqué pour t'amener ici. Alors ne me dis pas que je ne t'aime pas.

L'orage grondait à l'extérieur de la pièce fermée, mais ni l'un ni l'autre ne semblaient s'en apercevoir.

Il s'écarta lentement du décor peint et la regarda fixement.

— Ne dis pas que je ne t'aime pas.

Toujours par terre dans la pièce devenue sombre, ses genoux ramenés contre elle, elle leva les yeux vers lui et soutint son regard un long moment. Puis elle secoua la tête, comme à regret.

— Ce que tu éprouves pour moi, Luis, n'est pas de l'amour. C'est ce que tu t'imagines, mais c'est faux. À mon avis, cela ressemblerait plutôt à de la haine.

— De la haine ? Il était presque sans voix. De la haine ?

— Ta mère était une putain. Tu la détestais probablement à cause de ça. À présent, tu projettes ce sentiment sur moi, comprends-tu ? Une femme qui était avec toi et qui est maintenant avec un autre.

— Tu...

Il respirait avec des halètements rauques.

— Tu... penses... que... je... suis... comme... ça ? Que je suis fou ?

— Il est fou de croire que tu puisses me forcer à t'aimer, Luis. C'est impossible. Pour qui que ce soit. Tu peux arriver à me faire peur. J'ai effectivement peur. Peur à chaque seconde. Tu m'apprends à te détester, mais j'aime Frank et je continuerai. Je ne t'aime pas et cela ne changera pas non plus. Je préférerais mourir que de passer ma vie avec toi.

S'affaissant contre le décor, il ouvrit la bouche, mais ne dit rien. Puis, brusquement, il se jeta sur elle et se mit à lui déchirer ses vêtements. Elle essaya de le repousser, mais il était beaucoup trop fort. Comme elle faisait mine de s'enfuir, il la tira en avant. Son chemisier était déjà en lambeaux. Il s'attaqua à sa jupe. Elle voulut lui donner un coup de genou, mais rata sa cible, le frappant à la cuisse. Alors, elle se mit à le griffer. Il la gifla, faisant valser sa tête. Puis il lui passa le bras gauche sous le menton, la forçant à se pencher en arrière, et serra la trachée tandis qu'il lui arrachait sa jupe en tirant de la main droite sur la fermeture éclair. Un grognement lui échappa, ponctuant son halètement rauque. Elle le saisit par les cheveux pour l'écarter, mais elle n'était pas assez robuste. La pression sur sa gorge l'obligea à se courber davantage tandis qu'il agrippait ses derniers vêtements. Tournant la tête, elle réussit à lui mordre le bras, et la pression sur sa gorge se relâcha un instant. Elle se tordit, roula sur elle-même et se rua vers le lit. Il lui courut après, l'attrapant par les jambes alors qu'elle fouillait sous le matelas à la recherche du tube en acier. Elle réussit à s'en emparer, mais il lui tira sur les cheveux d'un coup sec et le tube tomba bruyamment par terre tandis qu'elle s'inclinait à la renverse, les jambes repliées sous elle. Elle lui lança son coude droit à la figure, l'atteignit au nez et l'entendit gémir de douleur. Aussitôt, elle fut jetée au sol et se retrouva allongée sur le dos, jambes étendues. Il se hissa sur elle, ses cheveux longs emmêlés et moites de sueur, des mèches lui collant au visage. Son nez saignait et des gouttes de sang tombaient sur elle. Il lui plaqua les mains au-dessus de la tête, lui écarta les cuisses avec ses genoux et essaya de la pénétrer. Elle tortilla des hanches, se débattant plus violemment. Pressant sa bouche contre la sienne, il lui maintint la tête contre le sol par la force de ce baiser tandis qu'il se contorsionnait pour pouvoir la prendre. Il pesait sur elle de tout son poids, luttant avec des grognements rageurs contre sa résistance désespérée. Et là, sur le sol, dans la pénombre de cette pièce absurde, ils s'affrontèrent dans un déchaînement de haine, lui s'efforçant de consommer le viol et elle de l'en empêcher. Il l'avait souvent pénétrée autrefois. Elle en avait éprouvé du plaisir. Mais, au cours de cette captivité qui n'en finissait pas, quelque chose s'était cristallisé en elle, et sa détermination avait atteint une densité opalescente. Elle lui résisterait jusqu'à ce qu'il la tue. Elle lui enfonça son genou dans l'entrejambe. Il parut chanceler, comme si ses forces refluaient. Le corps rendu glissant par la sueur et le sang, elle se dégagea, se traînant jusqu'au tube en acier. Elle le saisit et, couchée sur le côté, le frappa à la poitrine. Il eut un hoquet puis, tout à coup, ce fut fini. Lâchant prise, il tomba en arrière contre le décor de théâtre, les bras plaqués sur la poitrine, là où il avait reçu le coup. Accroupie contre le mur du fond, nue à l'exception de son soutien-gorge déchiré et d'une chaussure, le visage maculé de sang, les lèvres enflées et meurtries par son baiser, le corps luisant de transpiration, serrant dans sa main le tube en acier, elle se mit à hurler d'une voix âpre qui semblait s'échapper de la gorge de quelqu'un d'autre.

— Ne... me... touche... pas... bon Dieu ! Ne... me... touche... jamais... plus !

Vide et flasque, défait, il était assis par terre, le dos appuyé au décor peint, là où des moutons gambadaient dans une prairie idyllique. Son visage ensanglanté était pétri d'angoisse, sa chemise déchirée, son pantalon ouvert. Ses jambes écartées et inertes reposaient devant lui. Soudain, ses épaules furent prises de tremblements. Alors, il enfouit sa tête dans ses mains, tout le corps agité de soubresauts, et se remit à pleurer. On n'entendait plus que ses halètements et ses sanglots étranglés et le léger bruit des filets d'eau boueuse qui commençaient à dégouliner le long des murs, formant des flaques derrière les décors de théâtre.

39

Lorsque je me garai avec Chollo devant la forteresse de Deleon, le soleil était encore à l'est, quelque part au-dessus de l'Atlantique. Il aurait été au-dessus des steppes russes, ça n'aurait rien changé, tellement l'horizon était bouché par de gros nuages bas et lourds. Nous ne parlions pas. L'essentiel avait déjà été dit. J'étais rasé de près, bien restauré, aspergé d'eau de Cologne et armé jusqu'aux dents. J'avais une petite matraque noire dans la poche droite de mon pantalon, un Browning 9 mm à la ceinture et un Smith & Wesson 38 dans un étui à l'aisselle. Spenser, l'homme aux deux pétards, plus foudroyant qu'une soirée avec Madonna.

Il tombait des cordes, une pluie aussi abondante et tenace qu'un châtiment divin, transperçant les taudis affaissés. Elle débordait des gouttières des maisons d'en face, coulant jusqu'au sol le long du revêtement en bois gondolé. J'avais déjà passé pas mal de temps à poireauter dans une voiture à l'arrêt au milieu d'un ghetto. Pour ceux dont le métier a trait à la criminalité, c'est le plus souvent là que ça se passe. Je m'étais toujours dit qu'il y avait quelque chose de shakespearien à faire du crime le fruit de l'infortune, de la misère le siège de la perversité. Les ghettos n'avaient guère évolué au cours des nombreuses années où je les avais fréquentés. Celui-ci était hispanique, mais ça ne concernait que la langue en usage, et non la vie menée par les habitants. Le ghetto est foncièrement immuable. Les races se succèdent, mais les conditions sordides, la désolation et le désespoir demeurent, aussi constants que le mouvement des étoiles. En fin de compte, c'est moins la misère qui engendre le crime que l'odeur fétide du racisme qui empoisonne l'atmosphère partout où les individus sont cloisonnés selon leur appartenance. Depuis le début de cette affaire, j'en avais senti les relents, perçu les discours : « Ils n'ont aucune discipline... Ils mettraient leur insigne en gage pour s'acheter de la came. » Je connaissais ces propos depuis toujours, sans avoir jamais pu les supporter ni les comprendre. Mais on n'avait pas loué mes services pour trouver une solution au dilemme américain. Si j'étais là, c'était pour libérer Lisa St. Claire de l'emprise d'un Hispanique terré dans un *barrio*. Et, comme je suis au-dessus de toute distinction de race et de couleur, j'étais prêt, le cas échéant, à le descendre. La méthode la plus simple et sans doute la plus efficace consiste à haïr tout le monde. Où es-tu mère Teresa ?

Je regardai la pluie pénétrer dans la pourriture sèche, secouant quelques racines ensommeillées, non pour y donner la vie mais pour créer plus de pourriture encore. Je songeai à Lisa St. Claire et à ce que ça devait être que de se trouver séquestrée dans les entrailles de ce monolithe. Elle ne pouvait pas deviner que nous étions si près. Elle devait forcément se douter que Belson la cherchait, mais quant à savoir s'il y parviendrait, c'était une autre affaire.

Je tournai la tête vers Chollo, assis à côté de moi, les bras repliés sur la poitrine, les yeux à demi fermés. Il avait probablement traversé les mêmes épreuves que Deleon et, probablement aussi, ne s'en était pas mieux tiré. C'était une fripouille, mais, au moins, s'il disait quelque chose, vous pouviez le croire sur parole. S'il disait qu'il allait vous tuer, il le ferait. S'il disait qu'il ne vous tuerait pas, il ne le ferait pas. On pouvait lui faire confiance. Ce qui n'est pas le cas de la plupart de ceux qui se défendent d'être des fripouilles. De plus, c'était une fripouille travaillant pour moi.

— Est-ce que tu lui as téléphoné ? demandai-je.

— *Sì.*

— Il sait que je serai là ?

— *Sì.*

— Est-ce qu'il connaît Broz ?

— Apparemment. Bien entendu, peut-être qu'il se croit obligé de le connaître et qu'il fait semblant.

— Ce ne serait pas plus mal. Est-ce que les hommes de Santiago sont en place ?

— *Sì.*

Je regardai ma montre.

— Il nous reste une demi-heure.

— Tu lui fais confiance, à Santiago ?

— Jamais de la vie. Mais c'est dans son intérêt de nous aider.

— Sans oublier qu'on n'a personne d'autre.

— Ouais, ça aussi.

Sortant un Glock 9 mm de sous son bras, Chollo vérifia le chargeur avant de le ranger. Puis il prit le Smith & Wesson 357 qu'il avait à la ceinture, s'assura que le barillet était plein et le referma d'un coup sec.

— J'ai toujours préféré un revolver comme arme de rechange, dit-il. C'est pas aussi puissant, mais tu peux compter dessus.

— Ce truc percerait un mur en béton.

— *Sì.*

Nous descendîmes de voiture pour plonger sous la pluie torrentielle. Je portais une veste en cuir et ma casquette des Dodgers de Brooklyn. Le col remonté, la casquette vissée sur le crâne, très bas sur le front, je traversai la rue criblée de nids-de-poule pleins d'eau jusqu'à la porte de la forteresse Deleon que je contemplais depuis une éternité. Nous n'avions même pas eu le temps de frapper que la porte s'ouvrit pour révéler un gros type à la barbe grisonnante vêtu d'une chemise pourpre, d'un blouson de cuir marron et de la casquette des Patriots, une carabine M1 à la main. Sans un mot, il nous laissa pénétrer dans un couloir grisâtre sentant le moisi. Au milieu du mur de droite, un escalier délabré conduisait aux étages. Le gros marmonna quelque chose en espagnol et ouvrit une porte au pied de l'escalier. Comme nous la franchissions, la porte se referma derrière nous. Devant, il y avait Luis Deleon.

Elle prit une douche pour chasser toute trace de ce qui s'était passé. Cela fait, elle lava son visage meurtri à l'eau froide. Puis elle enfila une des tenues stupides qu'il lui avait fournies et réintégra sa chambre-prison.

Il l'avait quittée sans rien dire. On avait frappé à la porte et prononcé quelques mots en espagnol. Luis avait répondu à voix basse, puis il était resté assis un moment, à regarder fixement le sol entre ses jambes, avant de se lever péniblement, comme un vieillard, et de rajuster ses vêtements. Il était allé dans la salle de bains, s'était lavé et séché avec une serviette. Après quoi, il était revenu, avait ramassé le tube en acier et était sorti sans même lui lancer un regard. Il était légèrement courbé comme s'il avait mal aux côtes, sa démarche dénuée de toute énergie.

Elle ramassa les vêtements déchirés pour en faire un tas qu'elle dissimula derrière un des décors de théâtre, hors de vue. Les écrans étaient sombres. Cela faisait si longtemps qu'ils fonctionnaient que leur absence avait quelque chose de vertigineux. Elle s'assit sur le lit. Des frissons la parcouraient. Elle haletait encore et avait du mal à déglutir. Elle était effrayée par ce qu'elle avait fait, mais bien décidée à recommencer si nécessaire. Il y avait au fond d'elle-même quelque chose d'inflexible, et cette inflexibilité lui donnait l'impression d'être plus forte qu'elle ne l'avait jamais été. En même temps, elle était terrifiée à l'idée des conséquences probables.

Pauvre Luis ! Vissé devant la télévision chez lui, il s'était inventé une mère idéale comme peut en imaginer un jeune garçon solitaire. Et lorsqu'elle était morte, dans sa colère et sa frustration il s'était forgé une remplaçante, Lisa St. Claire, alias Angela Richard, prostituée transformée en princesse de contes de fées. Puis cette remplaçante l'avait quitté à son tour, pour un autre homme, et toute la colère, le désir fou, l'amour non partagé et le manque terrible s'étaient abattus sur lui. Il n'a jamais été capable de nous séparer l'une de l'autre. Elle songea à la très digne Française de Beverly Hills qui lui avait sauvé la vie. Ce docteur St. Claire dont elle avait pris le nom quand elle était revenue sur la côte Est pour repartir de zéro. Vous seriez fière, docteur, de ma petite analyse de la situation.

Elle entendit la clé dans la serrure. Lorsque la porte s'ouvrit, la jeune Hispanique pénétra dans la pièce avec une pile de vêtements. Elle les posa sur le lit et s'en alla sans un mot. Lisa se pencha lentement pour les examiner. C'étaient les siens. Ceux qu'elle portait le jour de son enlèvement. Lavés, repassés et pliés avec soin. Elle les contempla un moment, observa les écrans de télévision sombres et muets qui garnissaient la pièce. Cela veut sûrement dire quelque chose, pensa-t-elle, et elle se mit à s'habiller. Au contact de ses vêtements, le noyau dur en elle se dilata un peu. Seul lui parvenait le bruit de l'eau boueuse coulant le long des murs derrière les décors de théâtre.

40

Deleon se tenait devant la fenêtre donnant sur la rue. Tout de noir vêtu, les mains derrière le dos, il observait la pluie. Aucune lampe pour éclairer la pièce, seulement la lumière grise de cette journée pluvieuse filtrant à travers les fenêtres. Se découpant contre la vitre, Deleon mesurait quinze centimètres de plus que moi, robuste et anguleux, les mains et les poignets épais. Il était habillé en *vaquero* : veste courte avec boutons argentés aux manches, pantalon serré rentré dans des bottes montantes. Un gigantesque bureau en acajou occupait le fond de la pièce, face à une fenêtre où l'on voyait l'eau cascader dans un ruissellement ininterrompu. Sur le bureau, un chapeau de cow-boy noir, derrière, un fauteuil pivotant à haut dossier. Par terre, le plancher nu. Les murs étaient tapissés d'un papier à motif floral parsemé de tâches brunâtres, vestiges des précédents dégâts des eaux. Des sacs de sable s'empilaient jusqu'au rebord des fenêtres. Contre le mur de gauche, un canapé en velours bleu, fripé et bancal, dont un des majestueux pieds en forme de griffes avait été remplacé par des briques. Dessus, un petit maigrichon nanti de deux tresses qui ne pouvait être que Ramon Gonzalez, le numéro deux, le tueur à gages. Il était affalé, une jambe sur les coussins, l'indolence même. Un état qu'il n'atteindrait jamais en dépit de tous ses efforts. À l'évidence, ce n'était qu'une pose.

Il n'avait jamais été détendu de sa vie, et il ne l'était pas à cet instant non plus. Il avait ce regard perdu dans le vide qu'ont les camés et les assassins qui vénèrent leur boulot. Ce type tenait apparemment des deux. La main gauche sur le dossier du canapé, il tapotait nerveusement le velours usé. Il portait un jean noir, un sweat-shirt gris à capuche et, autour de la taille, une ceinture en cuir repoussé munie de deux étuis. Dans les étuis, des pistolets 9 mm aux crosses nacrées. Même si j'en avais envie, ce qui n'est absolument pas le cas, je ne saurais pas où acheter un équipement pareil.

Chollo fit un signe de tête en direction du maigrichon, qui me fixa de son regard glauque comme si, d'une minute à l'autre, il allait me sauter dessus pour m'arracher la tête. Je gardai mon sang-froid. Deleon ne bougeait pas, les yeux toujours fixés sur l'averse. Ça m'était bien égal. J'étais dans la place. Il ne s'agissait plus que de gagner du temps avant que Santiago n'ouvre le feu. Plus Deleon regarderait la pluie, moins j'aurais à le baratiner. Ramon Gonzalez ne m'avait pas quitté des yeux. Chollo se tenait à côté de moi, l'imper ouvert, totalement indifférent, semblait-il, à l'endroit où il se trouvait comme aux événements qui se préparaient. On aurait dit qu'il allait s'endormir debout, comme un cheval. Finalement, avec lenteur, Deleon se retourna pour me regarder. Il avait des égratignures au visage et les yeux bouffis. En plus de la veste de *vaquero* et du pantalon serré, il portait une chemise en soie blanche déboutonnée jusqu'au milieu de la poitrine et un foulard rouge vif autour du cou. Il s'adressa à Chollo en espagnol.

— Il veut savoir comment tu t'appelles et ce que tu fais ici.

— On parle anglais, lançai-je à Deleon, qui répondit en espagnol.

— Il préfère traiter les affaires dans sa propre langue, dit Chollo.

— Moi aussi. Et si, moi, je ne fais pas d'affaires, il n'y en aura pas.

Il s'ensuivit un long silence que Deleon employa à digérer mes propos. Ramon Gonzalez lui murmura quelque chose. Deleon répondit.

— Le maigrichon veut te buter pour ton manque de respect, dit Chollo, mais Deleon...

— Vous êtes mon invité, déclara soudain Deleon. J'admets l'usage de votre langue.

— C'est très aimable à vous. Je suis désolé de n'en parler qu'une.

— Vous représentez Mr Broz ? demanda-t-il.

Traversant la pièce, il se campa devant son bureau et s'y appuya, les jambes écartées, les bras croisés sur la poitrine, la pose magistrale par excellence. Sur le mur du fond, à droite de la fenêtre, un filet d'eau sale suintait vers le sol. Je me demandai si le quartier général de Napoléon avait eu aussi des fuites.

— Ouais. On veut bien vous laisser la distribution pour Del Rio dans le secteur, aucun problème. Vous pouvez vous occuper de toute la vallée du Merrimack, si vous arrivez à la prendre à Freddie. Tout ce qu'on veut, c'est notre part.

— C'est-à-dire ?

— Cinq pour cent.

— Du brut ou du net ?

Je souris.

— Du brut.

Deleon secoua la tête.

— Ça, c'est mon bénef, répliqua-t-il.

— Votre bénéfice tourne autour de trois ou quatre cents pour cent. Avant d'arriver jusqu'au détaillant, ils sont déjà une demi-douzaine à se servir au passage.

— Cinq pour cent du net, dit Deleon.

Sur le mur, derrière lui, une deuxième coulée d'eau boueuse se mit à dégouliner à côté de la première. On voyait la pluie crépiter et ruisseler sur les vitres. Je secouai à nouveau la tête.

— Cinq pour cent du brut, ou bien on arrête tout. C'est un chiffre très raisonnable.

Deleon se redressa, les mains sur les hanches, et se pencha légèrement en avant. Au fond de ses yeux brillait une lueur inquiétante. C'était un clown prétentieux, mais il y avait autre chose. Pas étonnant que tant de gens aient peur de lui.

— On arrête tout ? Qui êtes-vous pour me dire qu'on arrête tout ?

Sa voix était étranglée comme si elle sortait par un minuscule goulet.

— Et comment ferez-vous pour tout arrêter ? Parce que vous dites qu'on arrête tout, vous croyez peut-être que, moi, je vais arrêter ? Allez vous faire foutre, espèce de connard de Blanc ! Et dites à l'autre enfoiré de Joe Broz que c'est moi qui décide de ce qu'on fait ou non. Et si ça ne lui plaît pas, je le tuerai, et vous avec, et tous ceux qui viendront fourrer leur sale nez de Blanc ici.

À côté de moi, Chollo se mit à applaudir discrètement.

— *Magnifico*, dit-il à voix basse, *magnifico*.

Deleon le regarda un moment, déconcerté. Est-ce que ce type se payait sa tête ? Deleon n'avait pas l'habitude qu'on se fiche de lui. Il décida de prendre l'ovation au sérieux.

— Compris ? dit-il en se redressant pour se faire aussi grand que possible.

La lueur au fond de ses yeux avait disparu. Ce n'était plus qu'un clown prétentieux.

— Ne soyez pas stupide. Il ne faudrait pas grand-chose pour fermer votre boutique. Vous croyez que Vincent Del Rio va s'opposer à Joe Broz sur le territoire de Joe ? Posez la question à Chollo qui travaille pour lui. Demandez-lui ce qui se passera si vous ne trouvez pas un accord avec Joe.

De plus en plus d'eau coulait sur le mur du fond. Visiblement surpris que je puisse encore lui tenir tête, Deleon se tourna vers Chollo. Ce dernier haussa les épaules.

— Simple question de respect, déclara-t-il. Le même respect qu'on attendrait de Joe Broz si Broz désirait faire des affaires chez nous.

Deleon était dans le pétrin. Il voulait ce marché. Je le sentais se triturer douloureusement les méninges.

Ramon Gonzalez dit quelque chose en espagnol à Deleon qui lui répondit d'une voix sèche.

— Mr Gonzalez veut savoir ce qui se passe. Mr Deleon lui a dit de la fermer, expliqua Chollo.

Les premiers coups de feu retentirent en même temps qu'une fenêtre se fracassait. Gonzalez se leva d'un bond, un revolver dans chaque main. Tandis que Deleon, l'oreille tendue, s'efforçait de localiser l'origine des détonations, d'autres balles criblèrent la pièce. Chollo et moi nous jetâmes aussitôt au sol. Le fracas d'une autre fenêtre, celle donnant sur la rue, fut suivi de l'arrivée d'une bombe fumigène. Le vent humide rentrant par le trou propagea rapidement la fumée. La porte s'ouvrit. Quelqu'un cria quelque chose en espagnol.

Allongé à côté de moi, sous le nuage de fumée, Chollo me souffla à l'oreille :

— Il dit qu'ils sont attaqués par Freddie Santiago.

Deleon se précipita dehors, Gonzalez sur ses talons. Le plus gros de la fumée s'engouffra dans le couloir par la porte restée ouverte. Nous étions seuls, par terre, tandis que la fusillade se poursuivait. Nous nous relevâmes avec précaution. J'entendais le bruit sourd des balles s'enfonçant dans les murs de la maison.

— Santiago et ses gars ne nous laissent pas beaucoup de marge de manœuvre, dis-je.

— Par contre, ils sont effectivement en train de distraire Deleon.

— Du moment qu'on n'y laisse pas notre peau.

— La chambre de Lisa doit se trouver juste au-dessus.

Le mince filet de boue provenant du jardin sur le toit avait été rejoint par d'autres. À présent, tout le mur était couvert d'eau sale qui ruisselait avec obstination. Réfugiée dans le seul endroit sec, le centre de la pièce, elle écoutait la fragile charpente gémir sous le poids de la terre gorgée d'eau. Dans ses vêtements, elle se sentait étrangement elle-même. L'habit fait la femme, pensa-t-elle. Elle marcha jusqu'à la porte et tenta de l'ouvrir. Le bouton tourna, mais le cadenas était mis. Il lui était impossible de sortir. Elle haussa les épaules. Ça ne coûte rien d'essayer. Un bout de plâtre tomba du plafond humide et une brève cascade se déversa à travers l'orifice, se transformant presque aussitôt en un flot opiniâtre. C'est peut-être bon signe. Sa maudite bicoque est en train de s'écrouler. Les lumières s'éteignirent. L'obscurité soudaine fut comme un choc physique. Elle s'immobilisa un moment, tâchant de se rappeler la place des objets, de calmer la panique naissante provoquée par le fait de se retrouver dans le noir. Elle se mit à avaler de grandes goulées d'air pour se maîtriser, humant l'odeur de terre mouillée qui envahissait la pièce, écoutant le bruissement de l'eau à l'intérieur et le battement de plus en plus violent de la pluie à l'extérieur. Le chambranle de la porte, se dit-elle. Comme avec les tremblements de terre, les chambranles de porte sont toujours plus solides. Lentement, les mains tendues dans l'obscurité, elle chercha la sor-

tie à tâtons. Elle rencontra le mur, le longea sur la gauche, sentit la porte, s'aplatit contre le montant et attendit en silence la suite des événements. Il y avait en elle une sorte de fatalisme inébranlable qui compensait sa panique. Elle avait subi toutes ces épreuves et n'avait pas été brisée. D'autres dangers la guettaient. Mais, là non plus, elle ne serait pas brisée. La tentative de viol avait été une sorte de point culminant. Il en sortirait forcément quelque chose. Elle ne savait pas quoi, et tout ce qu'elle pouvait faire, c'était d'attendre et de tenir bon. Elle crut entendre des coups de feu au-dehors. Était-ce Frank ? Était-il venu ? Elle tourna à nouveau le bouton de porte, consciente de la futilité de son geste. Elle s'arrêta, respira à fond et se pressa contre le battant, invisible au milieu de l'obscurité moite et fétide, se répétant : « Tiens bon. Tiens bon. »

41

Des coups de feu crépitèrent à l'intérieur de la maison tandis que les hommes de Deleon se mettaient à riposter par-dessus les sacs de sable entassés sous les fenêtres. De temps à autre, on entendait la détonation plus sourde d'un fusil de chasse et, un peu moins fréquentes, des rafales d'armes légères automatiques. Nous nous avançâmes dans le couloir, accroupis derrière les piles de sacs, au cas où les tireurs de Santiago oublieraient ce qu'ils étaient venus faire. Un homme tenant un sac en plastique rempli de cartouches de chasse, un revolver à la ceinture, nous bouscula en nous croisant. Le long du mur, le revêtement était également imbibé d'eau boueuse.

Il n'y avait personne dans l'escalier ; tout le monde avait déjà pris position aux meurtrières. Je me demandai où les femmes et les enfants s'étaient réfugiés. Sans doute dans la cour intérieure, à l'abri des balles. En montant j'entendais la charpente grincer comme un bateau tanguant sur une mer houleuse. Dans la cage d'escalier, les murs étaient humides, le tapis en lambeaux recouvrant les marches détrempé. D'en haut nous parvenait le bruit du bois qui se tord.

— C'est leur foutu jardin en terrasse, dis-je à Chollo.

— Leur jardin ?

— Il pleut depuis trois jours. Toute cette terre sur le toit est pleine de flotte. La maison est en train de céder sous le poids.

— Bravo !

Au sommet de l'escalier, nous tournâmes à gauche en direction de la chambre de devant. Tapi dans l'angle formé par le mur de droite et la façade, un homme épiait la rue, s'efforçant de comprendre ce qui se passait. Il releva la tête, l'air hargneux, en nous voyant traverser le couloir. Notre bobine lui était inconnue. Il glissa sa main sous sa veste. S'adressant à lui en espagnol, Chollo désigna l'escalier avec le pouce. Le garde avait déjà sorti son revolver, un gros Colt 45 en inox. Au moment où il se tournait vers l'endroit indiqué par Chollo, je lui assenai un coup de matraque au-dessus de l'oreille droite. Il grogna, lâcha le revolver et tituba contre le mur. Je le frappai une nouvelle fois, au même endroit. Il poussa un long gémissement et s'affaissa sur le sol où il resta sans bouger. Sa chemise commençait déjà à s'imprégner de l'eau dégoulinant le long des murs.

— Qu'est-ce que tu lui as dit ? demandai-je à Chollo.

— Que Luis voulait qu'il descende tout de suite.

Mis à part le revolver qu'il tenait à la main, Chollo était aussi détendu que tout à l'heure, lorsqu'il semblait sur le point de s'endormir en présence de Deleon. Je regardai la porte de la chambre de Lisa. Cadenassée. Je reculai jusqu'au mur du fond, sentis l'humidité transpercer mon pantalon, là où le blouson de cuir ne descendait pas assez bas pour le protéger, et m'élançai. Le coup de pied délogea en partie les vis des gonds. Je me reculai à nouveau pour remettre ça. La porte s'ouvrit à toute volée, les gonds arrachés. La pièce était plongée dans une obscurité absolue. Sortant une petite lampe de poche, Chollo balaya les ténèbres avec le faisceau lumineux. Lisa était là, en jean et tee-shirt, les yeux hagards, la mine effarouchée, tel un cerf ébloui par les phares d'une voiture.

Le bruit des coups de feu augmenta. Au milieu de l'obscurité moite, elle sentit une présence dans le couloir. Quand la porte s'ouvrit brusquement, elle se tourna pour lui faire face. La lumière du dehors était faible, mais encore trop forte après le noir complet de sa chambre. Clignant des yeux, elle s'efforça d'accommoder sa vue. Il y avait quelqu'un sur le seuil, ou plutôt deux personnes : un type costaud, très large d'épaules, et un autre plus mince aux mouvements de danseur. Tous deux étaient armés. Partout, l'eau coulait du plafond, dégoulinant le long des murs. Le costaud se mit à parler. Elle recula de quelques pas, se ramassant sur elle-même. Peut-être réussirait-elle à se faufiler vers la sortie lorsqu'ils entreraient pour lui sauter dessus. Elle dit quelque chose, sans même savoir quoi. Sa voix lui fit l'effet d'un rugissement. Il parla à nouveau. Elle le connaissait. C'était le copain de Frank. Il était venu au mariage en compagnie de sa petite amie. Elle lui répondit de façon machinale. Il reprit la parole, mais elle ne comprit pas ce qu'il disait. Le monde des conversations de tous les jours lui avait été trop longtemps interdit. Elle sentit qu'il passait un bras autour de ses épaules. Elle se laissa faire, suivit le mouvement, le danseur marchant en tête. La maison craquait sur leur passage, les gémissements de la charpente résonnant de manière interrompue. Se tenant à la rampe pour ne pas glisser sur les marches ruisselantes, elle descendit avec lui. Son cœur battait la chamade. Elle s'efforça de se contrôler. Du calme. Tiens bon. On n'est pas encore sortis. Là, sur les marches, se tenait Luis. Elle se recroquevilla. Quelques mots en espagnol. Et soudain, ils furent dans l'entrée. Bousculade. Coup de feu. Puis la nuit claire et pluvieuse de la rue. Odeur de mouillé. Phares éblouissants. Devant, le silence. Derrière, la maison s'effondrant. Le bras du costaud la tenait toujours serrée. Phares. Souffle court. Brusquement, elle fut prise d'une crise d'agoraphobie. Elle pouvait à peine respirer. Du calme. Tiens bon. La pluie lui fouettait le visage. Il y avait des hommes armés tout autour. Le costaud continuait de l'agripper. La rue avait l'air immense et informe, les silhouettes sur le trottoir d'en face lointaines et irréelles, les immeubles voisins à des kilomètres de distance. Elle se sentait légèrement étourdie, comme si le monde était en équilibre instable et que les choses risquaient de basculer à tout moment. Luis parlait avec le costaud. Il faut que je reste calme. Un bruit sourd se fit entendre derrière elle, peut-être du plâtre imbibé d'eau tombant sur le sol. Quelque part dans la maison, une poutre céda avec un grincement. Il faut que je tienne bon.

42

— Lisa, c'est Spenser.

— N'approchez pas !

Sa voix ressemblait au grognement d'un fauve.

— C'est Frank qui m'envoie. Je suis venu vous sortir d'ici.

Chollo dirigea le faisceau lumineux vers mon visage. Nous restâmes là, immobiles, silencieux, tandis que la maison grinçait et gémissait, et que des coups de feu éclataient autour de nous.

— Oh, mon Dieu ! dit-elle au bout d'un moment.

À la lumière de la lampe que Chollo braquait à nouveau sur elle, je la vis s'avancer vers moi, s'efforçant de m'identifier.

— Le copain de Frank ? Vous êtes venu au mariage, Susan et vous.

— Oui. Et voici mon ami Chollo.

— Oh, mon Dieu ! Mais où est Frank ? Il ne lui est rien arrivé ?

— Ne vous en faites pas. On va vous emmener auprès de lui.

— Oh, mon Dieu ! répéta-t-elle.

L'instant d'après, elle était blottie contre moi. Lorsque je l'enlaçai, elle me serra fort et se mit à trembler.

— Il vaut mieux déguerpir, dit Chollo.

Je la fis pivoter et passai un bras autour de ses épaules. En émergeant dans le couloir je sortis le

Browning et l'armai de la main droite. Un morceau de plâtre tomba du plafond, tandis que le sol semblait bouger sous mes pieds comme le pont d'un navire ballotté par les vagues. Arrivé à l'escalier, Chollo s'arrêta. Je l'entendis émettre un « houp ! ». Deleon, un petit automatique à la main, escorté de Ramon Gonzalez et de cinq ou six hommes, montait les marches que nous nous apprêtions à descendre. Chollo leur cria quelque chose en espagnol et s'élança dans l'escalier. Poussant Lisa devant moi, je le suivis. Comme Deleon hésitait, Chollo se remit à crier dans sa direction. Les autres firent demi-tour et détalèrent.

— La maison s'écroule. Nous sauvons la fille, me traduisit rapidement Chollo.

— Lisa ! lança Deleon.

D'une voix fébrile, Chollo s'adressa à nouveau à Deleon, qui se tourna vers lui au moment où Chollo arrivait à sa hauteur.

— Amène-la par ici, dit-il en se retournant pour descendre à son tour.

L'eau courait le long des murs de la cage d'escalier, de plus en plus boueuse et fétide après avoir traversé la charpente pourrie. Les marches commençaient à se soulever et le sol de l'entrée, rendu glissant par la couche de boue, s'affaissait sous nos pieds. Plusieurs hommes essayaient d'ouvrir la porte, coincée dans le chambranle tout de travers. Au-dessus, j'entendais le craquement des poutres et des solives. Dans l'entrée, Deleon écarta brutalement les autres et tira sur la porte. Elle ne céda pas. Pris de peur, les hommes se dispersèrent dans tous les sens. Je m'avançai, pris la poignée, ma main gauche sur celle de Deleon. En tirant à deux, nous réussîmes à l'ouvrir. Comme l'un des gonds avait été arraché, la porte se balançait de façon saugrenue. Les autres se ruèrent, tous en même temps. Deleon se retourna pour les repousser. Lorsque, pris de panique, l'un d'eux tenta de se frayer un passage dehors, Deleon l'abattit d'une balle dans le front. Puis il se retourna à nouveau, s'arc-bouta contre le chambranle pour faire un rempart avec son dos et cria : « Lisa ! » Je la poussai vers la porte, passai devant Deleon et sortis sous la pluie battante. Chollo m'emboîta le pas, Deleon derrière lui. Aussitôt les phares de voitures invisibles s'allumèrent, trouant les ténèbres, faisant miroiter la chaussée sous la pluie devenue soudain argentée. Les autres se précipitèrent dans la rue, au milieu des craquements terrifiants des madriers de la charpente. L'angle droit de la maison, là où Lisa était enfermée à peine quelques minutes plus tôt, commença à s'affaisser lentement, tel un éléphant à l'agonie. Plus la structure cédait et plus la chute s'accélérait, jusqu'à ce qu'elle finisse par s'écrouler dans un grondement ultime. De cette partie de la maison, il ne restait plus qu'un bout de contreplaqué, retenu par un clou, oscillant au-dessus des décombres dont la poussière épaisse s'élevait dans l'air chargé de pluie.

— Quand tu t'y mets, tu n'y vas pas de main morte, me dit Chollo.

La bande de *pistoleros* se pressait autour de nous, désorientés, clignant des yeux dans la lumière éblouissante des phares. Les coups de feu avaient cessé. Lisa se pressait contre moi. À l'approche de Deleon, elle se serra davantage.

— Lisa !

Elle se réfugia derrière moi. Je me tournai un peu pour faire écran.

— Lâche-la ! m'ordonna Deleon.

Il fit mine de me contourner. Je sentais les mains de Lisa s'accrocher à mon blouson. Du coin de l'œil, je vis Chollo se reculer pour améliorer l'angle de tir, son automatique tenu négligemment contre la cuisse. La lueur inhumaine avait resurgi au fond des yeux de Deleon. Il me saisit par l'épaule gauche pour me faire pivoter. Je ne bougeai pas. Il en fut ahuri. Il recommença, avec plus de force. J'étais toujours là, entre elle et lui. Il leva la main droite, celle qui tenait le petit automatique.

— Spenser ! cria Chollo.

Écartant le revolver de Deleon avec la main gauche, je lui expédiai ma droite en pleine figure. Le sang gicla de son nez. Il chancela puis tomba en arrière sur la chaussée scintillante. Son automatique gisait par terre. D'un coup de pied, je l'envoyai au loin, vers les voitures et l'obscurité. Le temps que je sorte mon Browning, Chollo avait déjà tiré sur Ramon Gonzalez. Il tourna sur lui-même et fit trois pas en direction de la maison en ruine avant de s'effondrer de tout son long, les bras tendus, envoyant valser dans le caniveau ses deux pistolets aux crosses nacrées. Pendant quelques instants, il n'y eut plus aucun bruit, hormis le silence rempli d'échos qui suit immanquablement les coups de feu. Les hommes de Deleon avaient l'air complètement déboussolés. Ils se demandaient de quel côté nous étions. Si nous avions arraché Lisa à la catastrophe ou à leur emprise. Leur forteresse s'écroulait, leur principal tueur venait de se faire descendre par le type venu conclure un marché avec le patron, et le patron venait de se faire envoyer au tapis par le Blanc accompagnant le type venu conclure le marché. De l'autre côté des phares, leur ennemi juré les tenait en joue alors qu'eux-mêmes se trouvaient sans protection. J'étais devant Lisa, et Chollo, se déplaçant d'un pas si léger que ses pieds semblaient à peine toucher le sol, se repositionna derrière nous pour faire face à la bande.

Les mains pressées contre son nez, le sang ruisselant entre ses doigts, Deleon cria :

— *No disparen. La mujer. No disparen.*

— Ne tirez pas sur la femme, me traduisit à voix basse Chollo.

Deleon tâtonna par terre à la recherche de son arme qu'il ne retrouva pas. Il se mit debout tout en essayant d'arrêter le flot de sang avec sa main gauche.

— Ce n'est pas ton mari, dit-il à Lisa, qui se serra contre mon dos.

— Non, c'est un ami.

Dans un immense fracas de bois arraché, une autre portion du taudis s'effondra, faisant pleuvoir eau et boue sur les décombres croissants, étouffant les nuages de poussière de plâtre qui cherchaient à s'élever.

— Nous partons avec elle, déclarai-je. Nous voulons tous qu'elle en sorte indemne.

— Vous n'êtes pas venu de la part de Joe Broz, dit très lentement Deleon.

Comme pour ses hommes, tout s'était passé trop vite. Il avait du mal à mettre de l'ordre dans ses idées.

— Non.

— Et Del Rio ?

— Del Rio n'en a rien à foutre de vous, répondit Chollo. Pardon, m'dame.

Deleon se mit à hocher la tête. Il tenait la manche gauche de sa veste contre son nez et parvenait plus ou moins à endiguer le flot de sang. Il me fixait du regard comme s'il commençait à comprendre. Derrière lui, je vis les femmes et les enfants sortir de la ruelle longeant le taudis voisin. Ils s'accroupirent sur la chaussée, les enfants blottis contre les femmes. Quelques-uns des hommes de Deleon allèrent se camper devant eux, tels des bisons mâles gardant le troupeau.

— Ce n'était qu'une ruse pour rentrer.

— Oui.

— Pour reprendre Lisa.

— Oui. Et maintenant, nous allons repartir par là, de l'autre côté de ces voitures.

— Non.

— Si. On va l'emmener avec nous. On pourrait vous emmener aussi. Freddie Santiago est là-bas, avec cinquante hommes armés. Vous n'avez aucune protection, aucun endroit où vous cacher. Si vous ouvrez le feu, tout le monde mourra. Ce sera un bain de sang.

— Tu me quitterais ? demanda-t-il à Lisa.

— Il faudrait me tuer pour me retenir.

— Et si je te laissais t'en aller ?

— Si nous on repart, vous pourrez filer de votre côté, lui dis-je.

— Et Freddie Santiago ?

J'élevai la voix :

— *Señor* Santiago !

Dans l'obscurité derrière les phares, la voix de Santiago répondit :

— Je suis là.

— Nous sommes bien d'accord : il nous laisse partir, et on fait de même avec eux.

— Pour ce qui est des *campesinos*, dit Santiago, je m'en moque. Mais Luis vient avec vous.

— Les paysans, me souffla Chollo.

Des murmures parcoururent le groupe. Même si le sens exact m'échappait, la position globale des *campesinos* n'en était pas moins claire : ils étaient contre.

— Ce n'était pas au programme.

— Vous aviez promis de l'éliminer pour moi, dit Santiago.

— Ça n'a pas été nécessaire. La maison s'est écroulée.

— Je tiens à ce qu'il soit éliminé, répliqua Santiago. C'est vous qui changez le programme.

— Je n'aime pas ce programme.

— Vous êtes mal placé pour l'aimer ou ne pas l'aimer, Mr Spenser. Ou bien il vient avec vous, ou bien on liquide tout le monde, vous et la femme y compris.

La plupart des hommes de Deleon s'étaient déjà regroupés devant leurs familles. Des enfants pleuraient. Je tenais le Browning braqué sur le ventre de Deleon. Il regarda Lisa, puis considéra les hommes, femmes et enfants piégés, tous rassemblés à l'entrée de la ruelle, la cible idéale. Il finit par se tourner vers moi et me dévisagea longuement. Je le regardai dans les yeux. Nous savions tous les deux comment cela devait se terminer. Il reporta son regard sur Lisa.

— J'allais te laisser partir.

Elle ne répondit pas.

— C'est pour ça que je t'ai fait porter tes vêtements.

Elle ne disait toujours rien. Il garda les yeux rivés sur elle pendant un long moment.

La voix de Santiago s'éleva à nouveau des ténèbres :

— Vous vous décidez ou pas ? Ça fait longtemps que j'attends de mettre la main sur Luis Deleon. Je ne tiens pas à attendre encore.

— On y va, dis-je à Deleon.

Les yeux toujours rivés sur Lisa, il cria quelque chose en espagnol aux hommes et aux femmes massés à l'entrée de la ruelle. S'étant placé face aux *pistoleros* lorsqu'ils avaient rejoint leurs familles, Chollo se tenait à présent à côté de moi.

— Il a dit qu'il allait partir avec Santiago, m'expliqua-t-il. Il leur a demandé de ne pas tirer.

Je hochai la tête. Deleon se redressa et ajusta sa tenue. Le sang avait souillé sa chemise en soie et laissé des taches séchées sur son visage.

— Ce n'était pas uniquement de la folie, dit-il à Lisa. Je t'ai toujours aimée.

— Ça n'a aucune importance, répondit-elle.

Deleon acquiesça. Il voulut dire quelque chose, mais se ravisa. Je crois qu'il avait les yeux embués. Il se détourna rapidement.

— On pourrait se bagarrer, suggéra Chollo.

— On perdrait.
— Il y a pire.
— On est venus chercher Lisa.
— Entendu.

La tête levée vers le ciel assombri, la pluie lui fouettant le visage, Deleon se dirigea vers les voitures. Nous le suivîmes à une dizaine de mètres, Lisa entre nous. Je tenais sa main droite dans ma main gauche, le Browning dans l'autre. J'entendais la respiration de Chollo, le léger sifflement de l'air sortant de sa bouche à peine ouverte. Il tenait son revolver contre sa joue, le canon pointé vers le ciel, tellement concentré à cet instant, alors que nous allions pénétrer dans l'ombre au-delà des phares, que ses mouvements étaient aussi feutrés que ceux d'un animal en chasse.

Deleon s'immobilisa à nouveau, à la hauteur du pare-chocs d'une des voitures. La pluie tombait à verse, faisant virer au rose le rouge du sang coagulé sur sa chemise. Il se retourna pour regarder Lisa.

— Je t'aurais laissé partir, dit-il, avant de s'enfoncer dans les ténèbres.

Alors qu'il disparaissait, une espèce de soupir collectif se fit entendre, poussé par les habitants de San Juan Hill groupés dans la ruelle. Puis ce fut le silence, suivi du claquement sec d'un coup de feu, et enfin plus rien du tout.

— Mon Dieu, dit Lisa.

Je passai mon bras gauche autour de sa taille et nous nous avançâmes vers les voitures. À mesure que nos yeux s'habituaient à l'obscurité apparaissait une foule d'hommes armés. Chollo, qui était devant, nous fraya un passage entre eux. Par terre, le visage contre la chaussée, ruisselant de pluie, gisait le cadavre de Luis Deleon. Chollo jeta un rapide coup d'œil avant de continuer en direction de notre voiture. Freddie Santiago était à côté du corps, vêtu d'un imperméable Burberry et d'un chapeau mou recouvert d'un de ces bouts de plastique transparent destinés à protéger de la pluie. Lisa retenait son souffle.

— Inutile de regarder, lui dis-je.

— Je sais.

Nous nous arrêtâmes. Elle fit un pas de côté pour examiner le corps. Ses cheveux, trempés comme son tee-shirt, étaient plaqués sur son crâne. Personne ne parlait.

— Pauvre crétin, finit-elle par murmurer d'une voix tremblante avant de se détourner et de se blottir contre moi.

Je passai à nouveau mon bras autour de ses épaules.

— Apparemment, tout Proctor est à vous à présent, dis-je à Santiago.

— Et vous avez récupéré la fille, répondit-il. J'ai été ravi de traiter avec vous.

Chollo s'était glissé derrière le volant, laissant la porte arrière ouverte. Il mit en marche.

— Pas moi, répondis-je en me dirigeant avec Lisa vers la voiture.

Puis, nous la reconduisîmes chez elle.

La voiture fonçait en direction de Boston, la pluie ruisselant sur le pare-brise. Le danseur était au volant. Elle était assise à l'arrière avec le costaud. Une fois à bord, elle avait repoussé son bras. Un bras protecteur, mais qui avait aussi quelque chose d'étouffant, et elle ne pouvait pas supporter la plus petite contrainte. Ils s'étaient mis à parler, mais rien de ce qu'ils se disaient ne semblait pouvoir entamer le silence glacé qui l'enveloppait. Il y eut une conversation sur le téléphone de bord. Dehors, on entendait le vrombissement mouillé de la circulation. Puis la nationale sombre s'illumina ; ils avaient dépassé le périphérique extérieur. La pluie cessa et le pare-brise s'éclaircit. Ils traversaient des banlieues parsemées de fenêtres éclairées derrière lesquelles les gens vaquaient à des occupations quotidiennes. Ensuite, ce fut la voie express aérienne, et bientôt North Station, puis l'artère centrale. Quelques minutes plus tard, ils s'arrêtaient sous le porche d'un hôpital. Elle descendit, pénétra dans le hall. Il y avait des policiers, dont quelques-uns qu'elle connaissait. Ascenseur, gens dans le couloir, femmes en uniforme blanc, hommes en blouse blanche, une chambre où Frank était assis dans un lit, rasé de frais, les cheveux peignés. Elle s'arrêta sur le seuil. Il y avait du monde dans la chambre. Le costaud dit quelque chose. Les gens ne bougeaient pas. Il parla à nouveau, d'un ton plus dur, et la chambre se vida. Il s'éclipsa à son tour.

Seuls. Elle s'avança lentement vers le lit pour regarder son mari. Il prononça quelques mots. Elle lui répondit. Des larmes gonflant ses paupières, elle s'assit sur le lit. Lorsqu'il tendit le bras droit, elle s'y appuya lentement, pressa son visage contre sa poitrine, ferma les yeux et ne vit plus rien. Par la suite, elle se demanderait si elle ne lui avait pas fait mal en se pressant avec autant de force contre sa poitrine. Dans ce cas, il n'en avait rien laissé paraître, et son bras l'avait tenue fermement.

43

Il faisait bon, en ce samedi soir du mois d'août. Pearl était restée chez moi tandis que je prenais l'apéritif avec Susan sur sa terrasse avant de faire griller des épis de maïs et des steaks de bison. Nous nous étions procuré le bison dans une ferme nommée Alta Vista. Susan en raffole parce que c'est encore moins gras que le poulet. Nous avions déjà mis le charbon de bois sur le gril et attendions qu'il vire à ce gris cendré que j'aime tant. Les steaks étaient dans la cuisine, en train de mariner dans du vin rouge avec du romarin et de l'ail. Comme il faisait chaud sur la terrasse et que nous avions vidé le deuxième verre, pourquoi ne pas aller prendre une douche ? Après quoi, puisque nous étions déshabillés de toute façon, pourquoi ne pas s'allonger un peu dans la chambre climatisée en attendant que les braises soient prêtes ?

— J'ai déjeuné aujourd'hui avec Lisa St. Claire, me dit Susan. Elle ne tarissait pas d'éloges à ton sujet.

J'étais en train d'examiner le corps de Susan afin de déterminer pourquoi il était plus désirable que celui des autres femmes. Ce qui nécessitait une analyse approfondie et, par moments, que je mette la main à la pâte. Cela lui faisait perdre le fil de son récit, mais les exigences de la science passent avant tout.

— C'est peut-être parce que je l'ai délivrée d'un fou furieux, répondis-je.

— Cela a probablement quelque chose à voir... Qu'est-ce que tu fais ?

— Une expérience.

— Eh bien, si tu le souhaites, tu pourras recommencer.

— Autant de fois que nécessaire. Comment vont-ils, Frank et elle ?

— Bien, apparemment. Au moins, c'est une relation entre personnes réelles et plus un conte de fées inventé par chacun au bénéfice de l'autre.

Respirant à fond, Susan laissa l'air s'échapper lentement.

— Et... ils ont appris... tous les deux... quelque chose.

— Ah bon ? Quoi ?

Elle changea de position dans le lit.

— Je... ne... m'en souviens plus.

— Elle a appris que Frank ne pouvait pas la protéger en tout temps et en tout lieu, suggérai-je.

— Oui.

— Eh lui, que ce n'est pas une déesse qui a bien voulu l'épouser.

— Et... toi... qu'est-ce que... tu as appris ?

— Je crois avoir appris comment attirer ton attention.

J'étais un peu enroué, me semblait-il.

— Ça... tu le sais... depuis belle lurette.

Elle approcha son visage, ses lèvres effleurant les miennes. Je m'éclaircis la voix, mais j'avais toujours un chat dans la gorge.

— Quelques séances de recyclage ne sont jamais inutiles, répondis-je tant bien que mal.

— Non.

Elle cambra son corps vers moi. Sa voix était très douce.

— Tu... veux... me... rendre... service ?

— Bien sûr.

— Arrête... de... parler, murmura-t-elle.

— Mais on vient de prendre une douche. Est-ce raisonnable de se remettre à transpirer ?

— La... ferme.

J'obtempérai.

9387

Composition
PCA (Rezé)

Achevé d'imprimer en octobre 2010
par NOVOPRINT SLK
le 21 octobre 2010.

1er dépôt légal dans la collection février 2005
EAN 9782290349175

ÉDITIONS J'AI LU
87, quai Panhard-et-Levassor, 75013 Paris

Diffusion France et étranger : Flammarion